Collection folio junior

Série "plein vent"
dirigée par André Massepain

Bernard Héron

Anthony fon Eisen

Le prince d'Omeyya

Traduit de l'anglais
par
France-Marie Watkins

Robert Laffont

Ce livre est dédié à mes deux fils
MICHAËL et DAVID.
Puissent-ils toujours marcher avec
Dieu,
Comme le fit Abd al-Rahman
prince d'Omeyya.

Titre original :

THE PRINCE OF OMEYYA

Avant-propos

Durant près d'un siècle, après son accession au pouvoir en l'an 661, la grande famille des Omeyyades régna sur l'Empire musulman. Elle tirait son nom de celui du fondateur de la dynastie, Omeyya, qui était déjà un noble de La Mecque bien avant l'avènement de Mahomet. Cependant, ses descendants quittèrent l'Arabie au temps où les Sarrasins déferlèrent, comme une gigantesque marée, à la conquête du monde; et quand ils accédèrent au commandement suprême, ils choisirent pour capitale la ville de Damas, en Syrie.

Quatorze califes de ce nom y régnèrent. Ils étaient les plus puissants souverains de leur temps. Leurs armées aux étendards blancs poussèrent jusqu'aux Indes à l'est, envahirent l'Afrique et l'Espagne à l'ouest. Il semblait qu'il ne pût y avoir de limites à leurs victoires. Pourtant, leurs jours étaient comptés, et leur chute fut aussi soudaine que leur grandeur avait été glorieuse.

Cette chute survint avec Marouan, le dernier calife syrien de la lignée. Aucune puissance n'était assez forte pour le détrôner de l'extérieur, aussi fut-ce de l'intérieur que vint le désastre, provoqué par la famille rivale des Abbassides, dont la lignée aristocratique remontait aussi au temps de Mahomet.

L'étendard des Abbassides était noir, et nombreux

furent ceux qui prirent leur parti, parmi les divers peuples composant alors l'Empire musulman, en Asie Mineure. Les graines de la révolte furent habilement semées, et de vieilles inimitiés attisées. Quand les Abbassides furent prêts à agir, ils étaient une armée.

Cependant, même alors, il semblait certain que les étendards blancs des Omeyyades vaincraient. Leur puissance était supérieure à celle de leurs ennemis, et Marouan, le calife, était un homme adroit et vaillant. Mais ce fut comme si le destin s'était retourné contre eux. Une suite de désastres écrasa leurs forces, et finalement Marouan, lui-même, perdit la vie dans une bataille.

Le triomphe des Abbassides fut absolu, et cette famille régna sur l'Empire musulman pendant cinq cents ans. Abu al-Abbas devint le nouveau calife, et il se hâta de consolider son trône dans le sang des Omeyyades. Il fit périr par traîtrise ceux qui n'avaient pas été tués à la guerre. Lorsque la paix survint, feignant de pardonner aux survivants, il les invita presque tous — et ils étaient près de quatre-vingts — à un festin, à Damas. Quand ils furent tous réunis, des hommes d'armes envahirent la salle du banquet, sur un signal secret, et les massacrèrent tous. Des messagers furent dépêchés, afin d'assassiner ceux qui vivaient encore. La lignée des Omeyyades devait être anéantie, jusqu'au dernier.

Mais, lors de ce massacre impitoyable, un prince réussit à s'enfuir. Il s'appelait Abd al-Rahman, et il était le dernier des Omeyyades de Syrie. Voici son histoire, telle qu'elle m'a été inspirée il y a quelques années par les *Papiers espagnols* de Washington Irving. Le petit récit d'Alarbot aussi, je l'ai trouvé chez Washington Irving. Je rends ici le tribut que je dois à sa mémoire.

La fuite

... dans les ténèbres de la nuit, au péril de sa vie, un ami vint vers Abd al-Rahman au galop de son cheval rapide, et lui dit : « Les cavaliers du calife volent dans la nuit à ta recherche ! Lève-toi et fuis dans le désert ! Il n'y a pas de sécurité pour toi dans les habitations de l'homme ! »

(Traduit de l'arabe, du récit d'un historien maure.)

Une main s'abattit sur l'épaule du dormeur, et le secoua.

— Abd al-Rahman ! Abd al-Rahman ! Éveille-toi !

Le jeune homme endormi sur le large sofa se réveilla en sursaut. La flamme d'une torche illuminait son visage et l'aveuglait, une main puissante lui serrait l'épaule. Un homme se penchait sur lui, la figure dissimulée par un voile qui montait jusqu'aux yeux. Aussitôt, la main d'Abd al-Rahman se glissa sous le coussin. Il se dégagea de l'étreinte et se dressa d'un bond sur sa couche.

— Abd al-Rahman ! C'est Cidi !

Le nouveau venu saisit le poignet droit du jeune homme au moment où scintillait dans sa main le *kandjar*, une dague courbe.

La voix interrompit le geste d'Abd al-Rahman. Il cligna des paupières dans la vive lueur de la torche et reconnut les traits tendus de Cidi ben Nosier, son ami, quand celui-ci arracha le voile qui le dissimulait. Derrière Cidi, la torche à la main, se tenait Ali, le vieux serviteur à barbe blanche.

— Que se passe-t-il, Cidi ? demanda-t-il, mais il avait déjà deviné et son cœur se glaçait.

Depuis quelque temps, Abd al-Rahman vivait sous la menace d'un réveil semblable en pleine nuit. La mine sombre de son ami confirmait ses craintes.

— Le calife a ordonné ta mise à mort ! Ses cavaliers chevauchent en ce moment même dans la nuit.

— Qui t'a prévenu ?

— Un ami qui appartient à l'entourage du calife Habille-toi vite !

Il s'empara de la tunique posée près de la couche et la tendit à son ami. Le jeune homme glissa ses pieds dans ses babouches et enfila rapidement la tunique.

— Je m'attendais à cela, observa-t-il.

Cidi prit la robe aux couleurs éclatantes. Il la déplia en répondant :

— On est en train de seller ton cheval. On t'a préparé des vivres et de l'eau. Tu dois fuir, galoper vite et loin avant que la nouvelle de ta condamnation se répande.

— Je sais...

A la lueur de la torche, le visage d'Abd al-Rahman semblait très jeune et tout pâle. Il avait à peine dix-neuf ans.

Cidi lui tendit sa robe. Lui aussi, il était jeune, mais son teint était plus basané que celui de son ami et il portait déjà la barbe.

— Abd al-Rahman, *akhu*, frère, murmura-t-il, où iras-tu ?

Abd al-Rahman se retourna, ému par la détresse de son compagnon. Il avança une main et prit le bras de Cidi.

— Aie confiance en Dieu, lui dit-il. Aie confiance en Dieu.

Cidi hocha la tête.

— J'ai confiance en Dieu, mais pas en Abu al-Abbas ! Tu n'aurais pas dû rester ici !

Abd al-Rahman reconnaissait son erreur. Il aurait dû fuir plus tôt. Mais fuir lui avait semblé aussi dangereux que s'attarder. Et maintenant, il n'avait plus le choix. Abu al-Abbas avait abattu ses cartes, et révélé des mains couvertes de sang. L'heure n'était plus à l'hésitation ni à l'espoir.

Le jeune homme ramassa sa lourde ceinture sur laquelle pendait son cimeterre. La torche fit scintiller les joyaux et les incrustations d'or fin qui recouvraient la garde du sabre et le fourreau. Il ceignit la ceinture et glissa dans sa gaine la dague fezzane courbe.

— Passe par-derrière ! conseilla Cidi en prenant la torche des mains d'Ali. Les chevaux sont à l'écurie.

— Attends !

Abd al-Rahman traversa la chambre, ouvrit un coffre de cèdre et y prit deux petites bourses de cuir. Cidi frappa de la main une bosse sous ses vêtements.

— J'ai de l'or ! Ne perds pas de temps !

Leurs babouches claquèrent sur les dalles avec un bruit insolite quand ils coururent dans le long corridor voûté. A gauche et à droite, la torche révélait brièvement les tapisseries ornant les murs, aux éclatantes scènes de chasse et de plaisirs. Cette maison des collines était la petite villa d'été de la famille d'Abd al-Rahman, mais elle était meublée et décorée comme un palais.

Cidi remonta son voile sur sa figure, tout en marchant.

— Mieux vaut que personne ne puisse voir mon visage, expliqua-t-il.

Abd al-Rahman approuva. Il savait que quiconque lui venait en aide risquait la mort.

Ils franchirent la petite porte donnant sur les jardins. Un pâle clair de lune éclairait la scène, et l'air sentait le jasmin. Une fontaine chantait près du sentier, égrenant dans le bassin ses gouttes de cristal. Cidi traversa une plate-bande fleurie et plongea la torche dans l'eau. Elle s'éteignit en sifflant et il n'y eut plus que la lune basse dans le ciel, pour les guider.

Ils suivirent le sentier tortueux, entre les massifs de fleurs odorantes, sous les cyprès. Puis l'odeur des écuries remplaça les parfums. Quelques instants plus tard, ils surgissaient dans la cour. Des silhouettes sombres, d'hommes et de chevaux, se massaient dans l'ombre, contre les bâtiments bas.

— Toute la maison est réveillée, observa Cidi, consterné et surpris, en s'adressant à Ali qui les avait suivis.

— Aie confiance en eux, haleta le vieux serviteur. Ils ont voulu voir une dernière fois leur maître. Et je suis le seul à connaître ton visage — moi, un vieillard bien près de la mort !

Un hennissement très doux, le léger grattement d'un sabot impatient sur le gravier les accueillirent. Les garçons d'écurie avancèrent dans le clair de lune, conduisant deux juments nerveuses.

— Ho ! Saffana ! chuchota Cidi en prenant la bride de la première monture, dont le front pâle luisait comme de la nacre dans la pénombre bleue. Es-tu donc si impatiente de retrouver les pistes ?

La jument hennit de nouveau et rejeta la tête en arrière en piaffant. Cidi sauta lestement sur son dos.

— Où vas-tu maintenant ? demanda Abd al-Rahman.

— Je t'accompagne un peu. Monte vite, je t'en prie !

Saffana échappa aux mains du palefrenier pour s'abandonner à celles de son maître.

— Voici, seigneur, des vivres et de l'eau, dit un serviteur en tendant des fontes de selle. Et un arc, avec son carquois de flèches.

— Sage précaution, l'arc et les flèches, approuva Cidi, la voix étouffée par son voile. Donne, je m'en charge pour le moment.

Abd al-Rahman accrocha rapidement les fontes à sa selle. Quand il releva les yeux, dix ou douze de ses serviteurs entouraient silencieusement son cheval. Derrière eux, on distinguait même quelques femmes.

Le jeune homme réunit les rênes dans sa main et regarda ses gens. Il ne trouvait rien à leur dire. Saffana piaffait et encensait, mais le petit groupe entourant l'autre jument restait immobile et silencieux.

Ce fut Ali qui rompit ce silence.

— Voici, mon seigneur, ton burnous pour te protéger du soleil et du vent. Le chemin sera long.

A ces mots, une femme sanglota dans l'ombre. « Le chemin sera long ». Cette pensée était dans tous les cœurs. Ces hommes et ces femmes, aux têtes grises pour la plupart, avaient été toute leur vie les serviteurs ou les esclaves de la famille Abd al-Rahman. Ils avaient toujours été bien traités et ne connaissaient pas d'autre mode de vie. Pour eux, c'était la fin d'un petit monde, la disparition d'un être qu'on leur avait appris à chérir, et qu'ils aimaient sincèrement.

Abd al-Rahman se pencha pour prendre le burnous des vieilles mains ridées et tremblantes.

— Que la bénédiction d'Allah soit sur toi, mon seigneur, murmura Ali, les yeux brûlants dans sa figure émaciée, et il ajouta d'un ton farouche : Puissent les sables du désert dévorer tes ennemis !

Abd al-Rahman lui prit la main et la serra fortement.

— La paix soit avec toi, mon père. Que la volonté de Dieu soit faite !

— Maître ! Maître !

Ayesha, l'épouse d'Ali, écarta les serviteurs et se jeta aux genoux d'Abd al-Rahman. Elle lui enlaça les jambes en sanglotant.

— Non, Ayesha, pas ton maître — ton enfant !

La voix du jeune homme se brisa. La vieille Ayesha avait été sa nourrice, autrefois.

— Lâche-le, femme ! s'écria Ali en la prenant par les épaules. Laisse-le partir !

Abd al-Rahman se tourna vivement vers les autres.

— Vous êtes libres — vous êtes tous libres. Prenez ce que vous désirez dans la maison et partez avant l'arrivée des hommes du calife. Dispersez-vous, pour plus de sûreté, et qu'Allah vous ait en sa sainte garde ! Et souvenez-vous parfois de cet Abd al-Rahman que vous avez connu !

Il sauta lestement sur son cheval. Les serviteurs

s'écartèrent et la jument s'élança. Cidi lâcha la bride à Saffana et bientôt ils galopèrent côte à côte sur la large piste qui franchissait les collines, à l'est.

— Adieu, mon seigneur ! Adieu, Abd al-Rahman !

Les voix profondes des hommes et les sanglots des femmes furent couverts par le martèlement des sabots.

Sur la piste durcie, les chevaux semblaient voler, légers comme des oiseaux de nuit fonçant dans les ténèbres. La piste était recouverte d'un fin gravier blanc. Elle scintillait comme un pâle ruban, sinueuse et facile à suivre.

Ils galopèrent ainsi un moment à l'ombre des plus hautes collines. Puis le chemin s'incurva vers le nord. Là-bas dans cette direction, au-delà des cols, se trouvait la longue route des caravanes, qui allait à Kariateen et Palmyre, et aux pays d'Orient, au-delà du Tigre et de l'Euphrate, jusqu'en Perse et aux Indes.

A une cinquantaine de toises du tournant de la piste, Abd al-Rahman tira sur les rênes.

— Je te quitte ici, dit-il à Cidi.

— Où vas-tu donc ? s'écria son ami, surpris, en se retournant sur sa selle.

Abd al-Rahman tendit le bras dans la nuit.

— Tout droit par les collines, vers le bord du Djebel. Et puis ensuite au sud.

— Au sud ?

— Oui, j'ai souvent réfléchi à cela. Ils s'attendront à ce que je fuie vers l'est. Ils me chercheront par là. Alors je vais aller vers le sud, vers l'Arabie et le désert, où vivent les Bédouins nomades. On dit qu'ils restent fidèles aux lois de l'hospitalité de jadis. Peut-être pourrai-je me cacher parmi eux.

La décision d'Abd al-Rahman étonnait Cidi, mais il la trouvait bonne. En fait, elle lui semblait excellente.

— Je t'accompagne encore un peu, dit-il.

Ils poursuivirent leur chemin, jusqu'à ce qu'Abd al-Rahman trouvât un endroit qu'il connaissait bien, où un oued desséché serpentait entre les vieux cèdres de la colline. Ils s'y engagèrent, l'un derrière l'autre. Le lit du cours d'eau débouchait sur un étroit sentier.

Abd al-Rahman en tête, ils gravirent la pente et escaladèrent d'autres hauteurs.

La nuit était aux trois quarts écoulée quand ils avaient pris la fuite. A présent, alors que l'heure la plus sombre s'achevait, ils parvinrent sur le versant d'une montagne dominant l'étendue stérile du Djebel qui aboutissait à l'est au grand désert de Syrie. Dans cette direction, l'horizon commençait à pâlir aux premiers frémissements de l'aube.

Cidi retint Saffana.

— Je te quitterai ici, Abd al-Rahman.

Les deux jeunes gens restèrent un moment en selle, côte à côte, à contempler l'austère paysage qui se perdait dans la nuit.

Cidi glissa du dos de Saffana, et Abd al-Rahman mit pied à terre lui aussi. Cidi passa devant sa jument docile pour rejoindre son ami.

— Abd al-Rahman, dit-il, pardonne-moi de ne pas aller avec toi partager ton cruel exil. Mais seul, on se cache mieux qu'à deux. Je ne te serais pas d'un bien grand secours, et cela ne pourrait qu'attirer des calamités sur ma famille. Peut-être ainsi, pourrais-je d'ailleurs mieux t'aider. Chaque fois que tu auras besoin d'or, ou de quoi que ce soit que je puisse te donner, un messager secret trouvera toujours ouverte la maison de mon père.

— Je sais, je sais, soupira Abd al-Rahman. Tu as déjà trop risqué, en venant m'avertir.

Ils restèrent un long moment silencieux. Ils étaient tous deux les rejetons de familles très riches ; Cidi était presque aussi noble que le prince Abd al-Rahman. Vivant dans de vastes domaines voisins, ils étaient amis depuis l'enfance, tout comme leurs pères avaient été amis avant eux. Maintenant, Cidi retournerait dans son fief, retrouverait ses troupeaux et ses vergers, et Abd al-Rahman chevaucherait dans l'aube solitaire et déserte. Le chagrin courba la nuque de Cidi, et fit monter un long soupir des profondeurs de sa poitrine.

— Non, s'écria Abd al-Rahman, navré de la détresse de son ami. Les sages disent que l'adversité enseigne bien des leçons. Peut-être Allah a-t-il jugé bon que j'aille à cette école.

Il posa une main rassurante sur l'épaule de Cidi. Ils restèrent encore quelques instants immobiles, et puis Cidi leva brusquement la tête.

— Le jour pointe, annonça-t-il.

Il se tourna vers le cheval d'Abd al-Rahman et se mit à décrocher les fontes de la selle. Abd al-Rahman le regardait faire avec étonnement. Et puis, lorsque Cidi porta les sacoches vers Saffana, il comprit. Cidi lui faisait don de sa jument.

— Non, protesta-t-il en retenant son ami. C'est la perle de tes écuries, la plus merveilleuse jument de Syrie ! Doit-elle être fourbue et perdue dans le désert ? Je sais combien tu l'aimes !

— Alors quel meilleur cadeau pourrais-je faire à mon ami ?

— Non, insista Abd al-Rahman. Mon propre cheval est bien assez rapide. Je ne vais pas ménager ma monture. Veux-tu que les os de ta jument blanchissent au loin dans les sables, alors qu'un autre cheval fera l'affaire ?

Cidi se redressa de toute sa haute taille, et regarda son ami avec toute la dignité d'un seigneur syrien.

— Imagine que la nouvelle me parvienne qu'Abd al-Rahman a été capturé, faute d'une monture assez rapide, alors que Saffana, l'incomparable, reste à l'écurie ! Que pourrait répondre Cidi ben Nosier à sa conscience ?

Puis il acheva de fixer les fontes, resserra les courroies et ordonna :

— Maintenant, en selle !

Abd al-Rahman sauta sur le dos de Saffana. Cidi fouilla sous ses robes et trouva une petite bourse de cuir qu'il tendit à son ami.

— Mais j'ai de l'or et des diamants ! protesta Abd al-Rahman.

— Prends ! Prends ! Cela me soulage un peu le cœur de t'offrir ces quelques présents.

Cidi recula d'un pas, et contempla tristement, tendrement, sa jument, pour la dernière fois. Il avait bien d'autres chevaux, mais Saffana, la Perle, était le joyau de son écurie et sa fierté. Pur-sang arabe, de la race la plus pure, jamais elle n'avait été battue à la course, ni sur les longues distances, ni pour la rapidité. De tous ses biens, Saffana était le plus précieux cadeau que Cidi pût faire à son ami.

Et puis son expression de chagrin fit place à la fierté quand il embrassa d'un même regard le cheval et le cavalier.

— Et maintenant, exulta-t-il, que les hommes du calife poursuivent Abd al-Rahman ! Ils seront emportés par le vent du désert avant de pouvoir rejoindre Saffana!

Il se jeta en avant pour embrasser à la fois l'homme et la jument. Saffana frémit. Elle laissa échapper un hennissement très doux, comme une sourde plainte et tourna sa belle tête immaculée vers son maître.

— *Azia !* Ma bien-aimée ! s'écria Cidi en serrant contre son cœur le mufle tiède. Ma perle ! Mon joyau ! Toi, la plus belle ! Dans mon cœur, une place restera à jamais inoccupée !

Il caressa les naseaux soyeux, le front et la crinière, et pressa sa joue barbue contre le long cou frémissant. Comme si elle comprenait que son maître lui disait adieu, la jument hennit très fort et ses grands yeux sombres brillèrent dans la pénombre, anxieux et expressifs.

— Allons, allons, murmura Cidi comme si elle comprenait chaque mot. Abd al-Rahman est ton maître, désormais. Et tu lui seras fidèle et tu le porteras au loin, en sécurité, à l'abri de ses ennemis, et tu apprendras à l'aimer comme tu m'as aimé — oui, et avec le temps, tu m'oublieras.

C'était un tableau émouvant... le chagrin avoué de ce jeune seigneur syrien se séparant de sa jument, et l'amour de la bête pour lui. Abd al-Rahman en eut le cœur serré.

— Non, protesta-t-il une dernière fois d'une voix brisée. Je ne puis la prendre !

— Cela suffit, s'écria Cidi en se redressant orgueilleusement. Je ne cache pas mon amour pour Saffana, mais Abd al-Rahman est mon frère !

Rien ne put faire revenir Cidi sur sa décision. Son ami eut beau l'en prier, il refusa de reprendre la jument. Enfin, Abd al-Rahman se pencha sur la selle et lui tendit la main.

— A la grâce de Dieu ! Ton esprit voyagera avec moi, mon frère, avec ce don de ton cœur. Où que j'aille, le souvenir de ton amitié charmera ma solitude et allégera mon fardeau... Adieu !

— Adieu, Abd al-Rahman. J'aurais beaucoup de choses à te dire, mais quel besoin avons-nous de paroles ? Le cœur parle de lui-même et n'a pas besoin de mots.

Il recula. Abd al-Rahman serra les rênes. Saffana hésita, regarda Cidi, puis elle descendit docilement le versant escarpé.

Cidi resta au sommet de la montagne, tandis que l'aurore incendiait le désert dans une gloire de pourpre et d'or. Longtemps, il contempla la silhouette du cheval et du cavalier qui allait diminuant, disparaissant parfois à la vue dans un vallon et remontant une colline pour descendre encore. Puis il sauta sur l'autre jument et revint par la piste, jusqu'au sommet de la plus haute colline.

Dans les profondes vallées, l'aube n'avait pas encore dispersé les ténèbres. Mais au loin, sur la route blanche, il distingua une petite troupe de cavaliers au galop.

— Ha ! s'écria-t-il farouchement.

Il tourna bride aussitôt et fit rapidement redescendre sa monture sur l'autre versant. Puis il sauta à terre, escalada la colline et, caché derrière des rochers, il observa la piste.

La troupe de cavaliers arrivait au tournant où Abd al-Rahman et lui avaient changé de direction. Cidi ne savait pas s'ils l'avaient vu. Il frémissait d'énervement.

— La malédiction de Dieu sur les têtes de ces assassins ! grinça-t-il à haute voix. Puisse le vent du désert, puisse le sirocco, les dévorer ! Puissent leurs os blanchir sur les sables perdus de l'immensité !

Il vit la petite troupe noire arriver au tournant de la piste et continuer de la suivre sans s'arrêter. Les cavaliers n'avaient pas vu les empreintes des fugitifs. Les traces anciennes étaient assez nombreuses pour les dérouter.

Encore quelques lieues, et la piste se confondrait avec la grande route des caravanes qui conduisait à Palmyre et vers l'Orient. Sur cette surface durcie, toutes traces de sabots se perdraient dans la confusion de celles des innombrables voyageurs.

Cidi se retourna, pour regarder dans l'autre direction. Abd al-Rahman n'était plus qu'un point minuscule, qui disparaîtrait bientôt. Enfin, Cidi le perdit complètement de vue. Il sourit et remonta à cheval. Il avait bien accompli sa mission.

La Kella

La jument arabe allongea le cou et se mit au trot pour escalader l'éminence. La route avait été longue, et elle sentait un point d'eau.

— Doucement, Saffana, doucement, murmura Abd al-Rahman.

Il tira légèrement sur les rênes et la bête intelligente obéit aussitôt, autant à la voix qu'à l'indication des rênes, et elle s'immobilisa sur ses quatre jambes délicates.

Abd al-Rahman souleva le voile qui lui protégeait le visage pour regarder autour de lui. Les collines moutonnantes du Moab l'entouraient.

Devant lui, au fond d'une vallée, se dressait une *kella* en ruine, une forteresse qui avait gardé jadis un point d'eau sur la route du grand pèlerinage de Damas à La Mecque. Elle était abandonnée, et ses murailles s'écroulaient, car les pèlerinages ne passaient plus par là mais par une piste plus facile, à l'ouest de celle-ci. Il y avait encore de l'eau cependant, comme l'avait senti Saffana, et comme en témoignaient les dattiers verts, derrière la *kella*.

Abd al-Rahman examina avec soin le lieu désert, puis il poussa Saffana en avant. La jument hennit de plaisir et dévala joyeusement la pente, le sabot précis et attentif sur les cailloux. Arrivée dans la vallée, elle se mit au petit galop, ses sabots soulevant du sable et de la poussière.

— Arrête !

Abd al-Rahman tira brusquement sur les rênes. Dans la poussière, devant lui, il voyait des traces de chevaux autour de la *kella*.

Saffana sentit immédiatement son inquiétude. Ils cheminaient ensemble depuis douze jours, et la jument semblait comprendre qu'ils évitaient les rencontres. Elle piaffa légèrement, tourna un regard inquiet vers les meurtrières et les ouvertures béantes de la masse de pierre, et s'immobilisa, les quatre jambes tendues, nerveuse et frémissante. Un instant plus tôt, elle avait eu hâte de trouver l'eau; à présent, elle était prête à fuir s'il le fallait.

— Doucement, doucement, souffla Abd al-Rahman en regardant de tous côtés avec méfiance.

Il était peu probable qu'il y eût dans ce coin perdu des hommes lancés à sa poursuite. Restait pourtant à craindre le danger des hors-la-loi, des voleurs de grands chemins qui infestaient les territoires traversés par les pèlerinages. Abd al-Rahman savait qu'ils le dépouilleraient et l'abandonneraient, nu et sans monture, si jamais il tombait entre leurs mains.

Il fit avancer Saffana de quelques pas. La *kella* semblait déserte. Il distinguait maintenant deux séries d'empreintes distinctes, des traces là où une petite troupe de cavaliers était arrivée du nord-ouest, et d'autres là où ils étaient remontés en selle pour repartir. Ils étaient venus et repartis depuis assez longtemps, laissant les ruines au lièvre et au renard du désert.

Il fit contourner le fortin à Saffana, d'assez loin, puis, certain que personne ne le guettait, il la poussa vers l'étroite poterne. Il lui fallait de l'eau. Il y avait six heures qu'il avait partagé avec la jument le contenu de sa dernière *girby*.

Quelques rares buissons et un peu de camomille croissaient dans l'enceinte, et en son centre cinq palmiers dattiers chargés de fruits. Dans le cercle formé par les arbres, un large trou, le puits. Saffana hennit de nouveau, impatiente.

Abd al-Rahman glissa à terre et s'approcha du bord. La margelle de pierre s'était à demi écroulée et des pierres étaient tombées au fond, mais à huit pieds de profondeur, parmi les cailloux, il y avait de l'eau. Le puits reflétait le ciel bleu et la ceinture de palmes.

Et puis la tête blanche de Saffana apparut dans le miroir d'eau et elle hennit doucement à l'oreille du jeune homme, assoiffée.

— Dans un instant.

Il caressa les naseaux de la jument et se hâta de décrocher les outres de la selle. Puis il ôta sa robe, ses babouches et son chèche, et sauta au fond du puits avec les outres. Saffana le regarda faire avec intérêt, en soufflant comme pour l'approuver. Il déboucha les *girbys* et s'accroupit pour les remplir. L'eau fraîche ruissela sur ses mains et gargouilla dans les outres. Il en avait déjà rempli une quand Saffana hennit soudain. Il leva les yeux et vit la jument redresser brusquement la tête en tournant des yeux affolés vers la *kella*. Tout son corps frémissait d'inquiétude.

Abd al-Rahman fut saisi de crainte. La jument avait vu quelque chose qui lui avait fait peur, et lui-même se trouvait, impuissant, au fond du puits. Il lança les outres par-dessus la margelle et sauta pour tenter de sortir.

Les longues rênes avaient glissé par-dessus la tête de Saffana et pendaient dans le puits. Il les saisit.

— Tire, Saffana !

Et la jument, toujours alarmée et les yeux tournés de côté, s'arc-bouta sur ses jambes et hissa le jeune homme hors de la fosse.

Au premier regard, il ne vit rien d'alarmant dans l'enceinte. Mais sans prendre le temps de chercher le danger, ni de se rhabiller, il sauta en selle et dégaina son cimeterre. La jument frémissante rassemblait ses forces, prête à bondir dans n'importe quelle direction sur une pression de genou. Il la maintint, tandis que ses yeux balayaient les portes et les fenêtres béantes du fortin.

Un mouvement, dans l'ombre d'une porte, attira son attention. Il crut d'abord que c'était une bête — un loup, ou une hyène. Il voulut prendre son arc.

Et puis une voix rauque s'éleva :

— Pitié... Pitié, au nom de Dieu !

Abd al-Rahman banda son petit arc et y fixa une flèche tout en fouillant les ténèbres de la *kella.* Des genoux, il guida la jument vers la porte.

— *Bishmillah !* Au nom de Dieu, cria la voix haletante. Je me place sous ta protection !

Le jeune homme distinguait à présent une figure barbue, un corps maigre et nu. L'homme était à quatre pattes, comme une bête.

— Pitié... pitié...

Une main tremblante se tendit vers lui. Saffana piaffait nerveusement.

— Qui est là avec toi ? cria Abd al-Rahman.

— Personne, personne.

La voix n'était qu'un souffle de douleur ou de faiblesse. Abd al-Rahman rangea son arc et sa flèche, saisit son cimeterre et sauta de cheval.

— Miséricorde... Je suis sous ta protection !

Effrayé par la lame scintillante, l'homme leva un bras affaibli et recula.

Ce n'était que pour se protéger d'une éventuelle traîtrise qu'Abd al-Rahman s'était armé. Il entra avec prudence, regarda à droite et à gauche dans la pénombre, mais il ne vit qu'une salle déserte de chaque côté. En regardant de plus près l'inconnu, il vit que ce n'était pas une ruse qui l'avait attiré à l'intérieur.

— Pitié ! Pitié pour un malheureux qui n'a plus longtemps à vivre !

La voix rauque trahissait l'effort et les yeux vitreux avaient l'éclat de la fièvre. L'homme ramassa ses jambes sous lui, posa ses mains sur le sol et voulut se lever, mais il retomba. Il essayait de tendre la main pour toucher Abd al-Rahman, — geste rituel du nomade réclamant la protection. De toute évidence, c'était un homme du désert.

Abd al-Rahman s'approcha et vit du sang séché sur sa tête et sa joue. Alors il se pencha et prit la main tendue.

— La paix et la miséricorde de Dieu soient avec toi, pauvre vieillard. Repose un moment sans crainte. Je vais te chercher de l'eau.

Il ressortit. Saffana attendait près de la porte. Il lui caressa les naseaux en passant et lui murmura une parole apaisante. Elle fit demi-tour et le suivit, tandis qu'il allait mettre sa robe et ses babouches et prendre l'outre pleine. Puis, inquiète, nerveuse, elle trottina derrière lui jusqu'à la porte de la *kella*.

Le blessé but l'eau avidement, mais avec peine. Abd al-Rahman en versa un peu dans le creux de sa main et lava le sang séché sur la figure parcheminée et la barbe blanche. L'homme avait une profonde blessure à la tête et de nombreuses traces de coups sur son corps émacié.

Saffana qui, du seuil, regardait la scène, dut sentir le sang, car elle hennit et secoua la tête. Mais elle ne s'éloigna pas.

— Comment cela t'est-il arrivé, vieillard ? demanda Abd al-Rahman avec douceur.

— Des voleurs... parias de Dieu et des hommes ! chevrota le malheureux. Ils m'ont attaqué, moi, un vieillard qui retournait paisiblement vers les siens, et ils m'ont tout volé — mon chameau et mes pauvres biens. Même mes vêtements ! gémit-il en passant sa main sur son torse nu. Et quand j'ai imploré Dieu, quand je les ai maudits, ils m'ont frappé et abandonné ici pour y mourir !

— Repose en paix, mon père. J'ai un manteau pour couvrir ta nudité.

Abd al-Rahman calmait le pauvre homme de la voix et du geste. Le vieillard s'allongea, pantelant, et contempla fixement le jeune homme au visage si doux.

Abd al-Rahman se releva et sortit. Il alla chercher le burnous plié derrière sa selle et ramassa son chèche.

Puis il revint, posa le burnous par terre, y porta le vieillard et le recouvrit. Avec le chèche trempé d'eau, il pansa la blessure.

— Que la bénédiction d'Allah t'accompagne, souffla le blessé, qu'elle soit sur toi comme la pluie d'un nuage de printemps...

Il ferma les yeux, savourant la fraîcheur du pansement sur ses tempes fiévreuses. Abd al-Rahman le contempla un moment, puis il lui dit :

— Repose-toi. Je dois m'occuper de ma jument, à présent.

Il se releva et s'approcha de Saffana, qui n'avait pas bougé de la porte. Il lui ôta sa selle et alla la déposer, avec ses sacoches et ses armes, dans la *kella*.

Saffana se secoua, puis elle trottina derrière son nouveau maître, vers le puits. Elle n'avait pas encore goûté à l'eau.

Deux outres vides étaient restées au fond sur les cailloux. Le jeune homme descendit dans le trou, les remplit et remonta avec elles.

Il alla chercher le seau de cuir de la jument, le remplit d'eau et le posa par terre, tandis que Saffana frottait impatiemment ses naseaux contre ses mains.

— Bois, ma beauté, bois.

Il flatta la belle tête penchée, de ce petit geste affectueux qui leur était devenu si familier à tous deux. Le jument plongea les lèvres dans l'eau et souffla, puis elle but avidement. Abd al-Rahman prit la *girby* et but enfin lui-même.

Après s'être désaltéré, il versa le reste de l'eau à la jument et redescendit dans le puits pour remplir l'outre.

Quand il remonta, Saffana paissait l'herbe rase de l'enceinte. Il porta les outres pleines dans la *kella*.

Le vieillard reposait paisiblement. Seuls ses yeux vivaient et suivaient le grand jeune homme aux traits réguliers et au regard compatissant qui avait eu pitié de lui.

L'homme du désert

— Sont-ils partis... les hommes maudits ? demanda soudain le vieillard.

— Oui. Les collines sont désertes, sauf pour les gazelles craintives.

— Prends garde qu'ils ne reviennent et ne te fassent ce qu'ils m'ont fait !

Abd al-Rahman s'inquiéta du regard trop brillant du blessé. Il se pencha pour poser sa main sur son front, et le trouva brûlant.

— Bois, dit-il en portant l'outre aux lèvres parcheminées. Et repose en paix. Je vais chercher du bois pour faire un feu.

La fraîcheur commençait à tomber avec le crépuscule. Bientôt, il ferait vraiment froid. Le blessé aurait besoin de la chaleur d'un feu, et lui-même aspirait au réconfort des flammes joyeuses, dans ces lieux désolés.

Un peu au-delà du mur d'enceinte, il avait vu des cèdres morts. Il sortit pour ramasser quelques branches. Saffana quitta l'herbe pour le suivre.

— Non, lui dit Abd al-Rahman en lui faisant signe. Retourne. Mange tant qu'il fait encore jour. Je ne vais pas loin.

La jument ne pouvait comprendre le sens de toutes les paroles humaines, naturellement, mais elle comprenait bien les signes. Aussi fit-elle docilement demi-tour pour aller de nouveau arracher les touffes d'herbe rase, ne s'interrompant que lorsqu'elle mâchait, pour lever la tête et surveiller le jeune homme, par-dessus le mur bas.

Il cassa des branches de cèdre et revint avec une grande brassée qu'il jeta sur le sol de la *kella*.

— Dans un instant, dit-il gaiement au vieillard, nous allons avoir un bon feu.

Prenant une des fontes vides, il ressortit et alla vers les grands dattiers. Après avoir ôté sa robe et ses babouches, il en choisit un, pour y grimper.

La sacoche sur l'épaule, il escalada le grand tronc penché en s'aidant des mains et des pieds. Au sommet, les grappes de fruits étaient dorées, mûres à point. Serrant le tronc entre ses cuisses, il tendit le bras et cueillit assez de dattes pour remplir sa sacoche. Il profita de son poste élevé pour regarder de tous côtés. A perte de vue, le paysage était désert.

Il faisait sombre dans la *kella* quand il revint, rhabillé, avec les dattes. Il fut surpris de voir le blessé soulevé sur un coude.

— Dans cette posture, j'ai moins mal ici, dit le vieillard en posant une main sur son ventre.

Il n'avait pas mangé depuis longtemps, sans doute, et des crampes d'estomac venaient s'ajouter à ses autres souffrances.

— Mange, pressa Abd al-Rahman en posant la sacoche près du vieux.

Quand il vit qu'il avait assez de forces pour se servir tout seul, il s'occupa de faire du feu.

Dans un coin de la salle, une partie du toit s'était écroulée, ouvrant un large trou. Le jeune homme balaya les gravats, dans ce coin, disposa un peu d'herbe sèche et, avec sa dague, tailla quelques copeaux de bois sec. D'une de ses fontes, il tira un briquet et un silex et s'agenouilla. Des étincelles jaillirent et un souffle suffit à faire prendre l'herbe sèche. Abd al-Rahman jeta les copeaux sur les flammes vives, et puis le bois. Bientôt un bon feu pétilla.

— *Nejm*, murmura le vieillard avec un sourire

édenté. C'est comme une étoile, la première étoile du soir sur le désert.

— Encore un peu de temps, et tu verras de nombreuses étoiles par l'ouverture de notre tente, dit Abd al-Rahman en montrant le trou par lequel s'élevait la mince colonne de fumée.

Il était heureux de voir que l'homme qu'il avait découvert à moitié mort si peu de temps auparavant semblât se remettre si vite. Il se pencha et glissa ses bras sous le corps frêle.

— Laisse-moi te porter plus près du feu.

Il souleva le vieil homme enroulé dans le burnous et le déposa avec précaution près des branches de cèdre craquantes.

— Que c'est bon ! Que c'est bon... j'ai si froid, et pourtant j'ai chaud aussi...

Le vieux ferma les yeux avec un soupir d'aise. Abd al-Rahman alla ouvrir une de ses fontes, et y prit les provisions qui lui restaient.

— Du *mereesy*, du pain et des dattes, annonça-t-il. Si nous avions un récipient convenable, je te ferais chauffer un peu de *mereesy* et d'eau, pour boire.

Le *mereesy* était du lait séché, facile à emporter et à employer en voyage.

— Cela suffit — c'est la pleine ration du désert...

Le vieillard reposait les yeux fermés, en partie à cause de sa faiblesse, en partie pour mieux savourer son bien-être.

Abd al-Rahman versa généreusement de l'eau d'une des outres sur ses mains, pour les laver. Le vieillard l'observait entre ses paupières mi-closes. Brusquement il murmura :

— Tu n'es pas un homme du désert — pour gaspiller l'eau ainsi.

Ce n'était pas un reproche, mais une simple constatation.

— Non, répondit Abd al-Rahman, je ne suis pas un homme du désert. Mais j'ai dans mes veines le sang du désert, et je voudrais visiter le berceau de mes ancêtres.

Il ajouta ces derniers mots comme s'il faisait spontanément une confidence, car il pensait que cet homme pourrait lui parler du désert.

— Oui, souffla le vieillard. Il nous rappelle toujours, nous tous qui avons en nous le sang du désert. Moi-même, tout vieux que je suis, je rêve de voir naître la nouvelle année à l'Ouadi Zuran, et les grands palmiers d'El Djof se dresser dans l'Hamid, et le soleil s'élever sur les dunes rouges du Nefoud, une fois encore avant de mourir.

— Y a-t-il longtemps que tu les a quittés, vieillard ?

— Bientôt dix ans. Il y a dix ans, je suis parti, je suis allé jusqu'en Espagne, alors que j'avais déjà franchi la moitié de mon âge. Dix ans loin de ma mère, le désert.

Le vieil homme avait le regard lointain, et semblait parler pour lui-même, oubliant la présence du jeune homme. Il se ressaisit un instant, et regarda Abd al-Rahman.

— Je m'appelle Zamil ibn Ali, de la tribu des Beni Zingal. Tout le centre du désert est la patrie de mon peuple. Mais en ce moment, à l'époque des agneaux, ils doivent être à l'Ouadi Zuran. C'était là que j'allais quand les voleurs m'ont attaqué... Ah ! je suis vieux et malade, la proie des méchants et des plus forts ! Mais je voudrais revoir mon désert avant de mourir — les tentes noires de l'Ouadi Zuran et les dunes rouges du Nefoud.

Il poussa un profond soupir et changea péniblement de position sur le sol dur, sans trouver de confort. La faible lueur du feu révélait la lassitude de son corps et de son âme. Sa respiration un peu oppressée était plus régulière. Il sembla sombrer dans un sommeil léger, mais il rouvrit les yeux et passa sa langue sur ses lèvres desséchées.

— Bois encore un peu d'eau fraîche, Zamil ibn Ali, lui dit Abd al-Rahman avec douceur. Cela calmera le feu qui couve en toi.

Il déboucha la *girby* et la présenta aux lèvres du vieillard. L'eau parut le ranimer.

— Zamil, demanda Abd al-Rahman, où est cet Ouadi Zuran dont tu me parles ?

— Là-bas dans le désert, à six jours de chameau.

Malgré son épuisement, le vieillard n'avait pas perdu le sens de l'orientation, et il leva une main faible vers l'est.

— Et qui habite là-bas ?

— Les Bédouins, qui vont et viennent selon les saisons.

Abd al-Rahman hocha la tête. Il avait déjà entendu parler de l'Ouadi Zuran, ces vastes pâturages qui pouvaient nourrir les hommes et les troupeaux pendant presque toute une année.

Le jeune homme vit que son compagnon était de plus en plus épuisé. D'une voix douce comme des ailes d'oiseaux dans un jardin au crépuscule, il murmura :

— Endors-toi sans crainte, maintenant.

Mais Zamil ibn Ali avait encore une question à poser.

— Dis-moi, mon fils, quel est ton nom ?

— Je suis Musafir, un errant, répondit Abd al-Rahman.

— Bénie soit ta main et tout ce qu'elle touchera, souffla le vieil homme en s'abandonnant à sa lassitude.

Un léger cliquetis de sabot résonna sur la pierre et Saffana entra dans la salle, cherchant une compagnie à présent que la nuit était tombée dehors. Ses jambes fuselées et sa belle tête immaculée apparurent dans le cercle de lumière du feu. Elle souffla doucement et baissa la tête vers Abd al-Rahman.

— Et béni soit ton cheval au beau visage blanc, murmura faiblement le vieillard.

Puis il ferma les yeux et sombra dans un profond sommeil.

— Que ton pied soit léger, ma gazelle, chuchota Abd al-Rahman à l'oreille de Saffana en l'attirant d'un côté.

Il prit le sac de la jument, y versa une ration de sa maigre réserve de grain.

— Mange, et tu boiras encore ensuite.

Puis il jeta de nouveau un peu de bois sur le feu et s'assit pour prendre un repas frugal.

Tout en mangeant, il réfléchissait. Il avait eu l'intention de se diriger vers le sud, vers la basse Arabie. Mais il se pouvait que déjà la nouvelle de sa fuite fût parvenue aux lointains fortins, espacés le long des routes principales, par relais rapides ou même par pigeon voyageur. Les garnisons des frontières pouvaient être alertées, et le guetter. Et comme la route des pèlerinages vers le sud était encaissée ou traversait des déserts, il ne pourrait peut-être pas les éviter.

Tous les chemins battus présentaient des dangers pour lui. Mais à l'est s'étendait l'immensité du désert, et là-bas, au loin, l'Ouadi Zuran. Il prit alors sa décision.

Saffana avait achevé son picotin et s'approchait pour qu'il lui ôtât le sac. Il lui fit manger dans sa main quelques morceaux de *mereesy* et des dattes dénoyautées. La jument frotta son front et ses naseaux contre son épaule. Il la caressa et lui murmura :

— Mange, bois, et repose-toi cette nuit. Et demain, si le vieil homme est assez vaillant pour partir, nous l'emmènerons avec nous. Nous traverserons le désert, toi et moi, s'il peut nous montrer le chemin, et nous le conduirons auprès des siens, dans cet Ouadi Zuran.

Le séjour de vie

Avec un cri perçant, un oiseau de proie s'éleva des rochers devant Saffana. Il monta droit dans les airs, tenant dans ses serres les restes sanglants d'une petite bête à plumes.

La jument fit un écart peureux. Mais Abd al-Rahman s'écria :

— *Agab*, l'aigle du désert ! Un bon signe !

Un épervier se nourrissant d'un autre oiseau, c'était au moins un signe de vie dans ces solitudes stériles et désolées, un des rares qu'ils eussent vus durant ces six jours de pénible voyage.

Par le sauvage désert de Hamad, ils étaient venus — Abd al-Rahman, Saffana et le vieillard, Zamil ibn Ali. Abd al-Rahman avait presque continuellement cheminé à pied, laissant la jument à Zamil. Pas à pas, ils avaient traversé les sables, mesurant leur immensité à la lassitude de leur marche.

Zamil était très faible, à peine en état de voyager. Mais il avait quand même réussi à montrer le chemin et, le troisième jour, il avait même trouvé un point d'eau. Mais, de nouveau, l'eau manquait — ils n'en avaient plus depuis la veille — et ils souffraient de la soif. Zamil était si affaibli qu'il n'avait plus sa connaissance. Ses jambes étaient attachées aux étriers, et son torse se balançait, posé sur l'encolure de la jument.

Abd al-Rahman tenta en vain d'humecter ses lèvres desséchées.

— Zamil, voici les collines, et l'Ouadi Zuran !

Deux heures avant, les sables avaient fait place à des rochers et des falaises, à des monticules de lave sombre et de cailloux. Ce paysage était aussi stérile et désolé que le désert, mais il apportait l'espoir de ce qu'il y avait au-delà, derrière les crêtes.

— Zamil !

Abd al-Rahman souleva la tête du vieillard. Zamil ouvrit les yeux lentement. Sa figure se tourna vers le jeune homme mais il ne parut pas le reconnaître. Il avait épuisé ses dernières forces en les guidant vers ces collines dont il disait qu'elles annonçaient l'Ouadi Zuran. Il était encore en vie, cependant, et ses lèvres s'entrouvrirent.

— De l'eau, souffla-t-il. J'ai soif ! A boire !

— Encore un peu de temps, Zamil, et tu boiras dans l'Ouadi Zuran !

— Soif, haleta le vieillard. De l'eau !

Et puis ses yeux se fermèrent et il retomba sur l'encolure de la jument, en gémissant.

— Viens, *azia*, dit Abd al-Rahman en prenant la bride. Toi aussi, tu boiras bientôt.

L'épervier avait disparu dans l'éblouissement du soleil, mais, en contournant un rocher, le jeune homme vit les restes sanglants de sa proie. Et au-delà, on discernait une petite vallée.

Soudain, Abd al-Rahman aperçut une silhouette humaine sur le versant d'en face. Elle était suivie par deux animaux, un noir et un blanc, et l'œil aigu du jeune homme reconnut un chien et un mouton.

Il se retourna vers Zamil, pour lui faire partager ce spectacle réconfortant. Mais le vieillard était inerte.

En passant le bout de sa langue sur ses lèvres craquelées, Abd al-Rahman prit conscience de sa propre soif. La soif et la fatigue lui donnaient le vertige. Et la jument souffrait, elle aussi.

Menant Saffana par la bride, il descendit la pente entre les rochers. Aucun signe d'eau n'apparaissait dans cette petite vallée, mais elle était parsemée d'une végétation rare, quelques buissons, des acacias nains, des touffes d'herbe brune et de camomille.

Comme ils approchaient, le chien les aperçut d'en bas, il se mit à aboyer furieusement et, abandonnant le mouton solitaire qu'il avait poussé sur l'autre versant, il courut vers les voyageurs.

Abd al-Rahman leva la main en signe d'amitié et de salut au berger. La côte devenait moins abrupte et il pressa le pas, Saffana sur ses talons.

Le chien courait pour les intercepter. Le berger le rappela ; il s'arrêta, mais continua d'aboyer.

La voix du berger monta jusqu'à Abd al-Rahman, et elle lui parut singulièrement jeune et douce. La silhouette svelte et menue se profilait sur les rochers. Ce devait être un tout jeune garçon qui ramenait un mouton égaré.

Les sabots de Saffana firent rouler quelques pierres au fond de la vallée et le grand chien noir s'élança de nouveau vers eux.

— Ici, Suki ! Au pied !

Une fois de plus, le chien obéit au commandement du petit berger. Mais il aboyait aux intrus, bien que son jeune maître le retînt par le cou.

En arrivant au fond de la vallée, Abd al-Rahman leva encore la main et cria au jeune garçon :

— La paix soit avec toi — puissent les voyageurs trouver un abri !

Le berger donna une tape au chien pour le faire taire et demanda :

— Qui êtes-vous ?

— Des voyageurs en quête de l'Ouadi Zuran. Moi-même et ce vieillard sur la jument. Un peu d'eau, et un lieu de repos, au nom d'Allah ! Le vieillard est à demi mort de fatigue et de soif.

Voyant maintenant leur détresse évidente, le jeune berger dévala la pente rocheuse à leur rencontre.

— Mon camp est dans la vallée suivante, cria-t-il de loin, Je vais vous y conduire. Tiens-toi tranquille, Suki !

Ces derniers mots s'adressaient au chien méfiant qui se hérissait et grondait.

Après une légère hésitation, l'adolescent s'approcha, une expression de pitié sur ses traits harmonieux.

— Laisse-moi conduire ta jument, dit-il en tendant la main.

Soudain, Abd al-Rahman cligna des yeux stupéfaits. Ce n'était pas un berger, mais une bergère ! Une jeune fille, sans voile, droite, svelte, le pied léger comme la gazelle, s'avançait vers eux !

Alohra

— La paix soit avec toi, dit la jeune fille.

Elle baissa un instant les yeux devant le jeune homme surpris, mais elle les releva aussitôt et tendit encore la main vers la bride, son regard clair croisant celui d'Abd al-Rahman. Celui-ci protesta, d'une voix que la soif rendait rauque :

— Non, je puis encore marcher et conduire la jument. Montre-nous le chemin.

— Laisse-moi la prendre. Tu es las et malade.

— Non. Va, conduis-nous à la demeure de ton père, jeune fille du désert. Le vieillard a besoin de repos, et d'eau.

— Mon petit camp est là, derrière la colline, dit-elle, sans plus insister.

Elle fit quelques pas, et se retourna pour voir s'il suivait. Pendant la descente difficile, Zamil avait glissé de côté. Abd al-Rahman redressa le corps inerte, caressa le front poussiéreux de la jument et se mit en marche à son tour, sur les pas de la jeune bergère.

Le chien Suki s'attarda un instant pour renifler les nouveaux venus avec méfiance, puis il partit en courant s'occuper de la brebis vagabonde qui broutait l'herbe rare de la colline, et la remettre sur le droit chemin.

La jeune fille marchait lentement, en se retournant

souvent, avec inquiétude. Elle hésita une ou deux fois, puis voyant qu'Abd al-Rahman peinait, elle revint en courant sur ses pas.

— Laisse-moi tenir la bride. Vois, le vieillard tombe. Occupe-toi de lui.

Abd al-Rahman consentit enfin à lui abandonner les rênes, sa fierté vaincue par la nécessité et la sollicitude de la jeune fille. Il alla redresser Zamil, et marcha à côté de Saffana en retenant le vieillard d'une main, tandis que la jeune bergère guidait le cheval entre les rochers et que le chien poussait la brebis devant eux.

Après une montée abrupte, en zigzag, ils atteignirent le sommet de la colline.

— Voici ma tente, annonça la jeune fille en montrant un petit abri dressé à leurs pieds, au fond de la longue vallée.

Un troupeau d'une centaine de moutons paissait alentour. La brebis bêlante courut rejoindre les bêtes et un autre chien, qui était paisiblement assis sur son arrière-train au milieu du troupeau, se dressa d'un bond et s'élança en aboyant bruyamment contre les intrus.

— Hah, Rhul ! cria la jeune fille. Arrière ! Arrière ! Retourne à ton travail !

Le grand chien cessa d'aboyer, mais il s'approcha néanmoins, le poil hérissé, pour examiner les étrangers.

— Doucement, Rhul, murmura Abd al-Rahman en tendant une main amicale à la bête méfiante, non pour la caresser mais pour lui permettre de flairer et de juger.

Le chien renifla ses doigts, puis il agita un peu la queue et se laissa gratter derrière les oreilles. La jeune fille sourit.

— Tu sais parler aux bêtes, dit-elle. Mes chiens sont plus sauvages, généralement, avec les étrangers. Et ton cheval... ton cheval est une merveille.

Ses yeux admiratifs détaillaient Saffana, dont la beauté ressortait malgré les fatigues du voyage. Puis elle considéra Abd al-Rahman, avec une curiosité puérile, avant de baisser ses paupières aux longs cils.

— J'ai des vivres et de l'eau sous ma tente, dit-elle en se remettant en marche.

Abd al-Rahman redressa son corps las. C'était bon — infiniment bon — de trouver cette hospitalité après la longue route épuisante dans le désert. Ils parvinrent ainsi au fond de la vallée.

— Je vais chercher de l'eau.

La jeune fille courut sous la tente en peau de chameau pendant qu'Abd al-Rahman détachait Zamil et le déposait doucement à terre. Puis elle lui montra une peau de mouton étalée sur le sable près de la tente.

— Couche-le là, sur mon manteau, dit-elle.

Abd al-Rahman porta Zamil et l'allongea sur le manteau, à l'abri du soleil brûlant. La jeune fille lui tendit une gourde de cuir et il souleva Zamil pour le faire boire.

Le vieillard était inerte. Il n'ouvrait pas les yeux et l'eau coula sur son menton. Mais Abd al-Rahman réussit à lui faire avaler quelques gouttes. Zamil toussa, ses paupières battirent et il but encore, mais il ne semblait pas avoir vraiment repris connaissance.

— Toi aussi, tu as soif. Bois, murmura la jeune fille.

Abd al-Rahman prit une petite gorgée d'eau, puis une autre, avec reconnaissance. Derrière lui, Saffana hennit doucement et avança la tête.

— Je ne t'ai pas oubliée, ma beauté !

Il se retourna et décrocha de la selle le seau de cuir de la jument. Il but encore un peu, et versa le reste de l'eau dans le seau. Il n'y en avait guère, mais il le souleva avec précaution, pour faire boire la jument.

— Tu n'as presque rien bu, protesta la jeune fille.

— Cela me suffit.

— Il n'y a plus d'eau ici, mais je peux te donner du lait. Attends, je vais traire une brebis.

Elle prit un petit bol de bois et courut vers une brebis du troupeau que suivait un agneau. Abd al-Rahman libéra Saffana de sa selle et de son harnais La jument s'ébroua avec reconnaissance, puis elle vint poser sa tête contre son épaule. Elle avait encore soif. Il la rassura d'une caresse.

Il se sentait la gorge aussi sèche que s'il n'avait pas bu. Mais c'était plaisant d'être là dans cette vallée, avec le troupeau et la jeune bergère, après la solitude du désert. Il contempla Zamil. Le vieillard avait les yeux fermés ; il remuait les lèvres en dormant.

La jeune fille revint bientôt avec l'écuelle pleine de lait tiède, un petit agneau sur ses talons. Elle riait de ses bêlements plaintifs et Abd al-Rahman ne put que s'extasier devant sa beauté et le charme de ce tableau bucolique.

Mais quand elle arriva près de lui, son joli visage était de nouveau grave, et ses yeux pleins de pitié pour les voyageurs fatigués.

— Mes remerciements sont comme le vent qui passe, dit Abd al-Rahman en prenant le bol de lait. Bien peu de chose à côté de ton accueil si généreux.

— Je ne fais que ce que mon père voudrait que je fisse, répondit-elle.

Abd al-Rahman porta le bol à ses lèvres et but. Le lait bourru était tiède et crémeux, mais il apaisait sa soif et calmait sa gorge brûlante. Puis il songea à Zamil, mais le vieillard dormait. Saffana avança de nouveau la tête, réclamant sa part. Abd al-Rahman lui sourit et lui parla, de cette voix douce qu'il avait toujours pour elle, car la beauté de la jument et ses yeux expressifs faisaient monter la poésie à ses lèvres.

— Tu n'es pas oubliée, *azia*, mon aimée. Le reste est pour toi.

Il versa le contenu du bol dans le seau de cuir et le présenta à la jument. Elle souffla un peu, surprise par l'odeur et le goût inconnus, puis elle but tout le lait.

La jeune fille les observait attentivement. Lorsque Saffana eut tout bu, elle déclara :

— Reposez-vous à l'ombre de ma tente. Je vais prévenir mon père de votre arrivée, et chercher encore de l'eau.

— Où sont les tiens ? demanda Abd al-Rahman.

Elle leva le bras et son geste embrassa des collines et des vallées que l'on ne pouvait voir.

— La tente de mon père n'est pas loin, et le point

d'eau est là-bas. Je vais y aller pendant que vous vous reposez. Mes chiens veilleront sur les moutons.

— Dis-moi, s'écria Abd al-Rahman en la retenant encore un instant, quel est ton nom ?

— Alohra. Mon père est Raschid ibn Tra'd.

— Si je ne devais plus te revoir, Alohra, je ne t'oublierai jamais. Alohra... le nom est doux et délicat sur mes lèvres.

— Je vais avertir mon père, murmura-t-elle en baissant les yeux.

Abd al-Rahman s'assit à l'ombre de la tente et suivit la jeune fille des yeux. Elle s'arrêta pour parler aux chiens, leur dire de monter bonne garde en son absence. Quelques brebis voulurent la suivre, et elle dut les chasser, mais un agneau la suivit encore un moment, obstinément.

Abd al-Rahman la contempla jusqu'à ce qu'il la perdît de vue, puis il regarda autour de lui. La vallée était belle et paisible. Les moutons paissaient sous l'œil attentif des chiens, et Saffana grattait la terre près de lui, pour trouver quelques touffes d'herbe rase, après le passage des moutons.

Les paupières du jeune homme s'alourdissaient et il sentait l'engourdissement le gagner. Sa lassitude avait enfin raison de sa volonté. Il se glissa sous la tente à côté de Zamil, s'allongea sur la peau de mouton et s'endormit bientôt d'un profond sommeil.

L'Ouadi Zuran

Le soleil avait disparu à l'horizon quand Abd al-Rahman se réveilla. Les chiens aboyaient et les moutons bêlaient.

Habitué à se tenir sur ses gardes, il se redressa vivement et passa la tête hors de l'abri. L'heure était venue de ramener le troupeau au campement pour la nuit. Les chiens couraient de tous côtés pour rassembler les bêtes vagabondes.

Abd al-Rahman sortit de la tente et chercha la jeune fille des yeux. Elle était sur la colline, avec les chiens, mais, tout près de la tente, un homme s'appuyait sur sa houlette, un homme à la barbe blanche de patriarche. En voyant surgir Abd al-Rahman, il s'inclina et lui dit d'une voix grave :

— *Salaam Alikoom !*

— La paix de Dieu soit avec toi, répondit Abd al-Rahman.

A en juger par son visage parcheminé, ce vénérable vieillard devait avoir au moins quatre-vingts ans, mais il se tenait étonnamment droit. Il avait une grosse verrue brune sur le nez, qui ne lui ôtait rien de sa dignité.

— Les moutons, expliqua-t-il. On doit les faire boire avant la nuit. Sans cela, nous ne t'aurions pas réveillé.

Saffana paissait l'herbe rase à quelques centaines de

pieds. En voyant qu'Abd al-Rahman était éveillé, elle releva la tête et le rejoignit au petit trot.

— Nous avons fait boire ta jument pendant ton sommeil, dit le patriarche. Elle a souffert en chemin, mais elle se rétablit vite.

— C'est un bijou, assura Abd al-Rahman en prenant tendrement entre ses mains la tête de la jument. Saffana, la Perle ! Elle m'a été fidèle ces derniers jours, dans le désert.

— Vous avez traversé le Hamad ?

— Oui, avec le vieillard qui nous a guidés. C'est un homme du désert, qui a accompagné les armées de l'Islam en Espagne. A présent, il revient vers le désert. Il s'appelle Zamil ibn Ali, de la tribu des Beni Zingal.

Le patriarche s'étonna.

— Des hommes de sa tribu campent auprès de moi. Ils vont pouvoir s'occuper de lui.

— Je l'ai trouvé à moitié mort, sur la route du pèlerinage de La Mecque. Des voleurs l'avaient dépouillé.

— Dieu bénit ceux qui portent secours aux étrangers, dit Raschid. Ma tente t'est ouverte, et les Beni Zingal t'accueilleront.

Le troupeau était rassemblé maintenant au fond de la vallée. Allant et venant sur les flancs, les chiens patrouillaient en attendant le signal du départ de leur maîtresse.

— Yooou-sss !

La jeune fille lança le cri des chameliers, mais sur un ton singulièrement mélodieux. Les moutons s'agitèrent et les chiens les laissèrent partir. La jeune bergère suivit, portant dans ses bras un agneau nouveau-né.

— Je souhaite, dit Raschid, que nous ne laissions pas ton compagnon ici. Ma tente, ou celles de son peuple, lui conviendraient mieux pour la nuit — et à toi aussi.

— La jument pourra le porter, dit Abd al-Rahman.

Il ramassa la selle et la jeta sur le dos de Saffana. Le patriarche l'aida à transporter ses quelques bagages, et prit la lourde ceinture que le jeune homme avait ôtée pour dormir. En chemin, Abd al-Rahman avait pris soin de recouvrir la riche poignée de son cimeterre avec le cuir mouillé d'une vieille outre. Les pierres précieuses qui ornaient la garde valaient à elles seules plus que tous les biens d'un cheik du désert, et cette richesse pouvait le trahir.

La jument sellée, Abd al-Rahman porta Zamil sur son dos. Le vieillard dormait comme s'il ne devait jamais se réveiller. Il s'anima un peu, cependant, mais il était encore bien trop faible pour se tenir seul en selle.

— Si la jument avait sa bride, observa le patriarche, je pourrais la conduire pendant que tu tiens le vieil homme.

— Elle n'a pas besoin de bride. Marche et elle te suivra.

Le patriarche se mit alors en marche, derrière le troupeau, et Saffana suivit docilement, près de son épaule. Abd al-Rahman marchait à côté de la jument, en maintenant Zamil d'une main.

Ils longèrent ainsi tout le fond de la vallée, franchirent une petite hauteur, traversèrent une autre vallée, puis ils escaladèrent une pente rocailleuse et parvinrent sur une espèce de corniche abrupte dominant un vaste paysage. Au pied de la montagne, une couronne de palmiers verts entourait un frais bassin d'eau claire, comme un joyau précieux dans un écrin de verdure. Une demi-douzaine de tentes à rayures noires, rouges et blanches se dressaient près de l'oasis. Un peu plus loin, on apercevait un groupe de tentes plus petites. Des femmes et des enfants allaient et venaient. Des chameaux, des moutons et des chevaux paissaient de l'autre côté des arbres. C'était un camp de Bédouins.

La jeune bergère et son troupeau descendaient déjà, dans un nuage de poussière. Le patriarche guida Saffana entre les rochers et lui fit descendre l'étroit sentier abrupt. Abd al-Rahman avait fort à faire pour empêcher Zamil de tomber. Mais ils finirent par atteindre le fond de la vallée sans incidents. Raschid ibn Tra'd soufflait un peu, après l'effort, mais il ne perdait rien de sa dignité.

Libres et sans voiles, les femmes dévisageaient les

étrangers avec curiosité. Des enfants accoururent pour les voir de près. Le patriarche les conduisit vers la plus grande des tentes, la plus proche du point d'eau.

— Nous sommes ici à l'oasis de Qaragar, dit-il. Ma tente sera ta demeure tant qu'il te plaira de rester parmi nous. Entre, et repose-toi avec ton vieux compagnon. Les femmes pourvoiront à vos besoins.

Abd al-Rahman souleva Zamil et, tandis que Raschid écartait pour lui le large rideau de la tente, il le porta à l'intérieur, avec précaution.

La tente était sommairement meublée. Au fond, on distinguait une couche surélevée de tapis et de coussins. Abd al-Rahman, sur l'invitation de Raschid, alla y déposer Zamil. Le vieillard gémit un peu, mais ne bougea pas.

— Je vais veiller à ce que ta jument ait de l'eau à boire et du grain à manger, dit Raschid.

Mais Abd al-Rahman hocha la tête.

— Je vais m'occuper d'elle moi-même. Elle me connaît.

Il ressortit. Trois enfants, deux petites filles et un garçon, entouraient Saffana. Le petit garçon, qui devait avoir huit ans, offrait quelque chose à la jument, sur sa main ouverte.

Saffana tourna la tête et, en voyant son maître, elle hennit de plaisir. Tout comme elle avait compris les dangers et les souffrances du long cheminement dans le désert, elle comprenait maintenant que l'oasis était un havre, un lieu de repos. Peut-être même avait-elle senti le grand péril de la fuite de Syrie, la nécessité d'aller vite, et de se cacher, et de veiller sur le cavalier qu'elle portait. Tout cela était passé, à présent, comme en témoignaient la paix de ce campement et la main tendue de ce petit enfant.

Abd al-Rahman releva la mèche blanche soyeuse sur le front poussiéreux de la jument et lui murmura des mots tendres. Il défit les courroies, la délivra de sa selle et du tapis qu'il porta sous la tente, puis il ressortit et dit à Raschid :

— Je vais conduire ma jument au bassin.

— Un repas sera prêt pour toi, quand tu reviendras, répondit gravement le patriarche.

Le soir tombait. Les dernières lueurs rougeoyantes du soleil s'atténuaient à l'horizon. On n'entendait que les bruits paisibles des bêtes qui, après avoir bu, s'installaient pour la nuit. Avec le crépuscule, une immense paix descendait sur la terre.

Abd al-Rahman fit ses ablutions à la source et, rafraîchi, reposé, les sens apaisés, il contempla le camp de l'oasis. Cette paix descendait sur lui aussi et il éprouvait pour la première fois depuis de nombreux jours une impression de calme et de sécurité. Tout ce qu'il voyait était nouveau pour lui, et cependant familier par la confiance que ses hôtes lui inspiraient. Pour la première fois depuis son départ, il se sentait à l'abri, hors de portée de ses ennemis, et de la mort.

Souriant aux enfants qui l'avaient suivi, il appela Saffana et alla la mettre à l'attache près de la tente du patriarche qui lui offrait l'hospitalité.

Les gitans

Le lendemain matin, Abd al-Rahman s'éveilla tard dans la partie enclose de la vaste tente du patriarche. Il fut tiré de son lourd sommeil par les mille bruits du camp, les grognements des chameaux, les cris des femmes et des enfants, les aboiements des chiens. En se redressant, dans la pénombre de la tente, il fut surpris de ne pas voir Zamil.

Il sortit aussitôt, et vit que Saffana n'était pas là non plus. Inquiet, il la chercha des yeux, de tous côtés.

— La paix soit avec toi, lança près de lui une voix juvénile. La jument est sous les dattiers, près de la source.

C'était le petit garçon qui avait donné à manger à Saffana, la veille; Abd al-Rahman lui sourit, soulagé.

— La paix soit avec toi. Comment t'appelles-tu ?

— Zeyd, répondit fièrement l'enfant. Je suis le petit-fils de Raschid, le cheik !

Ces mots suscitèrent une pensée, dans l'esprit d'Abd al-Rahman. Il se demanda si Alohra était mariée. Et puis il se dit qu'elle ne l'était probablement pas. Une femme mariée n'eût pas été envoyée pour garder un troupeau. Il la chercha alors, mais il ne vit que quelques brebis à lait, au piquet sous les arbres. La jeune fille avait dû conduire ses moutons aux pâturages de la veille, dès l'aube.

— Mon compagnon, le vieillard, demanda-t-il au

petit garçon qui l'accompagnait à la source, où est-il ?

— Chez les Beni Zingal. Raud, leur cheik, aimerait que tu te rendes chez eux, toi aussi.

L'enfant montrait l'autre petit campement, de l'autre côté de l'oasis. Il proposa d'y conduire Abd al-Rahman.

Soudain, un hennissement s'éleva sous les palmiers. Saffana était à l'attache près du point d'eau. Elle grattait du sabot et appelait son maître. Il courut vers elle.

— Je t'ai donc manqué, *azia !* Mais... Mais qu'est-ce que ceci ?

Le jeune homme s'arrêta brusquement, étonné. La jument avait été pansée avec grand soin. Sa belle robe blanc d'argent brillait. Sur son front, sa mèche soyeuse avait été brossée et peignée et ses sabots cirés scintillaient.

— C'est Raud, des Beni Zingal, qui a fait sa toilette, expliqua Zeyd. Personne ne sait aussi bien soigner les chevaux que les Beni Zingal.

— Ces Beni Zingal... qui sont-ils ?

— Les gens... à côté. Le peuple de...

L'enfant se tut brusquement, comme gêné.

Une jeune fille était à la source. Elle devait avoir dix-huit ans, et elle portait un costume différent de celui des femmes des Bédouins, avec une ceinture bariolée et une écharpe aux couleurs vives dont les pans retombaient sur sa robe noire. Cette robe était drapée sur une seule épaule, et, sur son autre épaule nue et bronzée, elle portait avec grâce une grande outre de cuir. Sans avoir à le demander, Abd al-Rahman comprit qu'elle était de la tribu des Beni Zingal.

Elle avait des yeux vifs, hardis, presque insolents. Elle dévisagea Abd al-Rahman sans baisser les yeux, puis elle se pencha pour remplir son outre à la source. Ses cheveux noirs frisés cascadaient sur son dos.

En se relevant, elle regarda encore Abd al-Rahman. Il n'y avait pas de coquetterie dans ce regard, mais une espèce de franchise, de défi. Elle était belle, mais d'une beauté sauvage.

Enfin elle se retourna et repartit lentement vers les tentes des Beni Zingal qu'on entrevoyait entre les arbres. Sa démarche avait une grâce nonchalante et elle semblait glisser sur le sable.

— C'est la sœur de Raud, le cheik des Beni Zingal, chuchota Zeyd.

Abd al-Rahman contempla le petit groupe de tentes. Autour se pressaient des chiens, quelques femmes et des enfants, des chevaux, des chameaux et aussi des chèvres, les premières qu'il voyait dans le désert. Cela ressemblait à n'importe quel campement de nomades, et cependant c'était différent. Tout d'abord, les femmes portaient toutes des soieries bariolées sur leur robes noires...

Un homme couché à l'ombre d'une tente leva la main en le voyant arriver et cria :

— Salut à toi, Musafir. Qu'Allah vous bénisse, toi et ta belle jument blanche !

C'était Zamil, qui semblait déjà rétabli. Sa voix restait chevrotante, certes, mais il avait manifestement repris tous ses esprits.

Suivi de sa jument, Abd al-Rahman marcha vers les tentes, en souriant. Zamil était couché sur une peau de mouton, devant une des tentes. Deux hommes se tenaient assis à l'ombre près de lui, devant un petit feu.

— Je suis heureux de voir que tu vas si bien, lui dit Abd al-Rahman.

— J'ai vécu pour revoir mon peuple, et le printemps sur l'Ouadi Zuran, répondit Zamil en s'asseyant. Je vis, grâce à Allah et grâce à toi.

Un des hommes se dressa alors. Il disparut sous la tente et revint avec une grande peau de panthère noire qu'il jeta sur le sol aux pieds d'Abd al-Rahman.

— Sois le bienvenu aux tentes des Beni Zingal, dit-il. Je suis Raud, leur cheik.

L'homme était jeune, âgé d'une trentaine d'années. Ses épais cheveux noirs bouclaient comme les vrilles de la vigne sur sa tête et ses yeux étaient si sombres qu'on ne distinguait pas les pupilles de l'iris. A côté de lui se tenaient couchés deux lévriers des sables.

Abd al-Rahman s'assit, en regardant autour de lui

avec curiosité. De nombreux détails différenciaient ces gens des autres nomades du désert, les soieries bariolées des femmes, la peau de panthère, les autres peaux de bêtes qu'il remarquait maintenant... Et puis il se souvint. Il avait souvent vu des gens comme eux dans les souks de Damas. Ils vendaient des chevaux, des peaux de bêtes, ils étaient conteurs, devins, diseurs de bonne aventure. C'étaient les *Dar-bushi-fal*, les gitans du désert. La tribu des Beni Zingal appartenait à cet étrange peuple dispersé. Le jeune Zeyd n'avait-il pas dit que personne ne savait soigner les chevaux comme les Beni Zingal ? Or, dans tous les pays du monde, le goût des chevaux révèle le gitan.

— Béni soit ton nom, Musafir, reprit Zamil. Tu m'as ramené chez les miens.

— Ceux-ci sont-ils donc de ta famille ? s'étonna le jeune homme.

— Les Beni Zingal ne sont qu'une même famille, dit Raud. Zamil ibn Ali est du même sang que ma mère.

Songeur, Abd al-Rahman se demandait comment il n'avait pas deviné que le vieillard était un gitan du désert. Mais, dans sa nudité, tel qu'il l'avait trouvé dans la *kella*, Zamil avait tout l'air d'un Arabe. Et les Arabes ne sont-ils pas les seuls peuples à qui une tribu de gitans peut se mêler ?

La jeune fille de la source passa près de la tente. Elle avait piqué dans ses boucles noires un brin d'acacia en fleur. A ses oreilles, de grands anneaux d'or se balançaient au rythme de sa marche.

— Yazine, dit Raud. Apporte à manger à notre hôte.

La jeune fille s'inclina et son regard dévisagea de nouveau Abd al-Rahman, librement, hardiment. Puis elle disparut entre les tentes.

— Nous feras-tu l'honneur de partager notre pauvre repas ? dit Raud.

— Je suis ton hôte.

— Tu es ici chez toi, s'écria Zamil. Les Beni Zingal sont tous frères, et tu es le frère des Beni Zingal.

Abd al-Rahman sourit et s'installa plus à son aise

sur la peau de panthère. Tout l'étonnait, mais plus particulièrement la troisième personne assise là sur le *mukaad*, le seuil de la tente réservé aux hommes.

C'était un vieillard parcheminé, encore plus vieux que Zamil. Il avait le crâne chauve et des traits déformés par l'âge, marqués par le temps comme la terre après le passage de nombreux troupeaux. Mais il avait des yeux vifs, perçants, hardis comme ceux de Yazine. Et, comme elle, il dévisageait fixement Abd al-Rahman avec un intérêt évident.

A ce moment Saffana, qui paissait l'herbe rare non loin d'eux, gratta impatiemment la terre de son sabot et s'approcha. Elle posa sa tête sur l'épaule d'Abd al-Rahman.

— Allons, murmura-t-il en caressant ses naseaux, sois sage, ma beauté.

— Ta jument n'est pas de ces chevaux que l'on achète au marché, observa Raud.

Il avait visiblement eu l'occasion d'admirer toutes ses perfections quand il l'avait pansée. Abd al-Rahman sourit.

— Certaines choses ne s'achètent ni ne se vendent, même à prix d'or, dit-il.

— Le fils d'un Ouali ne vend pas son cheval, déclara soudain le vieillard qui n'avait encore rien dit, et il répéta, lentement, en dévisageant Abd al-Rahman : Le fils d'un Ouali... La piste est nette derrière toi.

— Excuse mon oncle, s'écria Raud en levant une main.

En Arabie, on n'interrogeait pas un hôte et on ne l'obligeait pas à parler de lui-même s'il choisissait de taire son identité. Un hôte pouvait bénéficier de l'hospitalité pendant des jours et des semaines, et repartir inconnu si tel était son désir. Mais Abd al-Rahman sourit et répondit d'un ton léger :

— Ton oncle juge un étranger par son cheval. La jument est en effet digne d'un fils de prince, mais son maître n'est qu'un pauvre errant.

— Tout comme nous, dit Raud en hochant la tête.

Dieu a donné à l'homme la terre entière. Ne devons-nous pas profiter des dons de Dieu ?

Yazine revint alors, avec un grand plat de bois fumant qu'elle posa devant les hommes. Des bracelets d'argent tintaient à ses bras. Un étrange parfum, un mélange de thym, de jasmin et de roses monta aux narines d'Abd al-Rahman quand elle se pencha près de lui. Et quand elle s'éloigna, le parfum s'attarda.

Abd al-Rahman était surpris qu'elle se parfumât, tout comme il était étonné de voir qu'avec le mouton rôti on lui servait du riz. Le riz, le *temn*, venait des lointaines basses terres d'Irak et c'était un luxe, dans le désert. De toute évidence, ces nomades n'étaient pas pauvres, en dépit de leurs humbles tentes.

La prophétie

Ce soir-là, les Beni Zingal donnèrent une fête et insistèrent pour qu'Abd al-Rahman y occupât la place d'honneur.

Dans la journée, Raud avait emmené le jeune homme à la chasse, et ils avaient rapporté une gazelle. Abd al-Rahman soupçonnait Raud d'avoir organisé cette chasse pour mettre Saffana à l'épreuve et la faire courir avec son propre étalon noir comme la nuit. Saffana avait remporté une victoire facile. Le jeune cheik des Beni Zingal semblait s'intéresser vivement à la jument, ce qui surprenait un peu Abd al-Rahman. Mais il n'en éprouvait nulle inquiétude. Il avait confiance en Raud en qui il devinait un ami.

On avait allumé un grand feu sur le sable, et la gazelle y avait été rôtie. Toute la tribu, les hommes, les femmes et les enfants, était réunie autour du feu, sous les étoiles. Il y avait là deux hommes de la tribu qu'Abd al-Rahman n'avait pas encore vus. Et puis Raud, Zamil, et le vieillard qui avait appelé Abd al-Rahman « fils d'un Ouali ». c'est-à-dire d'un gouverneur. Ce vieil homme s'appelait Hisham.

Les Beni Zingal n'étaient pas de purs Musulmans, et le vin ne semblait pas leur être interdit. On fit passer au repas une outre de vin de palme. Lorsqu'Abd al-Rahman refusa, Raud n'insista pas.

— Nos pères ont bu du vin de tout temps, depuis Noé, dit-il, simplement. Ont-ils eu tort ?

Après le festin, un enfant courut aux tentes et revint avec un instrument de musique qu'il tendit à Raud. D'un air riant, le jeune cheik en pinça l'unique corde. Cet instrument était un *rabeyby*, utilisé par les nomades depuis les temps immémoriaux.

Des applaudissements joyeux crépitèrent. Une jeune fille se leva pour danser, puis une autre. Les assistants battirent des mains. Raud posa le *rabeyby* en travers de ses genoux et se mit à jouer une mélodie primitive, sur une étendue de six notes seulement. C'était une musique simple, monotone, mais elle avait une cadence impérative qui attisait le sang et poussait à la danse. Les deux jeunes filles n'étaient guère que des enfants à peine formées, mais elles étaient douées d'une grâce innée et d'une merveilleuse légèreté. Ce peuple nomade avait la danse dans le sang et jeunes et vieux manifestaient leur joie en se balançant et en frappant des mains en mesure. Raud joua pendant un quart d'heure pour accompagner la danse des jeunes filles, jusqu'à ce qu'elles se jetassent sur le sol en riant, épuisées.

Zamil ibn Ali applaudit plus fort que les autres. Il était transformé. Ce n'était plus le même homme qu'Abd al-Rahman avait découvert à demi mort dans la *kella*.

— Tout cela m'a bien manqué, dit-il. J'ai vu danser les femmes de centaines de tribus et de peuples, d'ici jusqu'aux monts de Taric et jusqu'en Espagne de l'autre côté de la mer. Mais mon cœur ne pouvait oublier les enfants des Beni Zingal... Dis-moi, cheik, dit-il soudain, frappé par une autre idée, les gens du désert restent-ils fidèles à la *maazaba*, le grand rassemblement du printemps à l'Ouadi Zuran ?

— Certes, répondit Raud. Bientôt, mon oncle. Les tribus se réunissent déjà — ce qu'il en reste du moins. On attend seulement les pluies du printemps qui feront l'herbe verte et douce pour notre fête.

Zamil posa une main affectueuse sur l'épaule d'Abd al-Rahman.

— Tu dois voir cela, Musafir ! Le temps de la paix de l'Ouadi Zuran — comme cela se fait depuis des générations — où les ennemis oublient leurs querelles et se réunissent tous pour la grande fête et les jeux. On s'y livre à des épreuves de force et d'adresse, à des tournois à cheval, à des courses de chameaux et de chevaux.

Saisi d'une subite intuition, Abd al-Rahman regarda attentivement Raud. Le cheik, devinant sa pensée, lui sourit.

— Chaque année au printemps, dit-il, les tribus du désert se retrouvent en paix à l'Ouadi Zuran. On organise une course de chevaux. Les montures les plus rapides des diverses tribus s'y affrontent. Le gagnant reçoit beaucoup d'or et d'honneurs. Oui... Oui, c'est pour cela que j'ai voulu comparer mon étalon à ta jument. Jamais je n'avais vu de monture comme elle !

— La jument ne sera pas une menace pour tes chevaux, répondit posément Abd al-Rahman. Je ne l'engagerai pas dans la course.

Le sourire aigu de Raud devint plus subtil.

— Quelle importance si ta jument gagne ? N'es-tu pas l'ami des Beni Zingal ? Nous pourrions parier de l'or sur elle, si nous savions qu'elle va courir.

Abd al-Rahman hocha la tête, résolument.

— Je ne ferai pas courir la jument.

Raud s'inclina, en écartant un peu les bras.

— Tu es libre de décider.

Soudain, la voix ténue du vieux Hisham s'éleva. Ses yeux perçants étaient posés sur Abd al-Rahman, avec une étrange expression.

— La jument au visage blanc gagnera la course — le cheval de l'étranger.

— Mais, mon oncle, protesta Raud, notre hôte vient de dire qu'il ne la fera pas courir !

Le vieillard hocha la tête et son long doigt noueux désigna Abd al-Rahman.

— La jument au visage blanc — c'est sa destinée, et la tienne. Aucun homme ne peut échapper à son destin !

Le regard de Raud allait d'Abd al-Rahman à Hisham, surpris, un peu perplexe.

— Mon oncle, expliqua-t-il, a des dons divinatoires, comme beaucoup d'hommes de notre sang. Permets-lui de te dire ce que l'avenir te réserve.

Les yeux sombres de Hisham avaient quelque chose de magnétique. Et soudain, Abd al-Rahman eut la certitude que le vieillard pouvait voir dans l'avenir ; et comme tout homme désire savoir ce qui lui arrivera, il eut envie de connaître ce que le sort lui réservait.

— Qu'il me le dise, murmura-t-il.

— Approche-toi de lui, dit Raud et lui-même se rapprocha du vieux devin.

Abd al-Rahman alla s'asseoir devant le vieillard. Il pensait que le nomade allait lire dans les lignes de sa main, ou peut-être tracer des signes dans le sable. Mais Hisham se contenta de prendre sa main entre les siennes et de le regarder dans les yeux, sans ciller.

Le feu s'était consumé et il ne restait plus que des braises rougeoyantes. Hisham se tenait voûté, le visage dans l'ombre. Quand il parla, sa voix sembla lointaine. Basse et sifflante, elle était cependant claire et forte, comme le vent du désert.

— Ton destin chevauche avec toi, Musafir. La piste est longue. Je la vois derrière toi, et je la vois devant toi. Elle ne se termine pas ici. Et l'ombre de la mort chevauche avec toi, loin, très loin.

Inconsciemment, Abd al-Rahman retenait son souffle. La voix de Hisham baissa encore, ne fut plus qu'un murmure.

— Je vois le matin, et le coucher de soleil et le désert. Je vois la jument blanche qui galope, et une épée derrière elle. Je vois de l'eau — une vaste étendue d'eau — et une terre au-delà des eaux. Je vois des étendards et des épées, de nombreuses épées scintillantes comme sur un champ de bataille, et j'entends des voix qui crient : « Salut à toi, salut à toi », comme pour acclamer un grand chef d'armées.

Hisham lâcha brusquement la main d'Abd al-Rahman. La vision se dissipait.

Dans le silence qui suivit, le jeune homme sentit battre son cœur. Les premiers mots du devin l'avaient frappé. « L'ombre de la mort »... Elle chevauchait en effet avec lui. Mais la suite n'était que fantaisie pure. Cependant, comment le vieillard aurait-il touché la vérité de si près s'il n'avait pas eu une espèce de révélation ? Et puis une réponse lui vint à l'esprit.

— Dis-moi, demanda-t-il à Hisham, as-tu vu la couleur des étendards dans ta vision ?

Hisham inclina solennellement la tête.

— J'ai vu des étendards blancs.

Blancs ! Les étendards de la famille d'Abd al-Rahman ! Les bannières de leurs ennemis, les Abbassides, étaient noires. Hisham avait pu deviner son identité. Peut-être avait-il vu un des anciens califes, et avait-il découvert une ressemblance de famille ? Et connaissant la persécution ordonnée par les Abbassides, avait-il deviné le reste. Même ici, dans le désert, Abd al-Rahman ne pouvait se cacher.

Il tenta d'affecter un air indifférent.

— La signification de ces choses me dépasse, dit-il.

— Une terre au-delà des eaux, murmura Raud. L'Espagne, peut-être... Et tu seras un grand chef d'armées !

Il était évident qu'il croyait à la prédiction du vieillard. Mais Abd al-Rahman sourit.

— Je ne désire pas suivre l'étoile de la guerre.

Hisham releva la tête.

— Tu te rappelleras ce que j'ai dit quand ta jument blanche gagnera la course.

Abd al-Rahman fut alors convaincu qu'il n'y avait pas un mot de vrai dans les prédictions du devin. Saffana ne gagnerait pas la course, car elle n'y participerait pas. La vision d'avenir de Hisham n'était qu'un roman construit autour de l'hypothèse qu'Abd al-Rahman était de la lignée d'Omeyya.

C'était surtout cela qui inquiétait le jeune homme. Son secret n'était pas aussi bien gardé qu'il l'eût souhaité. Il se leva alors pour prendre congé, et remercier ses hôtes de leur hospitalité. Raud se leva aussi. D'une voix forte, pour que tous pussent entendre, il déclara :

— Musafir, tu as partagé la viande et le sel des Beni Zingal. Tu t'es assis comme un ami devant le feu des Beni Zingal ! Moi, Raud, je déclare que tu es le frère des Beni Zingal ! Que la paix soit avec toi !

— La paix soit avec toi ! La paix soit avec toi, répétèrent les voix multiples, jeunes et vieilles, autour du feu mourant.

Abd al-Rahman comprit alors la signification profonde des paroles du jeune cheik. Devant sa tribu, il avait répété les paroles de l'hospitalité. Abd al-Rahman était leur hôte et sa vie, sa sécurité leur étaient sacrées. Aucun malheur ne lui adviendrait de la main ou par la faute des Beni Zingal.

Comme il se retournait pour partir, il vit Yazine, assise avec les femmes. Elle le regardait, avec un léger sourire, la tête haute, le regard fier. Elle avait conscience de sa beauté. Et longtemps après avoir quitté le campement pour regagner les tentes du patriarche Raschid, il conserva son image devant les yeux.

Il retrouva Saffana où il l'avait mise à l'attache sous les palmiers. Il voulait la faire boire encore une fois avant de se retirer pour la nuit. Il était tard. Il n'avait pas pensé qu'il resterait si longtemps auprès des Beni Zingal.

— *Azia...*

Tout en dénouant le licou, il lui caressa les joues et le front. Elle se frotta tendrement contre lui et il passa sa main entre les oreilles pour flatter l'encolure. Mais quand ses doigts touchèrent la crinière, il eut un sursaut d'étonnement. La longue crinière soyeuse avait été tressée en petites nattes.

— Qui t'a coiffée ainsi ? s'écria-t-il, surpris.

Ce ne pouvaient être les enfants, pensa-t-il. Qui, alors ? A ce moment, du coin de l'œil, il aperçut une petite silhouette sombre près du bassin.

— Alohra ? devina-t-il d'instinct. C'est toi ?

La silhouette hésita, fit quelques pas, et s'arrêta.

— C'est toi, Alohra ? répéta-t-il.

Elle ne répondit pas, mais elle s'avança encore

un peu et il reconnut la jeune bergère. Il reconnaissait plutôt sa silhouette, car elle restait dans les ténèbres, sous les arbres, et il ne pouvait voir son visage.

— C'est toi qui as tressé la crinière de ma jument ?

— Je... Elle était toute seule. Je l'ai trouvée là quand je suis venue puiser de l'eau. Je... Je me suis assise auprès d'elle, je lui ai parlé, je l'ai caressée, et je lui ai tressé les cheveux. Elle est si douce !

Abd al-Rahman conduisit Saffana au bassin qui reflétait les étoiles scintillantes. La jument se pencha pour boire, et les étoiles se dispersèrent. Alohra n'avait pas bougé.

— Je penserai toujours à toi quand je verrai de l'eau comme celle de cette source, lui dit Abd al-Rahman. Je n'oublierai jamais que tu es la première à m'avoir donné de l'eau à boire, après ma traversée de l'Hamad.

Alohra ne dit rien. Son visage était dans l'ombre des arbres et les ténèbres enrobaient de mystère jusqu'à ses pensées.

Saffana, après avoir bu, leva sa belle tête blanche et se tourna vers Abd al-Rahman. Alohra s'anima alors.

— Je dois partir maintenant, murmura-t-elle.

Elle se glissa si rapidement entre les arbres que le jeune homme n'eut même pas le temps de lui souhaiter une bonne nuit.

Les lèvres de Saffana étaient humides et fraîches sur le cou d'Abd al-Rahman.

— Viens, *azia*, dit-il à la jument. Allons nous reposer, nous aussi. Demain matin, nous devrons nous lever de bonne heure. Demain, nous dirons au cheik Raschid que nous l'aiderons à garder ses moutons.

La panthère

Les pluies tant désirées tardaient à venir et, dans les jours qui suivirent, Abd al-Rahman accompagna le troupeau dans les collines entourant l'Ouadi Zuran. Fidèle à sa parole, il avait proposé ses services au cheik Raschid. Au début, le vieux patriarche refusa de le laisser travailler, en alléguant qu'il était leur hôte. Mais Abd al-Rahman insista et, comme il avait vraiment besoin d'un berger de plus, Raschid finit par accepter.

Le premier jour, il resta près du campement avec le troupeau de chameaux qui n'avait pas besoin d'aller chercher très loin sa maigre pitance. Mais ce soir-là, quand Alohra rentra, un mouton manquait au troupeau. Il avait été attaqué et tué par des loups. Aussi, le lendemain, Abd al-Rahman accompagna-t-il la jeune fille.

L'aide qu'il proposait ainsi ne devait être que provisoire. Dès les premières pluies, l'herbe des proches pâturages se redresserait, grasse et verte, et les moutons pourraient paître plus près de l'oasis. Mais les pluies ne venaient pas, et le troupeau devait être conduit de plus en plus loin dans les collines. Ainsi, Abd al-Rahman et la jeune bergère étaient ensemble tout au long du jour.

Chaque matin, dès l'aube, il se levait et faisait boire

les moutons, avec Alohra. Puis, aidés des chiens, ils conduisaient le troupeau sur les hauteurs, à la recherche de pâturages. Et à la fin du jour, assoiffés et couverts de poussière, ils revenaient vers la fraîche oasis pour passer la nuit dans le camp.

Tout autre peuple eût trouvé bien étrange qu'un jeune homme et une jeune fille se connaissant à peine pussent ainsi s'éloigner ensemble jour après jour pour garder des moutons. Abd al-Rahman lui-même, habitué qu'il était à voir les femmes plus strictement tenues, eût jugé cette liberté inconvenante dans sa précédente existence. Mais là, dans le désert, cela lui semblait naturel. Les Bédouins accordaient une parfaite liberté à leurs femmes, et la conduite d'une fille de patriarche comme Alohra était au-dessus de tout reproche.

Saffana ne quittait pas Abd al-Rahman, et reprenait des forces après les terribles épreuves de la traversée du désert. L'herbe était rare, sans doute, mais son maître emportait toujours assez d'eau pour la jument, dans ses *girbys*, et cette vie frugale mais paisible lui était salutaire.

Abd al-Rahman et Alohra étaient constamment ensemble et cependant il semblait que la jeune fille devînt plus réservée en sa présence. Et cette réserve se communiquait au jeune homme. D'ailleurs, bien qu'ils ne se quittassent pas de vue, ils étaient souvent éloignés l'un de l'autre quand le troupeau se dispersait.

Les jours s'écoulaient paisiblement. On eût dit que les loups maraudeurs avaient compris qu'un homme armé gardait maintenant les moutons, et ils restaient prudemment à l'écart.

Cependant, jour après jour, ils poussaient plus loin dans les collines. La route était longue pour les moutons, tant le matin que le soir, mais l'on n'y pouvait rien.

— Il pleuvra bientôt, assurait Raschid, inspiré par la sagesse des ans et par sa foi.

Sans cet espoir des prochaines pluies, les nomades seraient allés à la recherche d'autres pâturages. C'était l'oasis qui les retenait, en dépit de la maigre pâture.

L'eau du bassin était la plus claire à des lieues à la ronde, et la source ne tarissait jamais. La difficulté n'était pas de faire boire les bêtes, mais de les nourrir.

Les collines de Subuq se dressaient au nord de l'oasis, abruptes, escarpées, coupées de vallons sinueux. Ce fut là qu'ils conduisirent le troupeau, aux derniers jours de la sécheresse. Et ce fut là qu'Abd al-Rahman eut à affronter la panthère.

Les moutons étaient tassés dans une des étroites gorges, gardés par Alohra et les chiens. Abd al-Rahman, à pied, avait pris position sur une des crêtes, d'où il pouvait mieux les surveiller et guetter les alentours.

Le vallon était paisible, mais les hauteurs qui le cernaient avaient un aspect sauvage et redoutable. Abd al-Rahman longea la crête, pour voir où aboutissait la vallée, et si les moutons ne pouvaient s'égarer à l'extrémité. Il portait une longue lance, et son arc avec le carquois en bandoulière.

L'air était brûlant, oppressant, orageux. Abd al-Rahman passa une main sur son front moite et leva les yeux vers le ciel. L'horizon était brumeux, mais sans nuages.

Quand il regarda de nouveau au fond de la gorge encaissée, il aperçut un animal qui se glissait furtivement entre les rochers, rapidement rejoint par un autre. Surpris, le jeune homme vit que c'étaient de jeunes panthères, à peine plus grosses que des chiens. Elles guettaient les moutons. Quelques brebis vagabondes paissaient à une vingtaine de toises d'elles. Alohra et les chiens se trouvaient au milieu de la vallée, avec le gros du troupeau, inconscients du danger.

Abd al-Rahman banda silencieusement son arc et assujettit une de ses flèches à pointe d'acier. Il avait peine à croire que les bébés panthères fussent seuls, et pourtant il avait beau chercher, il ne voyait pas la mère.

Prêt à tirer, il hésita. Ces jeunes panthères ne semblaient guère dangereuses. Il était sûr qu'il devait y en avoir une autre, adulte, beaucoup plus redoutable, bien qu'il ne la vît pas.

Un des jeunes fauves lui imposa sa décision. Ramassé sur lui-même derrière un rocher, les yeux fixés sur la brebis la plus proche, il s'apprêta à bondir. Abd al-Rahman avait assez souvent chassé ces félins pour deviner leurs moindres intentions. Tout jeune qu'il fût, le gros chat allait s'élancer à l'attaque.

Il n'eut que le temps de tirer sur la corde de l'arc, en visant bas. La panthère bondit au même instant.

La flèche l'atteignit au flanc. La bête poussa un cri de douleur, se retourna pour tenter d'arracher le dard enfoncé dans sa chair et retomba lourdement sur le côté, entre les rochers.

Avec un rugissement de rage, la mère apparut. Elle s'élança de la corniche où elle s'était tapie. En quelques bonds, elle rejoignit son petit blessé.

La panique s'empara des brebis. Elles prirent la fuite en bêlant, vers la masse du troupeau. Les chiens, alertés, accoururent en aboyant et se ruèrent sur les fauves pour protéger le troupeau.

La panthère prit son petit entre ses dents par la peau du cou et le traîna à l'abri. Abd al-Rahman lui décocha vivement une flèche mais la manqua. L'autre petit avait disparu.

— Holà ! Arrêtez ! Ho !

Abd al-Rahman fit de grands gestes pour tenter d'empêcher les chiens de s'approcher. La panthère les tuerait ! Sa lance à la main, il chercha désespérément un passage pour descendre dans la gorge.

Les chiens arrivèrent aux rochers et firent un bond de côté quand la panthère les chargea. Le félin était vif et rapide, mais les chiens ne l'étaient pas moins. Téméraires, ils l'encadraient, en le menaçant de leurs crocs, l'empêchant d'attaquer d'un côté ou de l'autre, évitant adroitement ses coups de griffes fulgurants.

— Suki ! Rhul !

Alohra se précipitait au secours de ses chiens.

— N'avance pas ! lui cria Abd al-Rahman.

Surprise par cette voix nouvelle venant des hauteurs, la panthère leva la tête. A la vue de cet ennemi insoupçonné, elle recula, fit demi-tour et bondit derrière les rochers. Les chiens la poursuivirent en aboyant férocement.

— Suki ! Rhul !

Inconsciente du danger, folle d'angoisse pour ses chiens, Alohra s'avança en courant.

— Alohra ! hurla Abd al-Rahman.

La lance à la main, il s'élança le long de la crête dans la direction du sentier qui serpentait vers la vallée. Avant même d'y arriver, il projeta son arme en bas et plongea après elle, sur le versant abrupt, en se retenant aux rochers pour ralentir sa chute. Il réussit malgré tout à ne pas lâcher l'arc qu'il tenait à la main. Au bas de la pente il perdit pied et roula jusqu'au fond de la gorge sous une grêle de pierres. Son carquois se détacha et des flèches s'en échappèrent. Il les ramassa à la hâte, ainsi que sa lance.

— Alohra !

Il courut vers elle.

— Mes chiens... Ils vont se faire tuer ! cria-t-elle quand il voulut la retenir par le bras.

— Ne t'approche pas !

Il la repoussa rudement et avança de quelques pas, portant sa lance et son arc.

De gros blocs de rochers s'amoncelaient au pied de la colline abrupte. Les panthères s'y étaient cachées. Les chiens les traquaient, rageurs, sans cesser d'aboyer.

Abd al-Rahman chercha les fauves, et il aperçut enfin la mère, allongée à plat sur une corniche, les babines relevées sur les crocs, attendant que les chiens s'approchassent pour bondir sur eux.

Abd al-Rahman laissa tomber à ses pieds sa lance et son carquois, et banda son arc. La panthère n'était qu'à cinquante pieds de lui. Il la visa à la tête et laissa voler sa flèche. La pointe d'acier frappa le roc à six pouces de la tête noire et la flèche se brisa. Folle de rage, la bête se redressa et, prête à attaquer n'importe quoi, s'acharna sur le rocher à l'endroit que la flèche avait atteint.

Abd al-Rahman se hâta d'en placer une autre à son arc. Il prit le temps de se mettre bien d'aplomb sur ses jambes puis il visa soigneusement, banda son arc et tira. La flèche atteignit la panthère à l'épaule. La douleur décupla la fureur de la bête. Rugissante, farouche, elle bondit sur les chiens.

Cette fois, ils eurent moins de chance. L'un d'eux poussa un cri de douleur quand une lourde patte s'abattit sur ses reins. Toutes griffes dehors, les crocs découverts, la panthère se cabra pour attaquer l'autre. Et comme elle se redressait, Abd al-Rahman réussit à lui décocher une autre flèche.

Elle tourna sa rage contre lui. Elle s'élança si vite qu'il eut à peine le temps de jeter l'arc inutile et de se baisser pour s'emparer de la lance. Par bonheur, la pointe était dirigée vers la bête. Il tomba sur un genou, planta la hampe de l'arme dans la terre et, quand la panthère bondit, il la cueillit sur le fer dressé.

La panthère s'empala sur la lance et, en se débattant, elle ne fit que l'enfoncer plus profondément.

Abd al-Rahman se jeta de côté, roula sur lui-même et se releva d'un bond. sa dague à la main. C'était une défense illusoire, mais il n'en eut pas besoin. Le fer de lance s'était planté dans le cœur de la bête. Elle fut agitée de quelques soubresauts, puis ses forces déclinèrent et, après un dernier spasme, elle s'écroula sans vie sur le sol.

Abd al-Rahman ramassa son arc et ses flèches. Il avait peine à croire que la panthère était morte, tant elle avait paru redoutable quelques secondes plus tôt.

— Tu n'es pas blessé ? s'enquit Alohra, inquiète, encore blême de terreur. Tu aurais pu te faire tuer !

— Toi aussi.

— Je... J'ai eu tort. C'est pour moi que tu as risqué ta vie. Tu aurais pu l'abattre d'une flèche de là-haut, sans danger.

Ses yeux s'emplirent de larmes de remords. Le jeune homme lui prit le bras, en souriant.

— Tu as été folle de courir ainsi après tes chiens, mais bien courageuse aussi !

— Les chiens ! Sont-ils blessés ?

Suki était debout, mais tout son corps tremblait

et il tenait une patte en l'air. L'autre gisait sur le flanc, encore vivant, mais affreusement blessé. La charité commandait de mettre fin à ses souffrances. Abed al-Rahman hocha tristement la tête, confirmant ainsi les craintes de la jeune fille. Elle se mit à sangloter.

— Ruhl, Ruhl, gémit-elle en se penchant tendrement sur le chien. N'y a-t-il pas d'espoir lui?

— Il a des blessures internes, dit Abd al-Rahman avec douceur. Vois, il saigne de la bouche.

— Musafir! Que se passe-t-il?

Abd al-Rahman leva la tête. C'était Raud, accompagné d'un autre des Beni Zingal. Ils étaient tous deux en tenue de chasse, armés de lances et d'arcs.

— Ah! Tu l'as vue avant nous, s'écria Raud en voyant le cadavre de la panthère. Nous avons suivi sa piste et celle de ses petits tout l'après-midi.

— Les petits ont couru par là, dit Abd al-Rahman en montrant le chaos de rochers. L'un d'eux a été atteint par une flèche. Il devrait être facile a suivre.

Le second gitan se retourna pour aller fouiller l'amas de pierres. Raud s'agenouilla près de la panthère et la retourna.

— Tuée comme par un chasseur de chez nous, observa-t-il. Cette lance n'a pas été projetée, mais tenue contre elle quand elle a bondi.

— Je n'avais pas le choix, dit Abd al-Rahman avec simplicité. Elle s'est élancée brusquement et je n'ai eu que le temps de lever la lance.

Des grondements et des cris s'élevèrent du chaos de rochers. Le compagnon de Raud avait trouvé la jeune panthère blessée et l'égorgeait.

Alohra montra le chien blessé à Raud.

— Qu'a-t-il? Est-ce très grave?

Raud hocha la tête.

— On ne peut pas le sauver. Laissez-le moi. Je mettrai fin à ses souffrances quand vous partirez. Je resterai et j'écorcherai la panthère pour toi, Musafir, si tu veux.

— Garde sa peau pour toi, lui dit Abd al-Rahman.

Il était heureux que Raud fût là pour achever le

chien. Sachant combien Alohra aimait Rhul, il n'aurait pas eu le cœur de le faire lui-même.

— Écoutez, s'écria soudain Raud. Le tonnerre ! Je pensais bien l'avoir entendu tout à l'heure.

— La pluie !

— Oui, la pluie, dit gravement Raud. Elle arrive enfin. Vous feriez bien de rentrer avec le troupeau.

Abd al-Rahman et Alohra retournèrent auprès des moutons. Rhul gémit en les voyant partir, et Alohra pleura en l'abandonnant.

Ils eurent beaucoup de mal à rassembler les bêtes sans l'aide des chiens. Suki faisait ce qu'il pouvait, mais il boitait et ne servait presque à rien.

Saffana attendait Abd al-Rahman avec le troupeau. Elle était énervée, apeurée sans doute par le combat avec la panthère. Il la calma d'une caresse et de quelques mots affectueux.

Quand ils eurent quitté la gorge étroite, Abd al-Rahman monta sur la jument sans selle. Elle était intelligente, et aussi vive qu'un chien de berger. Ils galopèrent sur les flancs du troupeau, empêchant les moutons de vagabonder, tandis qu'Alohra et le pauvre Suki les poussaient en avant.

La pluie arrivait, c'était certain. Après quelques grondements, le tonnerre s'était tu, mais d'épais nuages noirs se massaient au-dessus des collines. Bientôt de grosses gouttes s'écrasèrent dans la poussière.

Avant qu'ils n'atteignissent le camp, la pluie tombait déjà dru. Les sables du désert l'absorbaient avidement, et les moutons bêlants semblaient soudain plus joyeux. Et puis de petites mares commencèrent de se former sur le sol craquelé. Ce n'était pas une simple averse, mais la vraie pluie vivifiante tant attendue. Alohra offrait son visage à l'eau qui tombait du ciel et semblait presque oublier le chagrin causé par la perte de son chien.

— Cette fois c'est vraiment la pluie, cria-t-elle à Abd al-Rahman qui chevauchait à ses côtés.

Elle souriait au jeune homme, et son visage mouillé ne lui avait jamais paru plus beau.

La Maazaba

Il plut ainsi pendant toute une semaine, une pluie douce, tiède, qui apportait une vie nouvelle au désert. Des fleurs s'épanouissaient là où il n'y avait eu que du roc, l'herbe jaunie verdit en un jour, sembla-t-il, et des insectes, de petites bêtes parurent naître de la terre elle-même. C'était le temps de la joie et de la facilité, où les troupeaux paissaient sans peine dans les nouveaux pâturages.

La montée de l'eau dans les puits annonça la réunion des tribus — la *maazaba*, le temps de la paix et des jeux — selon la coutume au printemps dans l'Ouadi Zuran. Les tribus étaient beaucoup moins nombreuses que par le passé. Les conquêtes musulmanes, les guerres d'Afrique et d'Espagne, en avaient attiré beaucoup loin de leur patrie du désert. Mais ceux qui restaient arrivaient de centaines de lieues à la ronde, et bientôt près de deux mille personnes se rassemblèrent dans les vallées de l'Ouadi Zuran pour la foire annuelle et les compétitions amicales.

Durant cette période, toute querelle, toute animosité, étaient strictement interdites. Des ennemis mortels pouvaient se rencontrer et passer leur chemin, sans qu'aucun d'eux attaquât ou eût à se défendre. C'était une loi inviolable, et celui qui la transgressait encourait la mort par consentement général.

Comme centre de rassemblement on choisit l'oasis du patriarche Raschid. Son eau était la meilleure de toute la région. De nombreuses tentes se dressèrent alentour, mais les troupeaux de moutons et de chameaux furent mis au pâturage dans les vallées voisines, car ils étaient bien trop nombreux pour qu'on les réunisse dans un même lieu.

Les Beni Zingal se tenaient à l'écart du grand campement. Leur nombre s'était accru cinq fois. C'était à vrai dire une petite tribu, mais étroitement liée. Une tribu riche, féconde en artistes et artisans habiles, et en marchands astucieux...

Des jeux, des épreuves d'adresse et de force se déroulaient chaque jour, des courses de chameaux et des tournois, des chasses au faucon. Mais le grand événement devait être la course de chevaux. Car si le chameau était la bête la plus utile aux nomades du désert, le cheval était la plus noble et la plus aimée.

La course de chevaux marquerait l'apogée et la fin de la *maazaba*. Elle était ouverte à tous, mais seuls les plus beaux destriers pouvaient y être engagés. Une bourse d'or était exigée pour chaque engagement, et toutes ces mises récompensaient le gagnant. Mais les enjeux dépassaient de beaucoup le montant du prix, car chacun pariait gros.

Cependant, Abd al-Rahman poursuivait sa paisible tâche, et gardait les moutons avec Alohra. Il restait discrètement à l'écart des réunions, il observait mais ne prenait aucune part aux jeux. A vrai dire, l'existence de la maisonnée du patriarche Raschid n'était guère affectée par l'agitation d'alentour. Le vénérable vieillard était un sage respecté. Il offrait à tous ceux qui venaient à lui son hospitalité habituelle, mais sans jamais rien perdre de sa dignité.

Ce fut à la veille de la grande course qu'un événement se produisit qui changea le cours du destin pour Abd al-Rahman, un soir qu'il était près du bassin avec les moutons.

Le point d'eau servait beaucoup, en ces jours-là, et les bêtes nombreuses ne cessaient d'aller et de venir.

Lorsque les moutons furent abreuvés, Raud descendit de son camp avec une dizaine de chevaux. Plusieurs hommes de sa tribu l'accompagnaient, et parmi eux Zamil ibn Ali.

— Musafir, cria joyeusement Raud, viens voir le cheval que les Beni Zingal engageront demain dans la course !

Il montrait un magnifique étalon alezan, un noble animal nerveux, à la robe lustrée. Abd al-Rahman ne l'avait encore jamais vu. Sans aucun doute, ce cheval avait été amené au campement, d'un pâturage lointain, par les Beni Zingal.

— C'est Medham, le Zélé, annonça Raud en flattant les flancs frémissants de l'alezan qu'il conduisait au bassin. C'est le cheval le plus rapide de notre tribu. Demain, la fortune des Beni Zingal courra avec lui !

— Le plus rapide des chevaux est l'alezan, dit Abd al-Rahman en citant un vieux proverbe. Puisse-t-il voler demain vers la victoire.

Il examina attentivement l'étalon. C'était une bête magnifique, mais pour lui aucun cheval ne valait Saffana.

— J'aimerais que ta jument participe à la course, Musafir, soupira Zamil. La jument au beau visage blanc, qu'elle soit bénie !

Soudain, alors qu'il parlait encore, Zamil sursauta.

— C'est lui ! s'écria-t-il en regardant par-dessus l'épaule d'Abd al-Rahman. Le voleur de la *kella !*

Le jeune homme se retourna. Parmi les groupes qui puisaient de l'eau ou faisaient boire leurs bêtes, quatre nouveaux venus se présentaient avec des chevaux. Le premier conduisait par la bride un grand étalon noir.

— Ho, Jan, diable que tu es, tiens-toi tranquille !

L'étalon noir tira violemment sur la bride, mais son maître la tenait fermement. Le cheval voulut se cabrer, énervé par la présence des autres étalons et des juments, mais son cavalier réussit à le maîtriser en riant.

— C'est lui, chuchota Zamil, le voleur qui m'a dépouillé dans la *kella*, qui m'a volé mon chameau et tout ce que je possédais, et même mes vêtements. C'est lui, et ceux qui sont avec lui sont aussi des voleurs !

— Du calme, mon oncle, du calme, murmura Raud en posant une main sur le bras tremblant de Zamil.

Son premier mouvement avait été de porter la main à la dague qu'il avait au côté, mais il se rappela où il était, et sa main retomba.

Le maître de l'étalon noir dévisagea hardiment Zamil, avec un sourire moqueur. Manifestement, il reconnaissait le vieillard. La raillerie de son sourire s'adressait aussi à Raud.

L'expression du jeune cheik était sombre, mais ce fut d'une voix courtoise qu'il déclara :

— Je suis Raud, cheik des Beni Zingal. Sois le bienvenu à notre point d'eau. C'est la *maazaba.*

— Je suis Hassan, répondit l'homme et il ajouta, en rejetant la tête en arrière avec arrogance : Hassan le Voleur !

Le pillage des caravanes avait toujours été reconnu comme une manière de gagner sa vie en Arabie, où la stérilité de la terre rendait toute autre occupation impossible. Des tribus entières vivaient du butin volé aux marchands de passage. Mais c'était une chose que de dévaliser une riche caravane, et une autre que de détrousser un pauvre vieillard seul et sans défense, de le blesser et de l'abandonner à la mort. Et il fallait tenir compte de la famille de la victime.

Cependant, c'était le temps de la *maazaba*, le temps de la paix. Toute rage que l'on pût avoir au cœur devait être étouffée, et aucune querelle n'était permise. Hassan le Voleur le savait bien, et il en profitait. Et Raud des Beni Zingal le savait, et se résignait à attendre son heure.

L'étalon noir se calma sous la main de son maître et se pencha pour boire. Il avait soif, mais malgré tout releva par deux fois la tête et la secoua, mécontent de la présence des autres étalons.

Hassan le Voleur éclata de rire.

— Voyez comme il est vif ! dit-il, puis se tournant

vers Raud : Cheik, les Beni Zingal engagent-ils un cheval dans la course, demain ?

— Certes.

— Parfait ! J'ai de l'or, ici, beaucoup d'or, déclara Hassan en frappant sur une lourde bourse pendue à sa ceinture. Les Beni Zingal sont joueurs. Demain, parieront-ils sur leur cheval contre Jan ?

Il jeta un regard méprisant vers les autres chevaux. Raud ne le quittait pas des yeux.

— Les Beni Zingal sont joueurs, dit-il.

— Demain, alors.

Raud et les siens quittèrent le bassin avec leurs bêtes. A l'autre extrémité, Abd al-Rahman continuait d'abreuver les moutons, pendant que Hassan et ses trois compagnons faisaient boire leurs chevaux. Le jeune homme examinait l'étalon noir, notait ses mouvements, son caractère. C'était un animal puissant et rapide, sans aucun doute, puisque Hassan était si avide de parier sur lui. Et tout en considérant le cheval, Abd al-Rahman étudiait le maître. Un homme dur, cruel, qui riait des malheurs d'autrui, tel était l'homme qui avait dévalisé et frappé Zamil dans la *kella*. Dès le premier regard, le jeune homme l'avait méprisé.

Ce soir-là, le travail de la journée accompli, Abd al-Rahman se rendit au campement des Beni Zingal avec Saffana. Les hommes étaient assis autour du feu, après le repas du soir et, une fois les salutations d'usage échangées, il révéla le but de sa visite.

— Cheik, dit-il à Raud, j'ai changé d'idée. Ma jument participera demain à la course.

— Ah, fit simplement Raud, intéressé mais à peine surpris.

— Que les Beni Zingal parient tout leur or sur elle — tout ce qu'ils pourront réunir. Elle ne sera pas battue.

— Tu as grande confiance en ton cheval, Musafir... Moi aussi.

— Tu le peux, assura le jeune homme. C'est une jument des hautes terres, la plus rapide entre des milliers. Aucun cheval du désert ne peut la battre !

Raud sourit.

— Tu ressembles à un Beni Zingal, Musafir. J'ai confiance en toi et en ta jument. Et puis je me souviens aussi de la prophétie de mon oncle Hisham. Demain, elle portera la fortune des Beni Zingal.

— Et pariez tous avec Hassan le Voleur, conseilla Abd al-Rahman. Si vous manquez d'or pour égaler ses enjeux, je vous en donnerai.

— Nous avons assez d'or, déclara Raud et son sourire s'accentua.

La course de chevaux

Des lambeaux d'étoffe de couleur vive fixés à de longues lances fichées en terre marquaient le parcours. La distance était d'environ trois lieues, sur un circuit ovale commençant et se terminant non loin de l'oasis de Qaragar. C'était un très long parcours sur un terrain difficile, parsemé d'obstacles naturels, avec des endroits où le cheval devait galoper sur des éboulis de lave, une véritable épreuve pour la rapidité et la vaillance d'une bête.

Seize chevaux étaient engagés dans la course. La plupart des tribus avaient un représentant, ainsi que quelques particuliers, comme Hassan le Voleur. Hassan semblait avoir de nombreux partisans parmi les Rualla, une tribu brutale, venue du nord du désert. La plupart d'entre eux avaient misé sur le cheval Jan. Mais Hassan lui-même, par arrogance, avait tenu à parier uniquement avec les Beni Zingal. Raud l'y avait d'ailleurs encouragé. Il possédait assez d'or et plus qu'il n'en fallait pour égaler tout ce que le Voleur aurait pu réunir. Pour lui, la course se déroulerait uniquement entre Jan et Saffana, qui représentait les Beni Zingal.

La course devait avoir lieu dans la matinée. Les chevaux furent amenés au point de départ au moment où le soleil se levait au-dessus des hautes collines rocheuses cernant la vallée.

— Bonne chance, pour toi et la jument, cria Raud à Abd al-Rahman. Humilie ce voleur de Hassan, et ce soir il y aura au camp des Beni Zingal une fête comme on n'en a encore jamais vue !

— Qu'il n'y ait pas d'incident, et il sera humilié, promit le jeune homme.

Puis il guida Saffana vers le départ.

La jument était en parfaite condition, bien reposée de sa traversée du désert. Mais, mieux encore, son esprit égalait celui d'un artiste en pleine création. Elle savait ce qu'était une course. Elle avait déjà affronté des chevaux rapides et n'avait jamais été battue.

Abd al-Rahman se plaça sur la ligne de départ, tout à fait à l'extérieur. Dans une course aussi longue, il n'y avait pas de meilleure place à la corde, et il préférait être à l'écart du peloton. Jan, l'étalon noir, le colosse, dominait tous les autres. Il piaffait, se cabrait et manifestait sa mauvaise humeur, mais les sauvages Rualla poussaient des cris enthousiastes devant ces démonstrations.

Saffana prit calmement place sur la ligne. Mais Abd al-Rahman la sentait vibrer et savait qu'elle était prête.

Il jeta un coup d'œil à la multitude de spectateurs. Raud était là, avec les hommes de sa tribu, près du départ, et avec eux la belle Yazine, toute rose de plaisir. Abd al-Rahman se demanda un instant où pouvait être Alohra. Il ne l'avait pas vue de la matinée.

A ce moment précis, où son esprit était ailleurs, le drapeau vert s'abaissa brusquement. Un rugissement s'éleva de milliers de gorges et les chevaux s'élancèrent.

Abd al-Rahman avait été distrait, mais Saffana était prête. Elle vit s'abattre le drapeau vert et comprit ce que cela signifiait. Le mors était léger dans sa bouche et ne la retint pas un seul instant. Son premier bond la porta à quinze pieds en avant et puis elle se mit à galoper, une demi-longueur d'avance sur le reste du peloton.

Abd al-Rahman avait été surpris, mais il se ressaisit vite, alors que la jument en était encore à son premier bond. Quand les jambes de devant portèrent, il se tenait bien en selle, couché sur l'encolure, en position pour la longue épreuve qui les attendait.

Il avait fait à l'avance le plan de sa course. Au départ, la jument voulait courir et il la laissa faire. Elle partit à une vitesse foudroyante, à une allure qu'aucun cheval ne pouvait conserver sur toute la distance. Les autres concurrents, frais et dispos, la prirent en chasse en donnant toute leur puissance. Ils foncèrent dans la première ligne droite.

Pendant les premières centaines de toises, les chevaux restèrent assez bien groupés. Et puis le peloton commença de s'allonger. Saffana avait plusieurs longueurs d'avance sur ses plus dangereux rivaux.

Abd al-Rahman se retourna et vit que Jan, l'étalon noir, menait la course en tête de ses poursuivants. C'était exactement ce qu'il souhaitait. Saffana régla son allure, toujours très rapide quoique moins impétueuse qu'au départ, mais à longues foulées souples qui semblaient dévorer la distance. Hassan le Voleur espérait sans doute qu'elle s'était épuisée avec son premier effort. Abd al-Rahman riait tout seul, tandis que les rochers, les buissons et le sol défilaient vertigineusement.

Ils tournèrent au troisième drapeau marquant la piste et le terrain devint plus rocailleux. Le jeune homme guida la jument avec soin, en la retenant un peu de peur qu'elle ne trébuchât. Derrière lui, il entendait le martèlement furieux des sabots de ses poursuivants. Sur les collines environnantes, des groupes de spectateurs les acclamaient.

Ils passèrent le quatrième drapeau à une lieue environ de la ligne de départ et à cet endroit la piste devint sablonneuse. Le grondement des sabots s'assourdit et les cris des spectateurs s'élevèrent plus nettement dans les airs.

La jument ralentit un peu son allure sur le sable mais pas un instant elle ne broncha. Les autres chevaux aussi étaient gênés par le sable, et Saffana conserva la tête. Ainsi, ils passèrent les cinquième et sixième drapeaux.

Ils atteignaient maintenant le milieu du circuit, le tournant de la course. Abd al-Rahman se retourna encore une fois. Il n'y avait que trois chevaux à sa poursuite. Tous les autres étaient loin derrière. Et parmi ces trois, l'étalon noir.

Le septième drapeau marquait le début de la partie la plus difficile du parcours. Il était planté au fond de la vallée, et il fallait ensuite franchir une succession de dunes et d'éminences.

C'était là que les qualités de cavalier du jeune homme seraient mises à l'épreuve. Il fallait user de prudence. Un cheval risquait de glisser et d'être mis hors de course. Il n'entendait pas mettre Saffana en péril.

— Doucement, doucement, murmura-t-il en retenant de la voix et du geste la jument impatiente.

Que les autres chevaux gagnent du terrain à cet endroit s'ils le veulent, pensait-il. Cela faisait partie de son plan, surtout en ce qui concernait Jan.

En tête des poursuivants, l'étalon noir se rapprochait. Hassan croyait voir là sa chance et il poussa impitoyablement son étalon sur les dunes.

Abd al-Rahman ne se retourna pas, mais il savait que Jan rattrapait Saffana. Le martèlement des sabots et les cris de Hassan encourageant l'étalon se rapprochaient de plus en plus.

Près du sommet de la côte, où le parcours entamait la descente, l'étalon noir dépassa la jument. Abd al-Rahman fit contourner à Saffana un rocher gigantesque et Hassan en profita pour passer, lançant l'étalon tout droit dans la descente abrupte.

Le grand cheval faillit trébucher en arrivant en bas, mais Hassan lui releva la tête et le poussa en avant presque sans perdre un instant. Maintenant, c'était au tour de Hassan de se retourner en riant. Déjà, il avait dans la bouche le goût de la victoire.

— Doucement, doucement, murmura Abd al-Rahman d'une voix rassurante en retenant la jument.

Le but était encore loin. La vraie course se ferait dans la dernière ligne droite, en terrain plat.

D'autres cavaliers cherchaient à se placer et, risquant tout pour l'avantage du moment, ils éperonnèrent leurs chevaux et plongèrent dans la côte rocheuse. Trois d'entre eux dépassèrent Saffana.

Abd al-Rahman n'était pas inquiet. Il convenait de ménager un trésor comme Saffana. Il ne doutait pas une seconde qu'elle ne regagnât le terrain perdu au moment voulu.

Vers le bas de la pente, il eut la preuve de sa sagesse. Un bel alezan trébucha devant lui et s'abattit, jetant son cavalier à terre. Abd al-Rahman souffrit de voir s'écrouler le cheval et l'homme. Mais il n'était pas question de s'arrêter pour leur porter secours. Et puis il dépassa le neuvième drapeau. Les dunes étaient derrière lui, et devant lui s'étendait un terrain plat, durci, parfait pour le galop. Le but n'était plus qu'à une lieue.

— Maintenant, *azia !* Maintenant !

Il était enfin prêt à lâcher la bride à la jument. Deux chevaux galopaient devant lui, à cinquante pieds, une jument alezane et un étalon bai. Et à une trentaine de toises devant eux, il y avait Hassan sur Jan.

— Cours, Brise des Plateaux ! Cours, Joyau des Collines !

Couché sur l'encolure, il chantait des encouragements aux oreilles de Saffana. Il n'eut recours ni à la cravache ni aux éperons. La jument n'obéissait qu'à la voix de son maître et à l'ardeur de son propre désir. Car elle ne pouvait tolérer de se laisser distancer à la course.

Une flamme semblait l'animer. Ses jambes immaculées luisaient au soleil du matin, et son long cou se tendait dans l'effort. Elle était toute grâce et beauté, mais il ne s'agissait plus à présent de grâce et de beauté. Transformée, magnifiée, exaltée par ses propres efforts, elle était toute puissance et gloire.

Comme l'ombre plongeante de l'épervier, elle se rua sur la jument alezane et l'étalon bai. Elle dépassa l'un puis l'autre avant qu'ils eussent fait vingt foulées sur le terrain durci. Et maintenant, elle n'avait plus devant elle que Jan, l'étalon noir.

— Cours, ma Beauté farouche ! Cours, Lumière de l'Aurore !

L'âme d'Abd al-Rahman communiait avec celle de la jument. Il sentait Saffana frémir entre ses genoux. Maintenant, elle lui donnerait raison. Maintenant, elle lui permettrait de remplir la promesse faite aux Beni Zingal.

Hassan le Voleur se retourna et vit venir sur lui ce tourbillon. Il cravacha sauvagement l'étalon noir, il lui laboura les flancs de ses talons, il lui hurla des commandements. Mais autant essayer d'arrêter le cours du soleil ! Irrésistiblement, l'espace diminuait entre Saffana et lui.

— Cours, Ailes du Vent ! Cours, Flèche du Soleil !

La jument galopait à la hauteur de Jan. L'étalon noir roula les yeux de côté et l'aperçut. Les imprécations et les jurons de son maître résonnaient à ses oreilles, la cravache le frappait impitoyablement. L'écume volait de sa bouche et ses flancs ruisselaient de sueur. Il galopait comme il n'avait jamais galopé, et cependant la jument le rattrapait.

— Holà, Voleur, cria Abd al-Rahman, tu n'es plus en train de dépouiller un pauvre vieux dans le désert !

Abd al-Rahman n'eut que le temps de lancer ces mots à Hassan que déjà Saffana le distançait. Le Voleur, montrant des dents de loup, injuria son cheval et le frappa de plus belle. Mais l'étalon noir avait tout donné dans la première moitié de la course. Il avait été poussé trop fort, comme l'avait prévu Abd al-Rahman. Il n'avait pas de second souffle, plus de cœur, il n'était plus un rival pour Saffana. Et tandis qu'elle s'éloignait de lui, il fit une faute et son allure se brisa. Il était battu et fourbu.

— Cours, Gloire du Jour Naissant ! Cours, Éclat des Étoiles !

L'incomparable puissance de Saffana enivrait le jeune homme. Il se retourna une fois. Jan ahanait à plusieurs longueurs derrière lui. Le reste du peloton était loin. La jument syrienne galopait seule. Il ne se retourna plus.

Devant lui, il n'y avait plus que le but, et la multitude enthousiaste. Les cris des spectateurs montaient pe plus en plus vibrants. Sur la ligne d'arrivée, les écharpes et les manteaux bigarrés des Beni Zingal s'agitaient follement.

Saffana était absolument infatigable. La victoire proche semblait décupler ses forces. Sa crinière blanche flottait au vent de la course, et ses sabots rebondissaient sur le sol avec une vigueur et une précision sans cesse accrues.

Les voix des spectateurs s'enflèrent en un tonnerre d'acclamations. Les Arabes aimaient les chevaux au-dessus de toute chose. Et une monture telle que celle-ci emportait même l'admiration des vaincus. Seule, sans rival, la jument syrienne franchit la ligne d'arrivée.

Les Beni Zingal exultaient. Raud se fraya un passage dans la foule pour venir féliciter l'homme et le cheval. Abd al-Rahman aperçut Yazine dans le groupe. Son sourire découvrait ses dents éblouissantes, son visage radieux reflétait la joie.

Mais Alohra... Où était-elle ? Ce fut en vain qu'il la chercha des yeux.

La nuit de la victoire

La course avait permis aux Beni Zingal de doubler leur fortune. De l'or, des chameaux, des moutons et des chevaux furent pour eux les fruits de la victoire de Saffana. Ce soir-là, ils organisèrent une grande fête au campement, avec un magnifique festin. Vingt moutons furent rôtis devant les feux de bois, et tout le monde fut invité à participer aux réjouissances.

Les tribus commençaient à se disperser. La course de chevaux avait marqué le dernier jour de la *maazaba*, et de nombreuses tentes furent démontées dans l'après-midi par les nomades pressés de repartir au nord vers les nouveaux pâturages d'été. Hassan le Voleur fut parmi les premiers à partir. Ses amis s'étant détournés de lui à la suite de sa défaite, il n'avait nulle envie de s'attarder auprès des Beni Zingal à présent que le temps de la paix était passé.

Tous les Beni Zingal jubilaient, mais aucun n'était aussi heureux que Zamil ibn Ali. Raud avait restitué au vieillard la contrepartie de tout ce que Hassan lui avait volé dans la *kella*, et il avait retrouvé sa fierté et sa dignité.

— Ta jument est un trésor que pourraient convoiter des rois, dit-il à Abd al-Rahman. Soyez trois fois bénis, elle et toi. Qu'Allah vous protège tous les deux ! Je te dois ma vie et mon honneur.

— C'est la justice d'Allah qui a voulu qu'elle gagne et que tes pertes te soient remboursées, répondit le jeune homme.

— Je te dois tant ! Ah ! que je voudrais être jeune et fort, pour te prouver ma reconnaissance !

— N'aie crainte, mon oncle, lança Raud, qui l'avait entendu. Tu as des parents qui, eux, sont jeunes et forts. Tous ceux de ma tribu sont tes frères, ajouta-t-il en se tournant vers Abd al-Rahman. Tu ne manqueras jamais d'amis, partout où les tentes des Beni Zingal seront dressées.

Au festin de la victoire, Abd al-Rahman prit place à côté de Raud. Ils mangèrent et burent et parlèrent beaucoup. Les Beni Zingal ne tarissaient pas d'éloges sur Saffana. Pendant de longues années, la course serait pour eux un souvenir glorieux.

— As-tu songé à la prophétie de Hisham ? demanda Raud pendant la fête. Il avait dit que la jument blanche gagnerait la course.

— Oui, je me souviens, murmura Abd al-Rahman qui avait en effet beaucoup réfléchi aux paroles du devin.

— Et le reste ? insista Raud. Une terre au-delà des mers, et les voix qui t'acclament comme un chef d'armées ?

Abd al-Rahman hocha la tête.

— Cela, je ne puis le comprendre.

— Qui sait ? Parfois, notre destin nous pousse, et la fin est bien éloignée du commencement.

Après le festin vinrent les danses. Il ne manquait pas de jeunes femmes chez les Beni Zingal, et leur grâce était incomparable. Mais aucune n'avait la souplesse, la beauté et la passion de Yazine.

Quand elle s'élança dans le cercle de lumière du feu, les bras en arceau au-dessus de sa tête, les autres danseuses s'écartèrent pour la laisser danser seule.

Tous les regards suivaient les ondulations de sa danse, tous les spectateurs subissaient son charme, tous sauf Abd al-Rahman. Car après avoir longuement contemplé tous les visages, à la recherche d'un seul, il venait d'apercevoir Alohra. La jeune bergère se tenait à l'écart dans la foule, et regardait la danseuse avec fascination. Et tandis que tous les spectateurs admiraient Yazine, le jeune homme n'avait d'yeux que pour Alohra. Malgré la distance qui les séparait, il crut lire dans ses yeux une profonde souffrance.

La musique primitive s'enfla brusquement, Yazine tourbillonna comme une flamme vivante et puis, sur un dernier coup de cymbale, tout se tut, et la danseuse épuisée vint s'abattre aux pieds du héros du jour, Abd al-Rahman.

Dans le tonnerre d'applaudissements, Raud se tourna fièrement vers lui.

— Ma sœur est aux femmes ce que ta jument est aux autres chevaux, s'écria-t-il.

Mais le jeune homme l'entendit à peine. Pendant qu'il tournait la tête pour applaudir Yazine, Alohra avait disparu.

— Ta sœur n'est plus une créature de cette terre lorsqu'elle danse, répondit-il courtoisement, puis il ajouta : Permets-moi de m'absenter un instant.

Surpris, Raud le vit se lever et courir vers le cercle des spectateurs. Et puis un jongleur sauta avec ses poignards dans le cercle de lumière et toute l'attention du cheik et des convives se tourna vers lui.

Abd al-Rahman fendit la foule, vers l'endroit où il avait vu Alohra. Elle n'y était plus. Consterné, hanté par la tristesse de son beau visage, il partit à sa recherche.

La lune à son premier quartier baignait le désert d'une lumière irréelle. L'oasis n'était qu'une tache d'ombre. Abd al-Rahman y courut. Ses yeux s'accoutumaient à la pénombre et il crut distinguer une mince silhouette sous les palmiers.

— Alohra ! Attends-moi !

La jeune fille se retourna mais ne répondit pas. Abd al-Rahman s'approcha. Elle était immobile, adossée au tronc d'un palmier. Il lui prit la main dans l'obscurité. Les sons de la fête semblaient lointains. Là, sous les arbres, tout était silence et paix.

— Alohra, je t'ai cherchée toute la journée !

La jeune bergère se taisait. Il lui prit son autre main

— Alohra, je t'ai cherchée avant la course, et après, et je ne t'ai pas vue. Je viens seulement de t'apercevoir, là-bas !

— La gitane, souffla Alohra. C'était pour toi qu'elle dansait.

— Pour moi, et pour tous les autres.

— C'est pour elle que tu as voulu gagner la course, alors que tu avais dit que tu n'engagerais pas ta jument.

Elle s'exprimait d'une voix posée, presque monotone, dénuée de reproches, mais d'une infinie tristesse.

— Pour elle ? s'écria Abd al-Rahman en la prenant entre ses bras. Ce n'était pas pour elle ! C'est pour battre Hassan le Voleur que j'ai couru. Pour le battre et lui regagner ce qu'il avait volé au vieillard dans la *kella !* Je n'ai jamais pensé à la jeune fille ! Non. C'est pour toi... c'était à toi que je pensais. Pour toi que je voulais gagner. Pour que tu sois fière de moi.

Il prononçait les mots qu'elle voulait entendre, mais elle ne pouvait y croire.

— Pourquoi ne m'as-tu pas parlé ainsi quand nous étions seuls avec les moutons, dans le désert ? Je l'espérais alors.

— Alohra ! Alohra, je ne devrais pas te le dire. Je ne devrais pas te dire que je t'aime !

Leurs lèvres se rejoignirent et, pendant un long moment, il n'y eut plus que la nuit, et les étoiles. Enfin Abd al-Rahman releva la tête et gémit :

— Je n'ai pas le droit de t'aimer !

— Toi seul en as le droit. Je ne donnerai mon amour à aucun autre, jamais.

— Tu ne comprends pas, soupira-t-il. C'est pour toi que je dis cela.

— Je sais que tu as un secret, Musafir. Je ne te le demanderai pas, cela ne m'importe pas. Il est trop tard à présent pour que je cesse de t'aimer.

Ému, le cœur serré, désespéré, Abd al-Rahman avoua :

— Je suis Ab dal-Rahman, le dernier prince d'Omeyya.

Marouan, le calife assassiné, était mon oncle et le nouveau calife a mis ma tête à prix. En ce moment même, ses hommes d'armes me cherchent dans toute l'étendue de l'Empire.

— Mon seigneur! Mon seigneur! Je suis indigne de toi !

Alohra échappa à l'étreinte du jeune homme et se prosterna à ses pieds. Il se hâta de la relever.

— Ne dis pas cela ! Tu embellirais encore le plus beau des palais. Mais moi, qu'ai-je à te donner ?

— Mon seigneur, je ne suis qu'une fille du désert, qu'une petite bergère.

Abd al-Rahman la reprit dans ses bras. Éperdu de tendresse, il ne trouvait pas les mots qu'il voulait dire. Tant de choses se pressaient sur ses lèvres qu'il ne savait par laquelle commencer. Il finit par murmurer simplement :

— Alohra, je t'aime. Je n'en ai pas le droit, mais je t'aime.

Elle lui sourit alors et la nuit étoilée confondit leurs deux ombres.

Le secret

La semaine suivante, Abd al-Rahman et Alohra se marièrent. Tandis que naissaient les agneaux, et que des fleurs rares s'épanouissaient entre les rochers, dans la joyeuse renaissance du printemps, ils furent unis par le simple rite bédouin. Abd al-Rahman n'avait que dix-neuf ans, et Alohra seize, mais dans cette société pastorale ils étaient déjà homme et femme.

Le patriarche Raschid leur donna sa bénédiction sous les palmiers de l'oasis. Les Beni Zingal assistèrent à la cérémonie. Raud vint féliciter les jeunes époux et leur fit cadeau d'une tente neuve et de chameaux. Et quels que fussent ses sentiments secrets, Yazine vint leur souhaiter beaucoup de bonheur.

Et puis les dernières tribus se séparèrent et Raschid s'éloigna vers de nouveaux pâturages. Ils ne poussèrent pas vers le nord, comme la plupart des autres, mais vers la terre de Kérak, au sud-ouest, une terre fertile où l'herbe était grasse et les points d'eaux nombreux.

Les jours et les semaines passaient, pour Abd al-Rahman, dans un émerveillement perpétuel. Loin d'être un fugitif solitaire, il avait trouvé un havre, une famille, un foyer. Il oubliait les palais de son enfance. Sa nouvelle existence le comblait. Et les semaines devinrent des mois...

Souvent, pour être plus seuls et mieux savourer leur bonheur, Alohra et lui partaient à cheval pour quelques jours, avec une petite tente. Ils partirent ainsi un jour vers une région montagneuse appelée le Djebel Ithriyat. Abd al-Rahman chevauchait Saffana et Alohra une autre jument. Ils dressèrent leur camp pour la nuit au sommet d'une colline, dominant une longue vallée que le crépuscule emplissait d'ombres violettes.

Ils avaient pansé, nourri et abreuvé les chevaux, et ils étaient tous deux assis devant le feu lorsque, après un long silence, Alohra demanda doucement :

— Quand prendras-tu d'autres femmes, mon seigneur ?

— Jamais ! assura-t-il. Jamais.

— Même si je ne te donne pas d'enfants ?

— Même alors.

Le regard du jeune homme se fit lointain. L'idée d'un enfant le faisait penser à bien des choses, à l'extermination de sa famille, à sa propre condamnation à mort, au bannissement des Omeyyades. Au fond de son cœur, il ne souhaitait pas avoir d'enfants.

Alohra aussi regardait au loin, plongée dans ses propres pensées. Mais ce devait être des pensées joyeuses car un léger sourire errait sur ses lèvres.

— Jamais, c'est un bien grand mot, mon seigneur. Cela me semble bien long. Donne-moi une réponse plus précise.

— Une réponse à quoi ? demanda le jeune homme qui avait déjà oublié la question.

— Dis-moi quand tu prendras une autre femme. Donne-moi une réponse et je te dirai un secret.

Elle le taquinait et il entra dans le jeu, mais il devinait qu'elle avait quelque chose de grave à dire.

— Je prendrai une autre femme quand la mer recouvrira le désert.

Elle considéra gravement ce propos, puis elle hocha la tête d'un air satisfait. Et, après avoir poussé un profond soupir comme si elle rassemblait son courage, elle murmura d'une voix si basse que la nuit emporta presque ses paroles :

— Puisse l'enfant que je porte être un garçon — pour que tu en sois heureux et fier.

Abd al-Rahman ne répondit pas. Il la serra plus fort dans ses bras et elle l'entendit soupirer. Inquiète, elle demanda :

— Tu n'es pas content ?

— Si !

La nouvelle avait suscité dans son cœur un chaos de sentiments confus. Mais c'était la joie qui dominait. Son âme, son cœur étouffaient de bonheur. Ses craintes étaient oubliées, oubliée l'idée que mieux vaudrait qu'il n'eût jamais d'enfant pour continuer la lignée. Plus rien ne comptait que son amour pour Alohra et sa joie en pensant au bébé qui allait naître.

La vengeance de Hassan

Une odeur de feu de bois réveilla Abd al-Rahman. Il crut d'abord qu'Alohra s'était levée tôt et avait commencé à préparer leur repas du matin. Mais en se relevant, il vit avec surprise qu'elle dormait encore à ses côtés.

Il saisit la poignée de son cimeterre et sortit de la tente. Le jour pointait. Le soleil ne s'était pas encore élevé au-dessus du sommet des collines. A quelques toises, il vit le petit feu dont l'odeur l'avait tiré du sommeil. Un homme était accroupi devant, un cheval sellé à côté de lui.

Abd al-Rahman avança sans bruit, et regarda le long de la vallée encaissée, mais il ne vit personne d'autre. L'homme lui tournait le dos. Soudain Saffana hennit doucement en voyant son maître. L'homme se retourna, et Abd al-Rahman reconnut Raud.

— *Salaam*, cheik, dit le jeune homme en s'avançant vers son ami

— *Salaam*, frère des Beni Zingal. Viens t'asseoir auprès du feu. Le repas sera bientôt prêt.

A l'expression de Raud, Abd al-Rahman comprit qu'il n'était pas là par hasard, mais il demanda, d'un ton enjoué :

— La chance t'a-t-elle conduit ici ?

— Non, mon frère. Le patriarche m'a dit de quel côté

vous étiez partis, et je vous ai suivis à la piste toute la nuit.

— Tu nous cherchais donc?

— Oui, je vous cherchais. Musafir, tu es l'ami, le frère des Beni Zingal. Je ne perdrai pas de temps en vaines paroles. Quarante cavaliers sont à une journée de marche, derrière moi, des hommes d'armes du calife Abu al-Abbas. Ils recherchent un certain Abd al-Rahman, de la maison d'Omeyya. Le sceau de la mort est sur lui.

Le petit monde d'Abd al-Rahman s'écroulait brusquement.

— C'est Hassan le Voleur qui les a amenés, poursuivit Raud. Il a entendu parler des recherches qu'effectuait le calife pour retrouver cet Abd al-Rahman, et il se rappelait les traits de physionomie des Omeyyades. Il n'avait pas oublié la course de chevaux, non plus... C'est toi qu'ils recherchent, Musafir. Ils disent que tu es Abd al-Rahman.

Le jeune homme ne chercha pas à le nier.

— Oui, dit-il. Je suis Abd al-Rahman.

Raud n'en parut pas surpris. Il était si calme qu'il semblait qu'il l'eût toujours su. Le regard perdu dans le vide, Abd al-Rahman eut un sourire amer.

— Ainsi Hassan tient sa vengeance !

— Hassan ne se soucie plus de sa vengeance, déclara Raud d'une voix dure. Il a commis l'erreur de s'éloigner un peu trop loin du campement des hommes du calife. Les Beni Zingal l'ont surpris alors qu'il était seul. Hassan est mort. Mais les cavaliers traquent toujours Abd al-Rahman.

Alohra s'était levée. Timide, un peu inquiète, elle les rejoignit.

— Le soleil se lève quand tu parais, lui dit Raud en tendant une main vers l'orient doré.

— *Salaam*, cheik, murmura Alohra, de plus en plus inquiète.

Abd al-Rahman contempla sa jeune femme. Il ne savait que lui dire. Sa gorge se nouait. Et puis il compri. qu'il devait parler vite, sans ménagements inutilest

— Les cavaliers du calife sont à mes trousses. Raud vient m'apporter la nouvelle.

Alohra pâlit, et se retourna vers la piste, comme si elle s'attendait à voir apparaître les chevaux.

— Où sont-ils ? souffla-t-elle.

Raud désigna l'horizon, au nord-est.

— A une journée de marche. Ils trouveront ce campement.

Alohra prit la main de son mari entre les siennes.

— Nous partirons ! Nous avons le temps. Je connais des retraites sûres ! Nous nous cacherons, ils ne nous trouveront pas !

Elle implorait Raud du regard. Les Beni Zingal connaissaient dans le désert des oasis et des points d'eau ignorés de toutes les autres tribus. Raud soupira.

— Oui, il y a des lieux où vous pourriez vous cacher — pour un temps.

— Tu sais qu'il n'y a pas de lieux où nous puissions nous cacher désormais, dit Abd al-Rahman en regardant Raud dans les yeux. Ils m'ont découvert une fois, ils me retrouveront. Et tous ceux qui m'auront aidé en pâtiront.

Alohra se tordait les mains de désespoir.

— Que vas-tu faire ?

— Je vais partir avec Saffana.

— Non, non ! s'écria Alohra en se jetant dans ses bras. Nous partirons ensemble. Je te suivrai !

Il la serra contre son cœur, caressa sa joue, releva tendrement les boucles brunes sur son front.

— C'est pour toi que je pars, murmura-t-il. Pour toi et pour l'enfant.

— Non...

— Si. Ce sera un fils, comme tu l'as prédit. Je partirai et il naîtra dans la sécurité. Et la lignée d'Omeyya se poursuivra par toi.

— Non...

Mais sa protestation étouffée n'était plus qu'un gemissement résigné.

Sa décision prise, Abd al-Rahman repoussa doucement sa jeune femme et se tourna vers Raud.

— Cheik, je suis Abd al-Rahman, prince d'Omeyya. Alohra porte mon enfant et sur sa tête pèse déjà la condamnation à mort du calife, avant même qu'il ait vu le jour. Personne ne sait cela, en dehors d'Alohra et moi, et toi maintenant. Emmène-la avec toi. Cache-la parmi les femmes des Beni Zingal. Ainsi mon fils naîtra en sécurité, et dans le secret.

— Je te le promets, répondit gravement Raud. Et toi ? Que vas-tu faire ?

Abd al-Rahman tendit le bras vers l'ouest.

— Je partirai avec la jument. Quand les hommes du calife sauront que je suis parti, ils abandonneront les recherches ici.

— Mais comment peux-tu fuir par là-bas ? s'écria Alohra. Il n'y a que le désert, l'immensité du désert. Tu te perdras, tu mourras de faim et de soif !

— A trois lieues d'ici se trouve une vallée et un point d'eau que seuls les Beni Zingal connaissent, intervint Raud. Un des miens y est déjà. Il t'accompagnera et te servira de guide.

Abd al-Rahman fut surpris au point d'en avoir le souffle coupé. Puis il s'écria :

— Raud ! Comment savais-tu ce que je ferais?

Raud haussa les épaules.

— Les Beni Zingal savent bien des choses.

Abd al-Rahman, stupéfait, entrevoyait cependant une faible lueur d'espoir dans son malheur. La confiance du gitan le rassurait. Mais Alohra ne partageait pas cet espoir. Elle savait seulement qu'il la quittait, pour affronter les pires dangers. Et même s'il avait la vie sauve, peut-être ne se reverraient-ils plus jamais ! Ce fut en pleurant tout bas qu'elle rassembla ce qu'il devait emporter pour son voyage.

Ils partirent tous trois vers le lieu de rendez-vous, le long des oueds desséchés. Par deux fois, Raud leur fit faire des détours sur des terrains rocheux, pour brouiller leur piste.

Enfin, Raud s'arrêta à l'entrée d'une longue gorge encaissée et agita le bras pour faire signe à quelqu'un, que l'on ne voyait pas encore.

— C'est là, dit-il et il talonna légèrement son cheval.

Abd al-Rahman ne voyait rien que des rochers abrupts et des buissons jaunis. Et puis un homme surgit, vêtu d'une longue robe, encapuchonné comme un fantôme. Raud s'approcha de lui.

— Voici Bedar, dit-il à Abd al-Rahman. Il connaît les territoires, d'ici au Nil, comme aucun autre homme ne les connaît.

Bedar avait le visage sombre comme la lave, brûlé par mille soleils du désert.

— *Salaam*, frère des Beni Zingal, dit-il gravement.

Ses lèvres se retroussèrent en une grimace amicale sur des dents de loup.

Raud sauta à terre, et ses compagnons l'imitèrent. Alohra se jeta dans les bras d'Abd al-Rahman. Le temps était venu de lui dire adieu.

Bedar les précéda entre les rochers et là, dans une grotte, ils virent un cheval sellé, prêt à partir.

— Voilà le puits, dit Raud en montrant un trou sombre. Nous allons remplir les outres et abreuver les chevaux.

Cela fait, ils se remirent en selle et suivirent la gorge. Ils parvinrent ainsi sur un haut plateau. Raud se tourna vers Abd al-Rahman.

— C'est ici que nous nous séparons.

Bedar et lui s'éloignèrent discrètement pendant que les époux s'enlaçaient une dernière fois. Puis Abd al-Rahman remonta Saffana et alla rejoindre Raud.

— Adieu, cheik, dit-il en lui prenant la main. Je pars le cœur plus léger, sachant que tu prendras soin de ma femme et de mon enfant.

— Par notre père Abraham, je le jure ! Puissent les sables du désert recouvrir mon corps sans vie si je manque à ma parole et si je trahis ta confiance. Non pas adieu, prince, mais au revoir, car j'ai le sentiment que nous nous reverrons un jour, toi et moi !

Abd al-Rahman contempla une dernière fois le beau visage en larmes d'Alohra, puis il fit tourner bride à Saffana et suivit Bedar vers l'ouest. Raud se mit en marche vers le nord avec Alohra.

La poursuite

Pendant plus d'une heure, Abd al-Rahman et Bedar chevauchèrent en silence. Ils suivaient la crête nord du D ebel Ithriyat. Le lieu était sauvage, le terrain inégal et stérile. Les vallées desséchées succédaient aux amas de rochers. Il semblait que rien ne pût briser la monotonie du paysage, aussi Abd al-Rahman fut-il surpris quand, du haut d'une éminence, il vit un troupeau de chameaux dans une vallée, à ses pieds. Bedar arrêta son cheval.

— Nous allons les contourner.

— Attends !

Le jeune homme examina attentivement les traits de son compagnon. Le gitan avait la physionomie d'un homme audacieux.

— A combien a-t-on mis ma tête à prix? demanda-t-il.

— A dix mille pièces d'or, répondit aussitôt Bedar en se demandant où Abd al-Rahman voulait en venir.

— Et quel est le châtiment prévu pour ceux qui me viendront en aide ?

— La mort.

— Et cependant, tu m'aides. N'as-tu donc pas peur de la mort ?

Bedar se mit à rire et d'un geste du bras il embrassa tout le désert.

— Personne ne connaît le désert comme les Beni Zingal. Et chez les Beni Zingal, personne ne le connaît mieux que Bedar, d'ici jusqu'à Suez. Le chasseur doit trouver son gibier avant de le tuer !

Abd al-Rahman hocha la tête sans quitter son compagnon des yeux.

— Suppose, dit-il, que nous fassions savoir aux hommes du calife quelle direction nous avons prise ? Crois-tu que nous pourrions quand même les distancer ?

— Avec des chevaux comme les nôtres, personne ne peut nous rattraper, assura Bedar, mais les questions d'Abd al-Rahman le rendaient perplexe.

— Si les hommes du calife savent de quel côté nous avons fui, ils ne nous rechercheront plus parmi les tentes du patriarche Raschid ou dans les campements des Beni Zingal, expliqua le jeune homme. Ils nous suivront, et ceux que j'aime seront en sécurité.

Bedar relâcha les rênes.

— Viens. Nous allons traverser le troupeau de chameaux.

Un seul homme veillait sur le troupeau, un Bédouin à demi nu, vraisemblablement un serviteur. Il accueillit aimablement les nouveaux venus, mais avec une lueur d'inquiétude dans les yeux. Il était heureux de les voir, dans sa solitude, mais il se méfiait des inconnus.

— As-tu de l'eau ? prétexta Bedar en s'arrêtant. Nos *girbys* sont presque vides.

L'homme secoua sa gourde pour montrer qu'elle était vide aussi.

— Par là-bas, dit-il en tendant le bras, il y a le campement du Chammar, et un puits. Suivez la piste de mon troupeau et vous le trouverez.

Ils s'éloignèrent, sous le regard méfiant du chamelier. Peut-être avait-il remarqué que leurs outres gonflées démentaient les paroles de Bedar. Au bout d'une centaine de toises, Bedar arrêta de nouveau son cheval.

— Maintenant, dit-il, nous allons nous assurer que les hommes du calife nous suivront. Attends-moi ici.

Il fit demi-tour et galopa vers le chamelier.

— Écoute, chuchota-t-il en se penchant vers lui, peux-tu faire un feu?

— Un feu?

— Oui, un feu! Peux-tu en faire un?

— Certainement.

Il y avait là des buissons morts, des herbes sèches et des bouses de chameaux desséchées qui formaient un excellent combustible.

— Parfait ! Tiens, prends ceci.

Discrètement, comme s'il se cachait d'Abd al-Rahman qui attendait plus loin, Bedar glissa une pièce d'or dans la main du chamelier, puis il lui dit tout bas, d'une voix de conspirateur :

— Dès que nous serons hors de ta vue, dresse un grand bûcher. Fais du feu et jette des bouses fraîches dessus pour faire beaucoup de fumée. Dans un moment, dans plusieurs heures peut-être, des cavaliers se présenteront, une troupe nombreuse. Dis-leur que l'homme qu'ils cherchent est parti de ce côté. Dis-leur que je laisse une piste facile à suivre, à leur intention. Fais cela, et leur chef te donnera une autre pièce d'or.

Le chamelier restait bouche bée, sans comprendre. Il regarda la pièce qui brillait dans sa main, puis Bedar.

— Feras-tu ce que je te demande ?

— Oui !

— Bien. Maintenant, tends le bras comme si tu m'indiquais le chemin.

L'homme leva le bras et gesticula. Bedar le salua puis il tourna bride et alla rejoindre Abd al-Rahman au trot.

— Allons, lui dit-il.

Ils repartirent à travers monts et vallées, et souvent Bedar se retournait. Ils n'avaient pas couvert trois quarts de lieue qu'il aperçut ce qu'il guettait.

Derrière eux, une mince colonne de fumée s'élevait dans le ciel clair. Bedar se mit à rire tout bas.

— C'est le signal que j'ai demandé au chamelier de lancer. Les hommes du calife le verront et arriveront bientôt.

— Que vont-ils penser ?

— La même chose que ce chamelier : que je désire te trahir. Qu'importe ce qu'ils pensent ? Ils suivront nos traces, et c'est ce que tu veux.

Durant tout l'après-midi, ils poussèrent leurs montures et firent tout pour semer leurs poursuivants, mais en prenant soin de laisser derrière eux une piste facile à suivre. Ils rencontrèrent plusieurs troupeaux et quelques campements, qu'ils se gardèrent d'éviter. Ce fut seulement à la nuit noire que Bedar ordonna enfin la halte.

— Dors sans crainte, dit-il après qu'ils eurent dîné et pris soin des chevaux. Ils ne nous rattraperont pas cette nuit.

Abd al-Rahman dormit d'un mauvais sommeil agité mais sans rêves. Il faisait encore nuit lorsque Bedar le réveilla. Avant le jour, ils étaient déjà loin.

Ils laissaient derrière eux le labyrinthe de collines de l'Ithriyat et traversaient à présent une large plaine coupée d'oueds. Imperceptiblement, à mesure qu'ils avançaient vers l'ouest, le paysage se transformait, s'adoucissait. Il se parait maintenant de bosquets, d'herbe verte, de pâturages. Ils virent plusieurs troupeaux gardés par des bergers.

Le terrain se remit à monter au bout de la plaine, et dans l'après-midi ils émergèrent sur un vaste plateau. C'était la partie méridionale des montagnes de Transjordanie, qui continuaient ainsi jusqu'au golfe d'Aqaba. Le désert était derrière eux.

Vers le soir, ils traversèrent le Haj, la route des pèlerinages qu'Abd al-Rahman avait laissée bien plus au nord quand il était parti à travers le Hamid vers l'Ouadi Zuran. Ils la franchirent au-dessus d'Abou el-Djirdhan, entre deux caravanes.

Cette nuit-là, ils campèrent au pied des derniers pics des monts de Transjordanie et Abd al-Rahman, encore une fois, dormit d'un lourd sommeil, entrecoupé d'effrayants cauchemars.

Il leur fallut deux jours pour franchir le labyrinthe de vallées et d'escarpements de la montagne. Au matin du troisième jour, ils en sortirent par le Djebel Haroun.

Ils escaladèrent une crête, et soudain, sous leurs yeux, s'étendit un paysage d'une terrible grandeur.

Toute la montagne, au nord et au sud, aussi loin que portait le regard, plongeait à pic dans une gigantesque cuvette. C'était l'Ouadi el-Arabah, ces immenses basses terres désolées qui s'étendent du golfe d'Aqaba à la mer Morte. A cet endroit, la plaine était large de dix lieues, et s'étendait de part et d'autre à perte de vue.

— El-Tih, dit Bedar en montrant du doigt, au-delà de l'immense dépression, une ligne sombre.

C'étaient les sommets du Djebel el-Tih, la chaîne de montagnes bordant l'Ouadi el-Arabah à l'ouest qui marquait le début de la péninsule de Sinaï.

En descendant dans l'Ouadi el-Arabah, ils eurent l'impression de plonger dans une fournaise. L'air était brûlant, chargé d'une lourde humidité qui devenait de plus en plus oppressante à mesure qu'ils descendaient dans l'abîme...

Ils guidèrent leurs montures sur les pentes raides, et bêtes et hommes respiraient péniblement. En arrivant enfin au fond, ils étaient trempés de sueur, mais tout autour d'eux la terre restait stérile et desséchée.

Bedar s'arrêta un instant pour faire boire les chevaux, parcimonieusement, avec de l'eau des *girbys*, puis ils repartirent.

— Il nous faut traverser cette plaine aussi vite que possible, dit-il.

Le sol de l'Ouadi el-Arabah ressemblait au fond d'un océan brusquement asséché. Ce n'était pas un désert et cependant tout était aussi mort que dans le désert, rongé de sel et calciné par le soleil.

Ils cheminaient difficilement, et s'arrêtaient fréquemment pour faire souffler les chevaux. Et sans cesse, Bedar se retournait pour contempler leur piste.

Vers la fin de l'après-midi, il crut voir des cavaliers dévaler la montagne derrière eux. Mais c'était si loin, une telle brume de chaleur planait sur l'Ouadi qu'il ne put en être certain. Ce signe, qu'il avait attendu, l'aiguillonna. La nuit tomba, et ils continuèrent d'avancer.

Avec la nuit, la température changea brusquement. Un vent aigre se leva, descendant de la mer Morte, balayant les solitudes désolées d'el-Arabah. La nuit fut aussi glacée que la journée avait été écrasante. Abd al-Rahman ne savait comment Bedar pouvait encore le guider dans les ténèbres, mais le gitan poursuivait son chemin sans hésiter.

Bien après minuit, Bedar fit enfin halte.

— Nous sommes au Bir Ibn Ode, dit-il. Nous allons nous reposer ici jusqu'au jour.

Abd al-Rahman ne voyait aucun puits, dans l'obscurité, et peu lui importait où il se trouvait. Il était si fatigué qu'il eut à peine la force de desseller Saffana. Les membres gourds, grelottant, il fit coucher la jument. Puis il s'allongea à l'abri de son corps, se recouvrit de son mieux et, serré contre elle pour trouver un peu de chaleur, il sombra dans un profond sommeil.

Il lui sembla qu'il venait à peine de fermer les yeux quand Bedar le secoua. Le ciel pâlissait déjà à l'est. Le vent était tombé et un silence de mort planait autour d'eux.

Dans la clarté diffuse de l'aube, il vit le puits. L'eau était fraîche et à portée de la main. Ils firent rapidement leurs provisions, abreuvèrent les chevaux et repartirent.

Le soleil, en se levant, leur révéla un nouveau paysage. Les montagnes d'el-Tih étaient toutes proches, et non plus noires mais rouges dans le levant. Les deux voyageurs pressèrent les chevaux pour atteindre les hauts plateaux avant la chaleur du jour.

Quelques heures de marche les amenèrent au pied des premiers contreforts. Les chevaux les escaladèrent avidement, comme s'ils devinaient qu'ils échappaient à la fournaise. A la fin de l'après-midi, ils approchaient du haut plateau d'el-Tih. L'atmosphère y était différente, légère, claire comme du cristal. Ils s'arrêtèrent sur la crête pour contempler la vallée derrière eux.

— Regarde ! s'écria Bedar.

L'Ouadi el-Arabah s'étendait à leurs pieds. Et dans son aride solitude, on distinguait de petits points sombres. L'œil de lynx d'Abd al-Rahman reconnut ce que Bedar lui montrait — des cavaliers, pas plus gros que des fourmis, qui suivaient leurs traces. Ils n'étaient guère qu'à trois ou quatre lieues des fugitifs.

Le Sinaï

En voyant les minuscules silhouettes de leurs poursuivants, Bedar parut satisfait.

— Maintenant, nous savons où ils sont. Et leurs chevaux doivent être fourbus, car ils ont marché vite !

Saffana et l'autre jument étaient encore en bonne condition, grâce aux nombreux instants de repos que Bedar et Abd al-Rahman leur avaient ménagés en traversant l'Ouadi el-Arabah. Pour avoir fait tant de chemin, et si vite, les cavaliers du calife devaient avoir impitoyablement poussé leurs bêtes. Il semblait que ce fût là l'intention de Bedar.

— Il y a un puits à trois lieues au sud, dans les montagnes, dit le gitan. Mais nous n'irons pas de ce côté — et les cavaliers vont nous suivre.

Ils poursuivirent leur chemin sur les pentes d'el-Tih, tant que dura le jour, en franchissant une suite de hauteurs et de vallées, passant dans d'étroits défilés ou de sombres gorges. Les deux voyageurs étaient cachés à la vue de ceux qui se trouvaient dans la vaste dépression de l'Ouadi el-Arabah, mais ils laissaient une piste assez facile à suivre.

A la nuit, ils s'arrêtèrent entre des rochers, près du sommet. Ils étaient protégés par d'énormes falaises en surplomb et seules les étoiles scintillantes les voyaient.

— Nous allons dormir ici, décida Bedar. Jamais ils ne pourront nous trouver dans les ténèbres.

Trop las pour parler, Abd al-Rahman ôta la selle et le harnais de Saffana et s'allongea auprès d'elle sur la terre dure. Il sombra aussitôt dans l'engourdissement du sommeil.

Le matin arriva comme un rêve glacé. Bedar avait beau le secouer, Abd al-Rahman croyait encore dormir. Dès les premières lueurs du jour dans les défilés, ils chevauchaient. Au soleil levant, ils se trouvaient sur la crête d'el-Tih, la frontière entre l'Arabie et le Sinaï. De leur poste élevé, ils virent une immense étendue de sol aride et chaotique. Ils se mirent à descendre.

Ils poussaient leurs chevaux, maintenant, en se retournant sans cesse. A midi, ils avaient atteint le pied de la montagne et l'Ouadi Khoreiza. Le granit d'el-Tih faisait place au sable. C'était de nouveau le désert.

Après s'être retourné encore une fois, Bedar sourit de satisfaction.

— A présent, nous allons épuiser les cavaliers du calife !

Abd al-Rahman ne comprit pas très bien ce qu'il voulait dire, mais il savait que le gitan avait fait ses plans depuis longtemps. La dernière phase de la poursuite allait se dérouler dans le désert du Sinaï. Ils s'arrêtèrent un instant pour boire aux gourdes, et abreuver les chevaux. Puis ils s'élancèrent dans les sables.

C'était une terre brûlante, le pays de la soif. Le peuple d'Israël avait découvert ce pays sauvage deux mille ans plus tôt, et il n'avait guère changé depuis. Encore les Israélites n'étaient-ils passés qu'au pied des montagnes, sans rien connaître de la partie centrale. Il n'y avait pas alors d'habitants, dans cette région désolée, et il n'y en avait pas davantage maintenant.

Cependant, Bedar le gitan semblait connaître ces terres inviolées. Il les connaissait si bien qu'il avançait sans hésiter. Les montagnes violettes s'éloignaient derrière eux, et les chevaux ne foulaient qu'un sable mou. Le soleil les écrasait mais, ce jour-là, ils ne s'arrêtèrent pas pour reposer leurs montures. Bedar se retournait souvent du haut des dunes. Il ne voyait rien, et il en était satisfait.

A la longue, au soir tombant, quand le soleil toucha l'horizon devant eux, ils arrivèrent en un lieu que Bedar appelait Bir el-Milah. C'était un puits en pierres sèches perdu dans les solitudes, laborieusement construit de main d'homme, des mains qui reposaient sans doute depuis mille ans.

Bedar mit pied à terre et en scruta les profondeurs desséchées, avec un hochement de tête approbateur.

— A sec, comme je le pensais. Que les hommes du calife s'y abreuvent, ce soir ou demain ! Ils ne trouveront guère mieux en nous suivant.

Il s'attarda à peine, le temps de boire aux *girbys*. Ils étaient tous deux à terre et Bedar buvait sa ration quand un mouvement, dans le sable près du puits, attira son attention.

— *Dad* — un serpent !

C'était une vipère cornue paisiblement lovée à l'ombre de la margelle. Elle venait de bouger la tête, et de révéler ainsi sa présence. Quand Bedar avait regardé au fond du puits, elle avait été à quelques pieds de lui.

Abd al-Rahman frémit en pensant que son compagnon s'était trouvé si près du reptile venimeux. Il chercha un bâton, une arme pour le tuer. Ne voyant rien, il voulut dégainer son cimeterre pour lui trancher la tête. Mais Bedar lui posa une main sur le bras.

— Laisse-le vivre. Il ne nous fera pas de mal.

Il jeta vers le serpent les dernières gouttes d'eau du gobelet de cuir. La vipère recula et disparut entre deux pierres.

— Garde, garde ton venin, s'écria facétieusement le gitan. Attends les hommes du calife. Tu leur diras *salaam* de notre part !

C'était la première fois qu'Abd al-Rahman voyait un homme du désert faire grâce à un serpent, surtout à une vipère cornue. Les Bédouins avaient en horreur le reptile venimeux qu'ils tuaient généralement sans l'ombre d'une hésitation.

Ils poursuivirent leur chemin dans le couchant

écarlate, et puis la nuit tomba comme un changement de latitude. Le sable se rafraîchit plus vite qu'il ne s'était réchauffé au matin. Lorsqu'ils s'arrêtèrent, quelques heures plus tard, il faisait très froid. Ils avaient couvert de nombreuses lieues, beaucoup plus que les cavaliers du calife, de l'avis de Bedar. Ils dormirent sans monter la garde.

Le lendemain matin, ils étaient en route avant l'aube. L'immense tapis de sable de l'Ouadi s'incurvait vers le nord-ouest, et ils suivirent cette direction jusqu'à ce que la chaleur de midi fît miroiter et frémir le paysage. Bedar ordonna une halte à l'ombre d'un grand rocher. Ils burent parcimonieusement un peu de l'eau qui leur restait, mangèrent et se reposèrent en attendant que se calmât l'ardeur écrasante du soleil. Puis ils firent une sieste. Avant de repartir, Bedar escalada le rocher pour observer la piste.

— Je les ai vus, annonça-t-il en redescendant. Ils sont à quelque deux lieues à peine derrière nous. Mais ils ont chevauché toute la journée par la grosse chaleur. Maintenant, nous allons de nouveau les distancer.

Le sable était moins pénible à présent, et les juments reposées reprirent leur marche avec un peu plus d'entrain. Le cours de l'Ouadi — une grande rivière de sable large en cet endroit de cinq lieues — virait peu à peu vers l'ouest et les voyageurs suivirent cette piste naturelle. Le soir tomba, et dans la fraîcheur de la nuit, ils continuèrent leur route.

Ils chevauchèrent jusqu'à minuit et s'arrêtèrent pour le reste de la nuit. Bedar savait exactement quelle distance les séparait maintenant de leurs poursuivants. Il s'endormit en toute confiance, tandis qu'Abd al-Rahman était vaincu par la fatigue.

Le soleil qui s'était levé la veille à leur droite apparut à leur gauche ce matin-là. Ils étaient déjà en route quand il se leva au-dessus des collines qui flanquaient la vallée sablonneuse.

— Djebel Kharim, dit Bedar, en montrant un pic élevé à l'est.

La veille, ce même sommet s'était trouvé à l'ouest,

Ils avaient décrit un vaste demi-cercle. Devant eux, la vallée s'élargissait à perte de vue.

— Ouadi el-Bruk, annonça Bedar.

Le soleil les frappait de ses rayons impitoyables. Bedar s'arrêta pour servir une ration d'eau à son compagnon et boire lui-même. Il donna le reste aux chevaux. Ils n'avaient plus d'eau, maintenant.

L'Ouadi el-Bruk était la région la plus terrible qu'ils eussent traversée. Pas un brin d'herbe, pas un buisson ne venait interrompre l'étendue brûlante de sable blanc, aveuglant. Les dunes traîtresses faisaient peiner les chevaux, et dans les creux la chaleur était suffocante.

Pour des raisons connues de lui seul, Bedar poussait maintenant les chevaux, sans répit. De temps en temps Abd al-Rahman et lui mettaient pied à terre et marchaient pour soulager les pauvres bêtes. Mais en selle, Bedar talonnait constamment sa jument. Il semblait avoir un objectif précis à l'esprit, et il avait hâte de l'atteindre en dépit des fatigues du voyage.

Vers midi, alors que la chaleur devenait intolérable, Abd al-Rahman reprit espoir. Dans le moutonnement aveuglant des dunes, un îlot d'obscurité se dressait. Il était beaucoup plus près qu'il ne l'avait cru à première vue et, comme le soleil atteignait son zénith, ils arrivèrent à une petite enclave de collines. Abd al-Rahman espéra qu'ils pourraient s'y reposer à l'abri.

— Réjouis-toi, lui dit Bedar. L'abondance de Dieu est là.

De l'eau, songea Abd al-Rahman, mais où, il ne pouvait l'imaginer. Il avait déjà vu du sable et des rochers mais jamais encore sous un soleil aussi impitoyable.

Bedar longea la face rocheuse de la colline. Le roc était du grès, et non plus du granit, une pierre friable, craquelée et fissurée. A un certain endroit, un énorme éperon rocheux se dressait plus haut que les autres, grand comme la moitié d'une mosquée.

Le soleil, presque perpendiculaire, ne projetait qu'une ombre étroite au pied de ce rempart. Ce fut dans cette ombre que Bedar fit halte. De grandes dalles de grès étaient enfouies à demi dans le sable, à leurs pieds.

Le gitan mit pied à terre et regarda autour de lui. Il leva les yeux vers l'éperon rocheux, comme s'il cherchait un repère, et recula dans le soleil. Le sable était lisse et plat. Il se baissa et fouilla des deux mains. A quelques pouces de la surface, ses doigts heurtèrent de la pierre. Il sourit avec satisfaction.

— Viens. Viens m'aider.

Abd al-Rahman descendit de cheval et alla aider son compagnon à gratter le sable. Ils découvrirent ainsi une grande pierre plate, vaguement circulaire, d'environ trois pieds de diamètre. Quand la dalle fut entièrement découverte, Bedar passa soigneusement sa main autour de ses bords, pour en chasser tout le sable. Puis il ôta son burnous pour être plus libre de ses mouvements.

— Soulève en même temps que moi, à présent.

A eux deux, ils soulevèrent la dalle et la retournèrent, révélant un grand trou noir.

De l'eau ! Abd al-Rahman sentait sa fraîcheur vivifiante monter des profondeurs. Il la voyait scintiller faiblement au fond du puits.

— Attention. C'est très profond.

Le gitan alla chercher sur la selle de sa jument un seau de cuir et une longue corde roulée. Il attacha l'extrémité de la corde à l'anse du seau et le fit descendre au fond du trou. A une vingtaine de pieds de profondeur, le récipient toucha l'eau en clapotant. Bedar le hissa, plein jusqu'au bord, et l'offrit d'abord à son compagnon.

Abd al-Rahman but avidement, à longs traits. C'était une eau semblable à celle qu'Alohra lui avait donnée quand il l'avait vue pour la première fois après la traversée du Hamad. C'était de l'eau semblable à celle que Moïse avait fait jaillir du rocher. C'était la vie dans le désert, infiniment rafraîchissante et délicieuse.

Sa soif étanchée, il tendit le seau au gitan qui but à son tour. Puis les chevaux s'approchèrent.

— *Azia !* La route a été dure pour toi.

Abd al-Rahman libéra Saffana de sa selle et de son harnais, la flatta affectueusement, lui donna des tapes sur ses flancs, et caressa son encolure et ses naseaux.

— Pas aussi dure que pour les chevaux du calife, assura Bedar.

Ils abreuvèrent les deux juments. Puis ils ôtèrent leurs chèches et se mirent torse nu pour se verser des seaux d'eau sur la tête et les épaules.

— Ce puits, expliqua enfin Bedar en s'essuyant, mon père me l'a fait connaître quand j'étais enfant. Seuls les Beni Zingal le connaissent, et parmi ceux-ci quelques-uns à peine, que je puis compter sur les doigts de mes deux mains. Il y a probablement cinq ans qu'il n'a pas servi.

— Qui l'a fait, et quand ? demanda Abd al-Rahman, aussi curieux qu'émerveillé.

— Allah. Quand, nul ne saurait le dire. Regarde, dit Bedar en montrant une fissure qui montait le long de la falaise. Tu vois, cette faille va très, très loin dans le flanc de la montagne. L'eau y monte, on ne sait comment, des profondeurs de la terre. Ici, la fissure s'est ouverte et a formé un puits. Il existait au temps de Moïse, et avec une ligne de cent pieds on ne pouvait toucher le fond de l'eau. Il y avait alors des habitants dans cette contrée, qui utilisaient fréquemment le puits. Quand les sables chassés par le vent commencèrent à menacer le puits, ces gens le recouvrirent avec une dalle. Puis ils quittèrent la région et se dispersèrent, et le puits fut oublié de tous, sauf de quelques-uns. Aujourd'hui, seuls les Beni Zingal le connaissent et toi.

— Je ne le révélerai jamais.

— Viens. Prenons toutes les provisions dont nous avons besoin et refermons-le.

Ils rincèrent les *girbys* et les remplirent. Puis ils abreuvèrent encore les juments, et burent à satiété. Enfin, quand ils eurent puisé toute l'eau qu'il leur fallait, ils replacèrent la dalle sur le puits. Abd al-Rahman vit que la pierre avait été taillée de façon à s'emboîter parfaitement dans le trou, avec un rebord pour empêcher le sable de pénétrer.

— Le sable, maintenant, murmura Bedar.

Ils recouvrirent la pierre et, quand cela fut fait,

Bedar traîna alentour une couverture pliée pour effacer toute trace. Enfin, il agita la couverture pour imiter le vent. Le sable forma des ondulations, comme dans le reste du désert et plus rien ne pouvait laisser supposer qu'il y avait là un point d'eau.

Tout cela leur avait pris presque tout l'après-midi. Il faisait encore cruellement chaud, mais le soleil descendait à l'horizon. Ils repartirent, en longeant la façade ouest des falaises, encore las, mais revigorés.

Bientôt, ils parvinrent à une faille dans le roc qui donnait accès aux hauteurs. Bedar s'y engagea. A mesure qu'ils montaient, la vue panoramique du désert s'élargissait et ils pouvaient voir très loin, dans la direction qu'ils avaient prise pour venir. Au milieu de l'Ouadi el-Bruk, ils distinguèrent ce qu'ils cherchaient — les cavaliers du calife, toujours à leur poursuite.

Bedar examina attentivement les poursuivants, puis il hocha la tête, avec une sombre satisfaction.

— Ils ont soif !

Son sourire avait quelque chose d'impitoyable.

Malgré la distance de plus d'une lieue. Abd al-Rahman voyait qu'ils peinaient. Ils se traînaient, en désordre, dispersés, certains à pied, marchant péniblement à côté de leurs chevaux fourbus. Comme l'avait prédit Bedar, la situation se renversait. Au lieu de traquer leur proie, les hommes d'armes du calife étaient eux-mêmes traqués — par la soif.

Abd al-Rahman et Bedar, à cheval, se tenaient bien en vue au sommet de l'éminence. Un des cavaliers les aperçut et les montra à ses compagnons. Satisfait, Bedar fit volte-face et s'engagea sur les rochers des hauteurs.

— Maintenant, ils vont nous poursuivre. Que peuvent-ils faire d'autre ?

— Peut-être trouveront-ils le puits ?

— Jamais !

Abd al Rahman savait que le gitan avait raison. Les hommes du calife ne découvriraient jamais le point d'eau secret, même s'ils passaient dessus au pas.

Et, pensant a leur soif croissante, et à la soif de leurs

chevaux, il eut pitié. Ils le traquaient pour le tuer, mais il avait pitié d'eux. Il avait éprouvé la torture de la soif, et il était incapable de souhaiter le malheur d'autrui. Pourtant, il savait comment cela se terminerait. Bedar menait les hommes du calife à leur mort.

Vers le soir, ils revirent leurs poursuivants. Bedar et Abd al-Rahman avaient franchi deux lieues environ sur les hauteurs sauvages. Le soleil plongeait à l'ouest dans un chaos de nuages incandescents, dans un brasier fulgurant. Et sur ce fond cramoisi, les silhouettes noires des cavaliers se détachaient sur les crêtes dominant l'Ouadi el-Bruk.

En se retournant sur eux, l'expression de Bedar était celle d'un bourreau.

— A dix lieues à l'ouest se trouve le puits de Thamada. Certains d'entre eux auraient pu l'atteindre, s'ils s'étaient dirigés de ce côté-là. A présent, ils ne trouveront jamais d'eau. !

Tout le ciel occidental n'était qu'une immense fournaise, comme le reflet d'un holocauste gigantesque. Les silhouettes noires des cavaliers du calife semblaient chevaucher dans une mer de sang.

Khaleg el Suels

A la nuit tombée, ils dressèrent leur camp et s'endormirent, car, à cause des rochers, les hommes du calife ne pouvaient suivre leurs traces dans les ténèbres. Le lendemain, ils voyagèrent vers le sud, puis vers l'ouest, souvent à portée de vue de leurs poursuivants. Cependant, cela ne pouvait guère plus s'appeler une poursuite. Bedar guidait à son gré les cavaliers armés. Et les hommes d'armes du calife suivaient parce qu'ils étaient perdus, qu'ils mouraient de soif et ne connaissaient pas d'autre chemin.

Bedar les conduisait à travers les ouadis sablonneux et les sauvages collines de silex. Quand il se retournait, Abd al-Rahman voyait des chevaux, déferrés ou non, qui boitaient et que l'on abandonnait. Les hommes continuaient la route à pied, en chancelant. Et puis, à la chaleur de midi, il vit aussi tomber des hommes. Certains d'entre eux se relevaient, d'autres pas.

Bedar chevauchait inlassablement dans le désert aride aussi redoutable que les dards du soleil.

Abd al-Rahman fut heureux lorsque vint enfin le soir. Ils remontèrent de nouveau dans les collines. Derrière eux, douze malheureux se traînaient laborieusement à pied, à côté de leurs chevaux épuisés. C'était tout ce qui restait du bataillon du calife à la fin de cette terrible journée sans eau.

Bedar ne fit pas halte à la nuit mais voulut continuer sans répit pendant quelques heures.

— Ils risquent encore de nous atteindre dans l'obscurité, expliqua-t-il. C'est leur dernière chance. Demain, peu importera qu'ils nous suivent ou non.

Quand ils s'arrêtèrent enfin, le sommeil fut une bénédiction pour Abd al-Rahman. Il avait sans cesse devant les yeux l'affreux spectacle des hommes mourant de soif derrière eux, et cette horreur le poursuivit dans ses rêves. La nuit, comme toutes les autres, fut glacée.

Le lendemain matin, ils se mirent en route sans perdre de temps. Bedar ne s'attardait plus, comme la veille, pour permettre aux hommes du calife de les suivre. Il avait de nouveau un objectif en tête, qu'il semblait pressé d'atteindre. Abd al-Rahman lui en fut reconnaissant. Il ne tenait pas à assister encore aux souffrances de ses ennemis.

Toute la journée, ils chevauchèrent par monts et vallons, dans un paysage désolé, sans jamais voir aucun de leurs poursuivants. Vers la fin de l'après-midi, ils débouchèrent dans une vaste étendue de sable qui parut familière à Abd al-Rahman. Puis ils arrivèrent auprès d'un vieux puits à sec, autour duquel on voyait les traces de nombreux chevaux.

— Bir el-Milah, dit Bedar au jeune homme stupéfait.

Ils avaient décrit un immense cercle, et revenaient à leur point de départ ! Ces traces étaient celles des hommes du calife, celles qu'ils avaient faites six jours plus tôt, avant de s'engager dans le désert du Sinaï !

Abd al-Rahman se rappela la vipère. Sans aucun doute, le sort de ces hommes avait été aussi cruel que si le serpent les avait mordus.

Le lendemain matin, ils repartirent, vers le sud cette fois. Et maintenant, Bedar s'appliquait à brouiller leur piste. Il évitait les sables révélateurs des ouadis, et n'empruntait que les chemins rocheux des hauteurs. Abandonnant la région des oueds, ils s'engagèrent dans la chaîne d'el-Tih.

Plus ils avançaient vers le sud, plus les montagnes

devenaient redoutables dans leur majesté. Cependant, le gitan connaissait les cols et les passages, et trouvait assez d'eau pour qu'ils en eussent toujours une provision suffisante. Une fois, au loin, ils virent des bergers, qu'ils évitèrent avec soin.

Ils s'enfoncèrent ainsi dans les montagnes, jusqu'à ce que toute trace fût perdue pour leurs ennemis. Puis Bedar tourna résolument à l'ouest. Pendant une semaine, ils parcoururent une région de hauts plateaux sauvages et arides, et Abd al-Rahman avait l'impression d'être transporté dans un autre monde. Il ne savait pas où Bedar l'emmenait. Il savait seulement qu'ils se dirigeaient vers l'ouest, vers l'Égypte. Son compagnon ne traînait pas en chemin.

Enfin, un jour, ils parvinrent au sommet d'un mont au pied duquel une vaste plaine stérile s'étendait sur plusieurs lieues. Et très loin, à l'horizon, scintillait une mince ligne bleue. Le golfe de Suez, pensa Abd al-Rahman.

— *Khaleg el-Sues*, annonça effectivement Bedar.

Il avait parlé d'une voix nette, comme définitive, et souriait, sans montrer ses dents de loup.

— Au-delà de cette eau, c'est l'Égypte.

— C'est là que nous allons ? demanda Abd al-Rahman.

— Non, mais toi tu iras. Raud notre cheik m'a dit de te mener jusqu'ici. Ton destin, a-t-il ajouté, est d'aller seul vers l'ouest.

— Que la volonté d'Allah soit faite.

Abd al-Rahman se sentait comme un pion entre les mains de Dieu et de l'homme.

Ils firent halte de bonne heure, ce soir-là, sur le sommet de la montagne, et Bedar prit un petit paquet dans une de ses sacoches. C'était du henné, une teinture utilisée en Islam pour colorer les cheveux en roux. On l'employait parfois pour changer la robe des chevaux.

— Nous allons faire de ta jument une belle alezane, annonça le gitan.

Il se mit au travail avec adresse et frotta la teinture

sur la robe et sur la crinière de Saffana. Quand Abd al-Rahman voulut l'aider, il refusa.

— Non, non, laisse-moi faire. La couleur ne part pas facilement et mieux vaudrait que tu n'aies pas les mains de la même teinte que ton cheval.

Abd al-Rahman contempla la transformation avec regret. L'éblouissante beauté de la jument faisait sa joie et elle devait beaucoup de cette beauté à sa blancheur immaculée. Mais il savait que Bedar agissait dans son intérêt. Il était possible que des courriers eussent propagé la description de sa monture.

Le gitan travaillait si habilement qu'Abd al-Rahman oublia bientôt son chagrin. Avec des gestes d'artiste, il appliquait la teinture d'une main soigneuse absolument partout, en la faisant bien pénétrer. Quand il recula enfin, Saffana était devenue une noble alezane.

Abd al-Rahman éclata de rire en la voyant secouer la tête et tenter de regarder ses flancs, ahurie par sa métamorphose.

— *Azia, azia !* murmura-t-il en la caressant, qu'importe la couleur de ta robe ? Dans n'importe quel écrin, tu es un pur joyau !

Le lendemain, ils descendirent vers la mer. En approchant, ils aperçurent des voiles. Bedar observait attentivement les lointaines embarcations, et il examina plus longuement une plage où deux barques étaient tirées sur le sable. Derrière les bateaux, sur une petite éminence, se dressaient quelques huttes ; on distinguait des silhouettes minuscules près des habitations.

— Des pêcheurs, dit Bedar. Nous demanderons à l'un d'eux de te faire franchir le golfe, avec ta jument.

Le gitan était d'excellente humeur. Il semblait avoir abandonné la prudence et la ruse qui avaient guidé son audace. Maintenant que la mer était en vue, il avait hâte de l'atteindre. Il talonna sa monture sur la longue pente.

Quand ils furent tout près du village, Bedar s'arrêta. Abd al-Rahman l'imita.

— Prince, nous avons passé bien des jours ensemble

sur la piste. Nous allons nous séparer ici, au bord de la mer.

Abd al-Rahman resta muet. Voilà qu'un autre de ses compagnons allait s'évanouir dans le passé, comme un personnage de rêve. Bedar avait accompli sa mission, et maintenant il retournerait vers les siens...

En contemplant les eaux bleues de Suez, le jeune homme se sentit indécis, et seul. Mais il devait poursuivre le voyage. L'épée du bourreau le coupait de ce qu'il laissait derrière lui. Bedar interrompit le sombre cours de ses pensées.

— As-tu deux pièces d'or ?

— Deux pièces d'or ?

— Une pour rembourser celle que j'ai donnée au chamelier, une autre pour les pêcheurs. Mieux vaut que l'on ne te voie pas avec de l'or dans les mains.

Abd al-Rahman prit dans ses fontes la bourse de cuir pleine d'or et de pierres précieuses, qu'il avait emportée dans sa fuite. Il en vida une partie dans sa main. Le soleil alluma des feux multicolores sur la poignée de pièces et de joyaux. Il offrit la poignée à Bedar.

Le gitan parut stupéfait en voyant les pierres. Mais il hocha la tête.

— Deux pièces d'or. Une que tu me dois, une autre pour ton passage.

Le premier mouvement d'Abd al-Rahman fut d'insister, puis il se ravisa et donna seulement deux pièces au gitan. Bedar les empocha et s'apprêta à repartir.

— Attends ! J'aimerais que nous échangions nos épées, en signe d'amitié.

Bedar hésita, un peu surpris. Puis il déboucla la ceinture de cuir à laquelle était accroché son cimeterre. Ce genre d'échange entre amis se faisait souvent, en Arabie.

Abd al-Rahman décrocha son propre cimeterre. Bien des mois auparavant, dans le désert, il avait recouvert la garde et la poignée avec du cuir de chameau. Le cuir avait séché, s'était durci et dissimulait parfaitement l'or et les pierres précieuses.

— Tu me rends un grand service, Bedar, mon ami, dit-il en prenant la vieille épée du gitan. Sous le cuir de la poignée, se cachent des bijoux de grande valeur. Ils me trahiraient, si jamais on les trouvait sur moi.

Ainsi, avec grâce, il échangea son cimeterre contre un autre qui valait mille fois moins.

Bedar tira du fourreau la fine lame de Damas et passa son doigt sur le fil. Il ne voyait pas les joyaux mais devinait la valeur dc ce présent. La convoitise brilla dans ses yeux. Le code d'honneur des gitans et les ordres de son cheik lui interdisaient d'accepter de l'or en paiement, mais un échange comme celui-ci lui permettait d'accepter cette fortune.

Ils descendirent vers la plage, et la vue de la mer, le bruit des vagues, l'air salin firent battre le cœur d'Abd al-Rahman. Il n'avait jamais vu le golfe de Suez ni la mer Rouge, mais les eaux bleues n'étaient guère différentes de la Méditerranée sous le soleil. Depuis son départ de Syrie, sans bien s'en rendre compte, il avait regretté la mer qu'il chérissait tant. Sur le moment, il en oublia presque son chagrin et son inquiétude.

Les pêcheurs transportaient des sacs sur des bateaux échoués. L'arrivée des voyageurs éveilla l'habituelle curiosité, et ils interrompirent leur travail.

— Du charbon de bois, dit Bedar. Ces gens en fabriquent et en vendent un peu, avec le produit de leur pêche. Peut-être est-ce une faveur du destin. *Salaam Alikoom !*

— La paix soit avec toi.

— Qui est le capitaine ? demanda le gitan en montrant la felouque.

Un homme torse nu, la robe blanche remontée autour des reins comme un pagne, sortit de l'eau et s'avança.

— C'est moi.

Quand bien même il n'y aurait eu que deux hommes à bord, l'un d'eux était néanmoins le capitaine.

— Vers où navigues-tu, et quand pars-tu ?

— Vers Ras Za-farana, répondit l'homme. A marée descendante, dès que nous serons prêts.

Bedar mit pied à terre et fit signe à l'homme de s'approcher. Le batelier pataugea dans l'eau peu profonde. Il n'avait qu'un œil, ce qui ne l'empêchait pas de paraître fort et résolu. Il considéra Bedar de son œil unique.

— Beni Zingal, murmura-t-il.

Peut-être même avait-il reconnu le gitan. Ces gens ne cessaient de surprendre Abd al-Rahman.

Bedar lui montra le jeune homme et sa jument.

— Mon neveu doit se rendre en Égypte, dit-il. Peux-tu prendre des passagers ? Un homme et un cheval.

Il n'y eut pas de long marchandage, ni de ces interminables discussions dans lesquelles se complaisaient les Arabes du désert. Le pêcheur était d'une autre race, et Bedar savait lui parler.

L'homme examina Abd al-Rahman et Saffana avec bienveillance. Un jeune Arabe du désert pouvait avoir bien des raisons de demander un passage dans ce lieu perdu. Peut-être avait-il tué un ennemi, et fuyait-il la vengeance de ses proches. Le batelier haussa les épaules et hocha la tête.

— La felouque transportera la jument, si elle est douce et ne piétine pas trop.

— C'est une agnelle, assura Bedar. Une pièce d'or pour toi, si tu les emmènes.

Le batelier examina encore un instant l'homme et le cheval, puis il consentit. Bedar lui remit la pièce d'or. Jamais Abd al-Rahman n'avait vu marché si rapidement conclu.

— Dans combien de temps partons-nous ? demanda-t-il.

— Avec la marée. Nous allons déplacer le charbon de bois pour faire de la place à ta jument derrière le mât.

— J'aimerais me laver et nager un peu dans la mer, dit Abd al-Rahman.

— Va, l'eau est belle et bonne !

Le pêcheur sourit de fierté, comme si la mer lui appartenait. Son œil unique pétillait.

Abd al-Rahman et Bedar s'éloignèrent le long de la plage. Ils dessellèrent leurs chevaux et se déshabillèrent.

— Viens, *azia*, murmura Abd al-Rahman.

Saffana le suivit, tête haute, dans l'eau peu profonde. Le jeune homme plongea et se roula dans la mer. Les vagues le recouvrirent et il lui sembla qu'elles le débarrassaient de mille lieues de désert. Avec un peu de tendre insistance, il réussit à faire coucher Saffana et elle se roula dans l'écume tiède. Près d'eux, Bedar en faisait autant avec sa jument.

Ils savourèrent la merveilleuse fraîcheur de la mer jusqu'à ce que le batelier les hélât. La felouque était à flot, sa voile hissée.

Ils eurent quelques difficultés à faire enjamber le haut bord à Saffana, et y réussirent en attachant une corde au mât pour faire pencher la felouque. Abd al-Rahman embarqua la jument sans qu'elle se blessât, et sans endommager l'embarcation. Ce dernier point était important car le bateau semblait fait de vieux bois d'épaves.

Le problème était de maintenir la jument afin qu'elle ne se déplaçât pas durant le voyage au risque de provoquer une voie d'eau dans le fond de la felouque. Mais le capitaine y avait pensé. Il avait fixé un gros filet de pêche entre le mât et l'étai de poupe de façon qu'il passât sous le ventre de la jument en la soutenant. Saffana n'avait jamais été traitée de la sorte, mais Abd al-Rahman la caressa, la cajola et la rassura, et elle se laissa harnacher sans trop protester.

Ils furent enfin prêts, et les pêcheurs poussèrent la felouque à la mer, tandis que les quelques femmes et enfants, réunis sur la plage, agitaient les mains en lançant des adieux. C'était un peuple simple, amical, et l'on avait l'impression que les marins partaient pour un long voyage.

Bedar, derrière eux, tenait sa jument par la bride. Il leva le bras pour saluer, puis il se mit en selle et remonta la plage au petit trot. Il avait été le plus fidèle des guides, mais sa mission était terminée. Il repartait vers les siens par un autre chemin, sans se retourner.

La brise légère gonfla soudain la voile aurique. La felouque glissa silencieusement sur les eaux bleues. Au premier mouvement de roulis, Saffana s'inquiéta, mais le filet la maintenait solidement et la voix d'Abd al-Rahman à son oreille la rassura.

Le jeune homme resta un moment auprès de la jument, puis, quand elle se fut habituée au léger balancement, il alla s'asseoir contre le plat-bord. Là-bas, sur la rive, la silhouette de Bedar disparaissait lentement au flanc de la montagne.

Bercé par la mer, Abd al-Rahman contemplait la vaste étendue bleue, piquée de voiles triangulaires, et se sentait soudain très las et comme suspendu hors du temps. Il laissait derrière lui l'époque révolue de sa jeunesse, sa fuite dans les déserts, et Alohra. Devant lui, c'était l'Égypte, et une immense incertitude de l'avenir.

Esclaves et pèlerins

Promontoire aride dominant la mer, Ras Za-farana était une antichambre désolée de l'Égypte. La petite ville qui s'y nichait devait son existence à La Mecque et aux pèlerins d'Islam. De Beni Souef et el-Fayoum dans la vallée du Nil, de longues colonnes de fidèles traversaient chaque année les terres sauvages et désertiques entre les bords verdoyants du fleuve et le golfe de Suez.

Là, à Ras Za-farana, ils s'embarquaient pour le port de Djedda sur la mer Rouge, et La Mecque. Et ils revenaient ensuite par le même chemin. Des marchands d'Arabie méridionale et de la côte africaine augmentaient le nombre des pèlerins.

La felouque déposa Abd al-Rahman et Saffana sur ces rivages désertiques, et déchargea son charbon de bois. Ce combustible était vendu aux voyageurs, car il était impossible de trouver le moindre morceau de bois à brûler entre le fleuve et la mer. Le capitaine de la felouque eut de la chance. Comme il arrivait, des barques amenaient à terre des marchands et des pèlerins retour de La Mecque, transbordés de deux grands chébecs mouillés au large. Il vendit son charbon de bois sur place.

Leurs affaires faites, les pêcheurs reprirent la mer, pressés de rentrer chez eux le même jour. Abd al-Rahman regarda s'éloigner la felouque. Avec elle partaient les derniers liens qu'il avait encore avec son pays et ses souvenirs

L'Égypte subissait le joug arabe mais sa civilisation ancienne ne se laissait pas absorber par les conquérants. C'était une terre étrangère. Sachant qu'il devait l'affronter hardiment, le jeune homme tourna le dos à la mer.

— Viens, *azia*...

Suivant le groupe bigarré des pèlerins, il conduisit la jument par la bride vers les quelques huttes de pisé qui représentaient le village. Ce port avait pour lui un avantage certain : il était trop éloigné de tout, et trop peu important pour entretenir une garnison. Une vaste cour entourée d'un mur bas servait de caravansérail. Le voyageur pouvait trouver là un abri rudimentaire et des provisions. La cour était entourée de stalles étroites, que l'homme partageait avec sa bête. Mais la plupart des pèlerins préféraient dormir à la belle étoile. Ils étaient déjà installés en grand nombre dans la cour, et de petits groupes préparaient leur repas devant de maigres feux.

En y arrivant, Abd al-Rahman vit que ce lieu était moins étrange qu'il ne l'avait d'abord supposé. Il remarquait de nombreux compatriotes, comme partout ailleurs en Afrique. Les marchands, pour la plupart arabes, pratiquaient le même commerce que leurs pères et leurs grands-pères — la vente des esclaves du sud au teint sombre.

Les esclaves étaient massés au fond de la cour. Il y avait là vingt-cinq filles et une dizaine de garçons. Les filles paraissaient quinze ou seize ans, les garçons un peu moins. Ils portaient tous un collier de fer au cou et ils étaient reliés entre eux par une longue chaîne.

C'étaient des Gallas venus des montagnes d'Abyssinie, grands et beaux, à la peau plus claire que les Noirs du Soudan. Les Gallas, peuple noble, encore que grossier et barbare, devaient leur malheur à cette noblesse même. Ils étaient extrêmement recherchés comme esclaves, et une jeune fille galla se vendait jusqu'à cent pièces d'or sur les marchés d'esclaves d'Égypte.

— Un peu de grain pour la belle alezane, ô cheik ?

C'était un des marchands qui faisait cette offre. Il sortait d'une des stalles où ses bêtes de somme avaient été amenées. Tandis qu'Abd al-Rahman contemplait la cour, le marchand avait examiné le jeune homme et sa jument.

— *Bishmillah.*

Abd al-Rahman accepta, avec dignité. Il sentait peser sur lui le regard du marchand, et voyait qu'il examinait attentivement Saffana. Comme toujours, la jument provoquait l'admiration de tous ceux qui connaissaient bien les chevaux.

Devant les stalles où des ânes mangeaient leur ration du soir, six *fellahin* égyptiens en guenilles se partageaient un maigre repas. Ce devait être la suite du marchand car, lorsqu'il leur adressa la parole, l'un d'eux se leva, entra dans une des stalles et reparut avec une mesure de grain.

Le marchand présenta le grain à Abd al-Rahman.

— Les ânes d'Égypte peuvent-ils manger, alors qu'une noble jument d'Arabie a le ventre vide ?

Sa courtoisie était celle d'un compatriote et d'un musulman, mais le jeune homme devinait que son amabilité masquait l'avidité retorse du commerçant.

— Et de l'eau, aussi, ajouta-t-il quand son serviteur revint avec une aiguière.

— Je te remercie au nom d'Allah, dit gravement Abd al-Rahman.

Il conduisit sa jument près du petit mur, la dessella, lui ôta sa bride et la laissa boire. Puis il mélangea le grain au restant d'eau et plaça la ration devant elle. Saffana baissa la tête pour manger, avec sa délicatesse habituelle. Le marchand les observait tous deux.

— Cela fait plaisir de revoir un cheval, dit-il, après les bateaux et les ânes.

Il leva son regard perçant vers le jeune homme et se présenta :

— Je suis Mehemet Ali, un marchand venu du sud.

Abd al-Rahman s'inclina courtoisement, mais ne répondit pas. C'était le privilège de l'Arabe du désert. Ils avaient le droit de conserver leur anonymat, et le marchand ou l'Arabe de la ville ne l'en respectait que mieux pour son indépendance.

Après s'être occupé de sa jument, Abd al-Rahman chercha des yeux un coin pour lui dans la cour surpeuplée. Mais Mehemet Ali s'approcha :

— Partage mon repas et celui de mes compagnons, cheik. Ta présence sera un honneur pour nous.

Le premier mouvement d'Abd al-Rahman fut un refus. Mais il se ravisa. Il lui faudrait bien se mêler aux voyageurs, tôt ou tard. Mieux valait ne pas attirer l'attention par un excès de réserve. Portant ses bagages, il suivit le marchand, Saffana à ses côtés.

Mehemet Ali admira la docilité de la jument.

— La jument de pure race qui partage la tente de son maître. La compagne du désert. Voilà ce qui m'a manqué durant mon périple en mer.

Il flatta Saffana, lui caressa la crinière et l'examina attentivement, avec admiration.

A la suite des stalles, près de l'endroit où se massaient les esclaves, s'étendait une sorte de bâtiment bas avec une petite terrasse entourée d'un mur. Dans l'ombre de cette terrasse un tapis avait été posé. Trois Arabes, des amis de Mehemet Ali, y étaient assis autour d'un plat fumant de poisson au riz et aux oignons. Ils saluèrent courtoisement Abd al-Rahman.

Un esclave noir s'avança avec une aiguière et un carré de toile. Mehemet Ali et Abd al-Rahman se lavèrent les mains, puis ils s'assirent avec les autres et se servirent. On leur offrit du pain, de petites oranges et du thé pour boire. L'esclave les servait et veillait à leurs moindres désirs. Les marchands mangeaient de bon appétit. Le repas se déroula en silence. Il y avait bien longtemps qu'Abd al-Rahman n'avait mangé de poisson, et il le savourait.

Saffana passa soudain la tête par-dessus le mur bas, et Mehemet Ali sourit en la voyant allonger le cou vers son maître.

— Fais-la entrer. Le cheval d'un cheik du désert partage sa tente. Notre hospitalité sera-t-elle moindre? Appelle-la donc, cheik.

Abd al-Rahman fit claquer sa langue contre son palais et la jument contourna le mur pour venir se placer sans hésitation derrière son maître.

— Dieu a fait deux présents à l'habitant du désert, l'oasis et le cheval, observa le marchand.

La douceur de Saffana séduisit ses compagnons. Ils la virent avec indulgence poser ses sabots ferrés sur les tapis.

Mehemet Ali offrit à la jument un peu de riz et du pain, puis l'esclave noir apporta une corbeille de fruits confits. Abd al-Rahman était surpris de trouver des friandises aussi rares dans un tel lieu.

— Sers-toi, insista Mehemet Ali. Notre chère est frugale, mais notre hospitalité vient du cœur.

Quelques mouches bourdonnaient autour d'eux. Abd al-Rahman se pencha pour les chasser des fruits. Mehemet Ali se leva d'un bond.

— Je suis impardonnable !

Il sortit et se dirigea vers les esclaves. Abd al-Rahman le vit délivrer une jeune fille de sa chaîne. Il lui parla dans une langue que le jeune homme ne comprit pas, et elle le suivit sur la terrasse.

Sur un ordre du marchand, l'esclave noir apporta un large éventail de plumes d'autruche à long manche. La jeune fille le prit sans un mot et, debout derrière les convives, elle se mit à les éventer lentement.

— J'aurais dû y penser plus tôt, s'excusa le marchand.

Abd al-Rahman considéra la jeune fille. Elle était belle comme une statue de porphyre. Tout esclave qu'elle fût, elle avait un port altier et un regard hautain. Elle ne portait qu'un pagne court et ses formes parfaites semblaient avoir été coulées dans le même moule que la reine de Saba de jadis.

— Celle-ci est une beauté, même parmi les Gallas, dit Mehemet Ali en surprenant le regard admiratif d'Abd al-Rahman. Elle se vendra deux fois plus cher que les autres au marché de Beni Souef.

Les autres marchands examinèrent la jeune fille.

— Garde-la donc pour toi, conseilla l'un d'eux.

— Je suis un marchand, et non un sultan, protesta Mehemet Ali. Elle sera vendue à Beni Souef.

Il offrit un fruit à Saffana, et ajouta :

— Elle a coûté la vie à cinq cents personnes.

Abd al-Rahman le regarda, d'un air surpris.

— Tout son village, expliqua le marchand. Ils ont tous été tués quand nous avons fait une razzia pour les esclaves. Nous n'avons gardé qu'elle et quatre autres jeunes filles.

Abd al-Rahman resta impassible mais son cœur se serra. Il contempla de nouveau la jeune esclave, et son visage, qu'il avait cru dénué de toute expression, lui parut infiniment triste dans sa sereine beauté.

— Un peuple étrange, ces Gallas, reprit Mehemet Ali. Ils sont fiers comme des sauvages, et cependant ils acceptent leur sort avec résignation quand ils perdent la liberté, surtout les femmes. Ils sont comme des animaux qui ont besoin d'un maître. Ce sont de bons esclaves.

— Pourquoi les enchaînes-tu, alors ? demanda Abd al-Rahman.

Il s'exprimait hardiment, comme un cheik du désert qui ne souffrirait pas qu'on l'interrogeât mais se permettait de poser des questions lui-même. L'audacieuse franchise du jeune homme ne parut pas froisser le marchand. Son affabilité était à l'épreuve des questions indiscrètes.

— C'est seulement pour la nuit. Et quand nous sommes sur le bateau, naturellement, car certains pourraient sauter à l'eau et se noyer.

— Le collier de fer les blesse, observa Abd al-Rahman. Cela risque de diminuer leur valeur.

Mehemet Ali haussa les épaules et sourit avec indulgence à l'étrange souci du jeune cheik pour ces esclaves.

— Nous ôterons les chaînes pendant la marche vers le fleuve. Ils ne peuvent fuir nulle part durant le trajet.

Saffana baissa la tête entre eux, à ce moment, quêtant une gourmandise ou une caresse et Mehemet Ali s'intéressa de nouveau à elle.

— Avez-vous mangé votre content ? demanda-t-il à ses hôtes.

Chacun ayant assuré qu'il était repu, le marchand souleva l'énorme plat de riz et le tendit à Saffana.

— Tiens, mange à satiété.

— Attends ! s'écria Abd al-Rahman en retenant le bras du marchand. Les esclaves doivent-ils se nourrir de ce riz ?

— Oui, naturellement, répondit Mehemet Ali, et une ombre de mécontentement passa sur son visage étonné.

— Qu'ils mangent alors, dit Abd al-Rahman en se levant. Le cheval d'un cheik du désert n'est pas habitué à une chère aussi riche.

Il s'inclina devant le marchand et ses hôtes, et prit congé en murmurant :

— La bénédiction d'Allah soit sur toi, pour ton hospitalité.

Saffana se retourna pour le suivre et, dans l'espace restreint, elle frôla la jeune esclave, mais avec sa douceur innée la jument s'écarta de crainte de blesser la jeune fille.

Un léger sourire erra sur les lèvres de l'esclave quand la tête de Saffana effleura sa joue et elle lui murmura un mot tendre dans sa langue inconnue. La jument parut comprendre et ses naseaux caressèrent la joue sombre. Et puis Abd al-Rahman fit sortir Saffana et la jeune fille demeura comme une statue, son grand éventail à la main.

Le jeune homme était mécontent de lui-même et des marchands. Il avait l'impression d'avoir trop parlé. Il savait que, par moments, ses manières étaient bien trop impérieuses pour son rôle de jeune cheik du désert. Mais les négriers traitaient si durement leurs esclaves que sa colère avait été la plus forte.

Le ciel sans nuages s'assombrissait à l'approche de la nuit. Abd al-Rahman décida de dormir à la belle étoile. Il préférait l'air pur à l'atmosphère confinée de la cour, et son repas avec les marchands lui faisait rechercher la solitude. Il se sentit comme libéré, en sortant de la cour avec Saffana.

Le promontoire dominait le village. Un sentier y menait, serpentant entre des rochers. Il pensa que là, il pourrait trouver un abri pour la nuit. Il avisa de loin un petit espace dégagé, entre de gros rochers en demi-cercle.

Mais quand il y arriva, conduisant la jument par la bride, il fut surpris de trouver la place occupée. Un cheval hennit doucement pour saluer Saffana et au même instant, Abd al-Rahman vit un homme à genoux, prosterné la face contre terre. Il se rappela qu'il avait vu quelques chevaux débarquer avec les pèlerins que les bateaux avaient amenés de Djeddah.

Il allait passer son chemin quand il entendit un gémissement de douleur ou de chagrin. Il s'arrêta, en se demandant si l'homme était malade ou blessé. Sans lever la tête, l'inconnu poussa encore un profond soupir et marmonna quelques mots à voix haute.

Abd al-Rahman ne comprit pas ce qu'il disait, mais il reconnut l'invocation à Allah. L'homme prostré tremblait de tous ses membres, comme si un combat se livrait dans son âme. Il leva les yeux au ciel, mais ne vit pas le jeune homme. Puis il courba de nouveau le front dans la poussière.

Abd al-Rahman respecta sa douleur évidente et continua son chemin. Un peu plus haut, il trouva une petite place à l'abri des rochers et s'y installa avec ses bagages. Il déposa près de lui son arc et ses flèches, et son cimeterre. A sa gauche les eaux sombres et paisibles du golfe de Suez scintillaient sous les étoiles, à perte de vue. A sa droite s'étendait la terre d'Égypte...

Il s'agenouilla pour dire ses prières avant de s'endormir.

Le serpent

Le bourdonnement de voix nombreuses psalmodiant en chœur réveilla Abd al-Rahman aux premières lueurs froides de l'aube. Dans le caravansérail, les pèlerins faisaient déjà leurs dévotions matinales sous la direction d'un des leurs.

Abd al-Rahman fit sa propre prière et prépara Saffana au voyage. Il ne savait pas encore comment il traverserait les solitudes jusqu'au Nil, mais il espérait ne pas être obligé de cheminer avec les pèlerins et les marchands. La première chose à faire était d'aller emplir ses outres ; il chercherait ensuite le meilleur moyen de poursuivre son chemin.

En descendant au village, il pensa à l'homme solitaire qu'il avait vu prostré parmi les rochers, la veille au soir. Il le retrouva au même endroit, debout et déjà prêt. Il portait le turban vert des pèlerins de La Mecque. Les deux chevaux hennirent amicalement en se revoyant.

— *Salaam Alikoom*, dit l'inconnu.

Il n'avait pas l'air d'un pèlerin. En fait, son aspect surprit Abd al-Rahman. L'homme n'était plus jeune, et sa figure avait été durcie par les ans. Il portait un cimeterre au côté et une longue lance en bandoulière. Son cheval était un puissant étalon alezan. Il se mettait en selle au moment où Abd al-Rahman le rejoignit.

Son allure était plutôt celle d'un guerrier que d'un pèlerin.

Et pourtant, Abd al-Rahman l'avait vu la veille se prosterner dans la poussière et invoquer Dieu. Au matin, il paraissait calme et paisible, et son regard était doux dans sa figure burinée.

— *Salaam Alikoom*, répondit Abd al-Rahman.

Ils allaient dans la même direction, aussi descendirent-ils côte à côte, comme s'ils eussent été des compagnons.

La grande cour était animée, toute bruissante d'un amas confus d'hommes et de bêtes. Les pèlerins avaient fini leurs prières et se préparaient bruyamment au voyage. Il n'y avait qu'un seul puits dans l'enceinte, que les fidèles assiégeaient pour remplir leurs outres

Abd al-Rahman arrêta Saffana à l'écart, en se demandant combien de temps il devrait attendre son tour. Le guerrier pèlerin mit pied à terre.

— Si tu veux garder mon étalon, dit-il, j'irai remplir nos outres.

Ce disant, il prit les *girbys* d'Abd al-Rahman et les siennes et se fraya un passage dans la foule massée autour du puits. Abd al-Rahman prit les rênes du cheval. L'étalon encensa et gratta du sabot avec impatience.

Du haut de sa jument, Abd al-Rahman dominait toute la cour. Les marchands se préparaient aussi à partir. Ils chargeaient leurs marchandises sur des ânes et, au milieu de ce groupe confus, le jeune homme reconnut Mehemet Ali. Les esclaves attendaient sur le côté. Abd al-Rahman n'eut aucune peine à distinguer parmi eux la jeune esclave à l'éventail. Elle était de nouveau enchaînée.

Au bout d'un moment, le guerrier pèlerin reparut avec les outres pleines. Il jeta les siennes sur le dos de son étalon et tendit les autres à Abd al-Rahman.

— Sssst, Rakkam, dit-il à son cheval nerveux qui tirait sur les rênes. La terre te semble donc si étrange après le voyage en mer, ou la présence de la jument t'énerve-t-elle ?

La voix et la main de son maître calmèrent l'étalon. L'inconnu fixa les outres à sa selle et monta.

— Pars-tu tout de suite, ou préfères-tu attendre la compagnie des pèlerins ? demanda-t-il à Abd al-Rahman.

La décision du jeune homme fut aussitôt prise.

— Je pars tout de suite, s'il y a un guide.

— Voyage avec moi, proposa l'autre. Il n'y a qu'une seule piste, facile à suivre.

Abd al Rahman hésita à peine. C'était l'occasion qu'il souhaitait. Lorsqu'il avait vu l'inconnu la veille, il l'avait trouvé bizarre, mais au matin il ne montrait aucun signe de l'agitation qui semblait l'avoir troublé dans sa solitude. En dépit de son aspect quelque peu farouche, il se sentait attiré vers lui. De toute évidence, l'homme était pieux, et probablement discret. Voyager avec lui limiterait les risques.

— Je suis prêt, dit Abd al-Rahman.

D'une légère pression du genou, l'inconnu fit contourner la foule à son étalon. Abd al-Rahman le suivit. En longeant le mur bas, ils passèrent près des marchands. Mehemet Ali les regarda et s'inclina courtoisement devant Abd al-Rahman. Il semblait avoir oublié le léger incident du dîner. Puis ils sortirent de la cour et laissèrent derrière eux l'agitation de la foule.

— Je m'appelle Tarrif, dit le compagnon d'Abd al-Rahman tandis qu'ils chevauchaient côte à côte. Je suis un *Moghreby* d'Afrique du Nord, un Maure.

— Je m'appelle Haroun, répondit Abd al-Rahman en donnant au hasard un nom fort répandu. Je viens du berceau de l'Islam.

Ainsi, sans autre présentation, ils s'engagèrent ensemble dans les terres arides et désolées qui s'étendaient entre la mer et le Nil.

Comme l'avait dit Tarrif, la piste était facile à suivre On eût dit que tous ceux qui avaient cheminé là avaient laissé leurs traces sur les sables et le roc, et que jamais ni le vent ni la pluie ne les avaient effacées. Abd al-Rahman aurait pu trouver le chemin tout seul, mais il était satisfait d'avoir ce compagnon.

Tarrif le Maure parlait peu, mais il était de bonne

compagnie. Il y avait en lui une franchise qui inspirait confiance. Et nul ne pouvait douter de la sincérité de sa piété, ni de son désir d'obéir aux commandements de Dieu. Il priait humblement, aux heures prescrites à tout bon musulman, et une certaine tristesse pensive adoucissait souvent ses traits. Cependant, Abd al-Rahman aurait parié qu'il saurait bien employer son épée et sa lance, s'il le fallait. Dans l'ensemble il le trouvait aimable et plaisant, bien qu'un peu mystérieux. Ce n'était pas le genre d'homme que l'on s'attend à trouver sur la route des pèlerinages.

Ils progressaient à bonne allure, loin devant les autres et hors de leur vue. Au début de l'après-midi, ils arrivèrent devant un puits appelé Bir Buerat, au milieu d'un ouadi desséché. Il n'y avait pas le moindre signe de vie humaine autour de ce point d'eau isolé, même pas une tente de berger. La margelle de pierre sèche surprenait, dans ces solitudes. Mais l'eau était là, fraîche et douce, et abondante.

Ils s'arrêtèrent pour se rafraîchir et abreuver les chevaux.

— Les autres vont s'arrêter ici ce soir, pour y passer la nuit, dit Tarrif. Nous allons continuer.

Après avoir fait boire Saffana, Abd al-Rahman examina ses sabots, comme il le faisait à chaque arrêt. Un petit caillou s'était logé entre le fer et la sole de son pied avant droit. Il essaya de le faire sortir avec son doigt mais il était trop enfoncé. Cherchant quelque baguette pointue, il avisa un gros buisson épineux de l'autre côté du puits.

Il y alla et se pencha pour casser une branche. Au même instant, il vit bouger dans le sable une forme sinueuse. Il n'eut pas le temps de sauter en arrière. La vipère se dressa et se détendit brusquement.

Elle le mordit à la jambe gauche, juste au-dessus de la cheville. Abd al-Rahman sentit une brûlure atroce, et en même temps un grand froid qui lui montait au cœur. Il poussa un cri et secoua si violemment son pied que la vipère se détacha et alla retomber entre lui et le puits.

Tarrif bondit, l'épée nue à la main. La lame s'abattit et trancha le serpent en deux. Puis le Maure se précipita vers Abd al-Rahman.

— A-t-elle mordu ?

Point n'était besoin de répondre. On ne voyait pas de petits trous jumeaux tels qu'en font généralement les morsures de serpent, mais une blessure déchiquetée là où les crocs s'étaient arrachés au moment où Abd al-Rahman avait rué. Un mince filet de sang coulait sur le pied.

— Cela saigne, dit Tarrif. La bête venimeuse t'a ouvert la blessure elle-même.

Pétrifié, Abd al-Rahman ne pouvait que regarder fixement sa cheville. Il n'avait jamais encore vu de morsure de serpent. A part la sensation de brûlure, il ne sentait rien.

— Viens t'allonger à l'ombre du puits, sans t'appuyer sur ta jambe.

Le Maure était vigoureux et il porta presque le jeune homme.

— Étends-toi là et ne bouge pas, lui dit-il. Nous devons faire sortir le venin avec le sang, et nous assurer que le croc ne s'est pas cassé dans la chair.

Tarrif prit sa dague courbe, frotta la pointe sur son pouce et s'agenouilla à côté d'Abd al-Rahman. Délicatement, il sonda la plaie et en coupa les bords. Le blessé se redressa pour regarder.

— Il n'y a pas de croc, dit enfin le Maure. Et cela saigne bien. Allah veuille que tu vives !

La jambe commençait à enfler et à se violacer. Ce n'était pas beau à voir. Abd al-Rahman se sentit soudain faible. Il avait la nausée. Il s'allongea, et ferma les yeux, le front en sueur. Un vertige le prit.

Quand il rouvrit les yeux, il vit Tarrif auprès des chevaux. Sa première pensée fut que le Maure s'apprêtait à l'abandonner. Peut-être allait-il même tenter d'emmener Saffana ! Abd al-Rahman voulut se relever, mais il s'écroula sur le côté, vaincu par la nausée.

Lorsque son malaise fut passé, le Maure était revenu

auprès de lui. Il était simplement allé chercher sur son cheval le burnous roulé derrière la selle.

— Viens, dit-il, je vais te porter loin du puits. Nous allons être obligés de rester ici assez longtemps, et les voyageurs te dérangeraient en venant puiser l'eau. Nous allons dresser notre camp là-bas.

Abd al-Rahman fit un effort pour se relever, mais il était trop faible. Tarrif le souleva avec aisance et le porta à l'endroit choisi, à une centaine de pieds du puits, derrière un rocher.

Le Maure étala le burnous sur le sable et y déposa le jeune homme. Les chevaux les avaient suivis d'eux-mêmes. Tarrif les dessella. Puis il prit dans ses bagages une petite tente de fortune, un simple carré de tissu noir. Il planta sa lance en biais dans le sable, d'un côté, et l'arc d'Abd al-Rahman de l'autre. Puis il étendit la tente sur ces piquets de fortune, au-dessus du blessé.

— Je te suis reconnaissant, souffla le jeune homme.

Sa figure ruisselait de sueur, et il avait l'impression que les crocs venimeux étaient encore plantés dans sa chair, injectant du venin et du feu dans tout son corps.

Tarif ôta le chèche du blessé, l'humecta et lui essuya doucement la figure.

— J'ai soif, murmura Abd al-Rahman.

Le Maure lui souleva la tête et présenta une *girby* à ses lèvres. Abd al-Rahman eut la sensation étrange que l'eau coulait dans sa gorge vers du néant. Il se laissa retomber avec un soupir quand son compagnon reposa sa tête sur le burnous. Il était convaincu qu'il allait mourir.

Saffana avança la tête sous la tente. Il sentit son souffle léger sur sa joue, tandis qu'elle le contemplait aussi tendrement qu'une femme.

— *'Azia, azia*, soupira-t-il en faisant un effort pour la caresser. J'ai deux amours en ce monde, et tu es l'un d'eux.

Elle effleura sa joue, son cou et son torse, de ses lèvres, comme si elle comprenait ses souffrances, comme si elle voulait lui venir en aide.

— *Azia...*

Il ferma les yeux et dans les ténèbres de sa mémoire se dressa le beau visage d'Alohra.

Quelques voyageurs, arrivant vers le soir, les trouvèrent ainsi. Abd al-Rahman gisait sous la tente, à demi inconscient, le Maure assis à ses côtés, veillant sur lui jusqu'à sa mort ou sa guérison.

Les premiers pèlerins s'enquirent de son état, et hochèrent la tête avec fatalisme. Si Allah voulait que le jeune homme mourût, il mourrait; si Allah en décidait autrement, il vivrait.

Le gros de la caravane des marchands arriva au crépuscule. En apprenant de ses devanciers ce qui était arrivé, Mehemet Ali se hâta de se rendre au chevet d'Abd al-Rahman. Il lui tâta le pouls, et il examina les chairs enflées et violacées, autour de la blessure. Abd al-Rahman délirait, et le reconnut à peine.

Devant le visage interrogateur du Maure, Mehemet Ali soupira.

— Il sera mort au matin, murmura-t-il.

Les marchands avaient fait halte tout près de la petite tente de Tarrif. Leurs esclaves étaient libérés de leurs chaînes, maintenant qu'ils n'avaient plus l'occasion de s'enfuir. Et, de leur groupe, s'avança soudain la jeune fille à l'éventail. Elle agissait de son propre chef, comme si elle avait été provisoirement délivrée de sa servitude.

D'un pas résolu, elle vint à la tente et contempla le corps prostré d'Abd al-Rahman. Elle considéra le visage pâle et douloureux du jeune homme, puis la jambe meurtrie, et prononça quelques mots dans sa langue inconnue, tout en agitant les mains.

Le marchand la regarda, étonné, puis il haussa les épaules.

— Elle veut le soigner, expliqua-t-il à Tarrif. Elle dit qu'elle a déjà vu des morsures de serpent.

Le Maure hésita. Il parut sonder l'âme de la jeune esclave, l'examina gravement, puis y consentit.

— Qu'elle essaye. Je ne peux plus rien pour lui.

La jeune Galla se mit aussitôt à l'œuvre, devant le marchand et le Maure attentifs. Elle prit le chèche d'Abd al-Rahman et le noua solidement autour de sa jambe, au-dessous du genou. Puis elle glissa le fourreau de sa dague sous le nœud et tourna. Le marchand et le Maure échangèrent un regard perplexe. Jamais encore ils n'avaient vu de garrot.

L'expression de Tarrif s'assombrit quand il la vit saisir la dague nue, mais il ne dit rien. Elle lui fit signe de maintenir le garrot en place et se pencha sur la jambe enflée. De la pointe de la dague, elle se mit à pratiquer des incisions nombreuses dans les chairs tuméfiées. Aucun sang ne suinta de ces coupures, mais un liquide rose opaque.

La jeune fille posa ses lèvres sur une des incisions et se mit à sucer longuement, patiemment. Elle crachait ce qu'elle avait aspiré et recommençait. Pendant de longues minutes, elle suça ainsi une coupure après l'autre, tout au long de la jambe, pendant que Tarrif maintenait le garrot bien serré.

Mehemet Ali la regardait faire. A un moment donné il lui parla dans sa langue, et elle ne répondit que par un seul mot.

— Je vais la laisser ici, dit le marchand à Tarrif. Elle s'appelle Shuama. Elle soignera le jeune homme pendant la nuit.

En partant, Mehemet Ali s'arrêta pour caresser Saffana et l'examiner, puis il alla rejoindre les siens.

Pendant une demi-heure encore, Shuama suça les plaies, et ne s'interrompit que pour relâcher un instant le garrot. Elle le resserra ensuite et se remit à la tâche. De temps en temps, Abd al-Rahman gémissait tout bas et s'agitait un peu, mais il n'ouvrit pas les yeux.

Enfin, à la nuit close, la jeune esclave se redressa, la bouche enflée et pâle. Elle ôta le garrot que Tarrif n'avait pas lâché. Un peu de sang suinta des coupures, qu'elle essuya doucement avec un linge mouillé.

Mehemet Ali avait apporté un repas et un grand linge blanc. La jeune esclave fit signe à Tarrif de manger, et elle enveloppa la jambe d'Abd al-Rahman avec le linge.

Le Maure avait observé en silence les soins que donnait Shuama. Il mangea la moitié du plat et lui donna le reste. Elle s'installa sous la tente de fortune, et interrompit souvent son repas pour surveiller Abd al-Rahman, quand il s'agitait ou délirait. Personne ne vint les déranger, car Tarrif avait considéré les intrus d'un mauvais œil et les pèlerins préférèrent rester à l'écart.

Mehemet Ali leur apporta une couverture en peau de mouton. Shuama en recouvrit Abd al-Rahman car la nuit commençait à être très froide. Le marchand caressa une dernière fois Saffana et les laissa. Le campement se calmait. Chacun s'installait pour dormir.

Shuama interrogea Tarrif des yeux. Le Maure lui donna un manteau et lui fit signe de rester sous la tente.

Le silence se fit. Les derniers feux s'éteignirent l'un après l'autre. Tarrif s'était endormi auprès des chevaux.

Dans les ténèbres, la jeune fille écoutait la respiration oppressée d'Abd al-Rahman. Il se retourna soudain sous la peau de mouton, en gémissant :

— Alohra ! Alohra !

— Chchchut, souffla la jeune Galla d'une voix aussi douce que la brise du soir sur le sable.

Voyant qu'il se débattait sous la couverture, elle lui prit une main dans les siennes.

— Alohra, souffla-t-il, apaisé.

Si Shuama avait pu distinguer son visage, elle aurait vu qu'il souriait dans son sommeil.

La jeune esclave

A l'aube, le campement s'anima. Les pèlerins firent leurs prières et se préparèrent à reprendre la route. Mehemet Ali trouva Abd al-Rahman encore en vie quand il alla le voir. Il vivait, mais il était très faible et n'avait pas repris connaissance. Le marchand s'adressa à la jeune esclave, qui n'avait pas bougé de la nuit. Puis il traduisit ses paroles à Tarrif le Maure :

— Elle pense qu'il vivra. Mais il va être malade pendant de nombreux jours.

— Que la volonté d'Allah soit faite, murmura le Maure en s'inclinant très bas.

— Qui va le soigner?

— Moi, répondit Tarrif.

— Ici? s'étonna le marchand en désignant du geste le paysage désolé.

— Il ne peut voyager.

Tarrif fronça les sourcils, devinant que le marchand méditait quelque chose.

— Nous pouvons le transporter en litière, proposa Mehemet Ali. Mon âne portera une extrémité, et les Gallas l'autre. Ainsi, Shuama pourra continuer de le soigner.

Le Maure considéra le marchand d'un œil aigu. Il ne parvenait pas à croire à la charité désintéressée de

Mehemet Ali. Mais c'était cependant la meilleure solution. Il y consentit, et Mehemet Ali ajouta :

— Dans ce cas, je monterai la jument du jeune cheik, puisque mon âne le portera.

Tarrif n'y voyait pas d'inconvénient, mais il commençait à comprendre la sollicitude du marchand. Ils prirent deux longues perches de tente dans les bagages du marchand, et y fixèrent une toile pliée pour former une litière. Ils attelèrent l'âne de Mehemet Ali à une extrémité, tandis que les esclaves porteraient les deux autres bouts. Tarrif prit Abd al-Rahman dans ses bras et le déposa sur le brancard de fortune.

Mehemet Ali enfourcha Saffana. Sous son poids, la jument fit un brusque écart et secoua impatiemment la tête. Elle avait l'habitude de son maître, et sans doute devinait-elle que celui-ci était fort mal en point.

Mais le marchand était un excellent cavalier, et il l'apaisa d'une main experte.

— Là, là, doucement. Le jeune cheik, ton maître, est avec nous. Tu peux le voir dans sa litière. Nous ne le quittons pas.

La jument était nerveuse et inquiète, mais elle se laissa monter. Ainsi, la longue caravane du marchand s'ébranla. La litière était au milieu, portée par l'âne et les esclaves. Abd al-Rahman y reposait, les yeux fermés, inerte, tel qu'on l'y avait déposé. Shuama marchait à côté de lui.

Mehemet Ali allait et venait avec Saffana sur les flancs de la caravane. C'était un homme avisé, au jugement sûr, qui connaissait la valeur des choses. Il souriait en sentant entre ses cuisses la souplesse docile de la jument. Il y avait bien longtemps qu'il n'avait monté pareil cheval. Tarrif le Maure, le guerrier pèlerin, fermait la marche.

Ils cheminèrent tout le jour dans un paysage aride qui ressemblait au lit desséché de quelque fleuve antédiluvien. Le soleil brûlait et les rochers irradiaient la chaleur. Abd al-Rahman s'éveilla deux fois, au cours de la journée, pour réclamer à boire.

Au crépuscule, marchands et pèlerins firent halte.

Dans la fraîcheur du soir, Abd al-Rahman se réveilla, et, avec l'aide de Tarrif et de Shuama, il prit un peu de bouillon de caille.

— Allah est miséricordieux, dit Tarrif à Mehemet Ali quand il vint aux nouvelles. Le jeune homme vivra.

— Que la volonté d'Allah soit faite, répondit pieusement le marchand.

— La jument... Elle cherche son maître, ajouta Tarrif.

Saffana piaffait et tirait sur son licou en hennissant, le cou tendu vers la tente sous laquelle était couché Abd al-Rahman. Mehemet Ali tenta de la calmer, et il l'admira encore une fois.

— De tels chevaux sont la richesse de l'Arabie, dit-il. Le jeune cheik qui la possède est béni de Dieu.

Et tandis qu'il caressait Saffana, il tournait son regard aigu vers Shuama, assise sous la petite tente à côté d'Abd al-Rahman. Il parut satisfait. Et cette nuit encore, la jeune esclave demeura auprès du jeune homme.

Le lendemain matin, les prières de l'aube reveillèrent Abd al-Rahman. Il était affaibli, son corps etait douloureux, mais il avait retrouve sa lucidite. Dans le petit jour diffus, les premières choses qu'il vit furent la jeune esclave assise à son chevet et, derrière elle, Saffana.

Il essaya de s'asseoir mais retomba lourdement, en gémissant. Il ne sentait pas sa jambe gauche. Shuama se précipita. Sa figure sombre reflétait sa joie de le voir reprendre conscience mais, d'un geste doux, elle le força à s'étendre. Il obéit, et il écouta le chant des pèlerins.

Après les prières, Tarrif apparut et se réjouit, lui aussi, de voir qu'Abd al-Rahman allait mieux.

— *Azia*, *azia*...

Cette fois, Abd al-Rahman réussit à s'asseoir. La jument l'entendit. Elle tira sur son licou et Tarrif courut arracher le piquet qui la retenait. Elle trotta joyeusement vers la tente et vint poser son front contre la tempe de son maître. Soutenu par Shuama, il enlaça la belle tête fine de la jument.

— Ma perle, mon joyau !

— Elle a pleuré pour toi, lui dit Tarrif.

— Je ne pouvais pas mourir et l'abandonner ! Depuis combien de temps suis-je malade ?

— Depuis avant-hier. Toute la journée d'hier, les esclaves gallas t'ont transporté en litière.

Abd al-Rahman essaya de se retourner pour regarder Shuama. Mais il était très faible et perclus de douleurs. Saffana souffla, renifla, et il la caressa en souriant.

Ce jour-là encore, Abd al-Rahman dut se laisser porter en litière. Son cœur se serra quand il vit Mehemet Ali monter Saffana. A part Cidi Ben Nosier, son premier maître, elle n'avait jamais été montée que par lui-même.

La journée fut semblable aux précédentes; ils cheminaient dans le même paysage désolé, un pays mort qui attendait depuis des millénaires que la pluie et la vie vinssent l'animer.

Mais pour Abd al-Rahman elle fut différente. Il avait repris connaissance et sentait ses forces revenir lentement. Lorsqu'ils firent halte, il but et mangea légèrement. Il examinait aussi la jeune esclave, et réfléchissait. Il se souvenait que, dans son délire, il avait appelé Alohra, et il lui avait semblé qu'elle venait à lui. Il comprenait maintenant que c'était la main de la jeune esclave qu'il avait serrée.

Vers le soir, ils atteignirent un autre point d'eau, où ils campèrent. Shuama s'occupa d'Abd al-Rahman, elle lui apporta de l'eau, l'aida à faire sa toilette, et à manger. Un peu plus tard, Mehemet Ali vint la chercher et elle le suivit entre les tentes.

Elle resta longtemps absente. Abd al-Rahman commençait à penser que le marchand l'avait renvoyée parmi les autres esclaves, quand elle reparut.

Il remarqua tout de suite qu'elle portait un nouveau pagne, et quand elle s'approcha pour reprendre sa veille sous la petite tente, il vit que son corps sombre luisait, comme s'il avait été oint d'huiles parfumées. Ses cheveux noirs étaient coiffés en couronne au-dessus de sa tête et quelques boucles encadraient son visage parfait. Dans ses guenilles d'esclave, elle avait été belle. Maintenant, elle était presque irréelle.

Tarrif l'examina attentivement, avec méfiance, mais elle ne fit rien d'autre que de s'asseoir en tailleur aux pieds d'Abd al-Rahman, pour veiller sur lui.

Pendant deux journées encore, ils voyagèrent dans ce désert aride, Abd al-Rahman couché sur sa litière, tandis que Shuama s'occupait de lui comme si elle avait été son esclave personnelle.

La cinquième nuit, ils campèrent en un lieu appelé Ouadi Bayad.

— Demain, annonça Tarrif, nous atteindrons le Nil.

— Demain, répondit Abd al-Rahman, je monterai Saffana.

Il était maintenant assez fort pour se tenir debout et faire quelques pas en boitant. Il pouvait de nouveau se tenir à cheval. Le Maure l'approuva.

Abd al-Rahman se dit qu'il n'avait plus besoin de Shuama. D'ailleurs, il ne comprenait pas comment Mehemet Ali pouvait la lui prêter si volontiers. Il sentait un mobile caché, derrière cet acte de charité. Il allait la renvoyer au marchand quand il pensa que le sort de la jeune esclave était moins pénible, tant qu'elle était auprès de lui. Aussi ne dit-il rien, et cette nuit-là encore elle partagea sa tente.

Beni Souef

Bahr el-Nil. Le fleuve immense était comme une oasis sans fin tranchant soudain dans le paysage aride. Nul homme ne pouvait contempler le Nil après la longue traversée du désert sans comprendre le respect immémorial de l'Égypte pour le fleuve. Sans le Nil, l'Égypte n'était que roc et poussière, aussi désolée que l'Arabie.

Ils y arrivèrent après avoir franchi les dernières collines dominant Beni Souef et soudain ils eurent sous les yeux le spectacle de la vie et de la fécondité. Sur cette rive, il n'y avait guère qu'un pauvre village, quelques huttes de terre durcie. Mais, au-delà de la vaste étendue d'eau, on apercevait les jetées, les quais, les entrepôts et les mosquées de Beni Souef. Des bateaux lourdement chargés sillonnaient le fleuve, car la ville était le grand centre commercial de la riche province d'el-Fayoum qui s'étendait vers l'ouest.

La caravane descendit lentement vers le village. Les habitants, des pêcheurs et de pauvres paysans, regardèrent passer les voyageurs blancs de poussière avec indifférence. Ils avaient vu bien souvent des colonnes de marchands et de pèlerins, qui ne s'arrêtaient jamais chez eux.

Deux felouques accostèrent à la jetée de terre avant même que la caravane eût atteint le bord du fleuve

Elles attendaient pour transporter les voyageurs sur l'autre rive.

Pèlerins et marchands montèrent à bord, avec leurs bêtes, leurs serviteurs et leurs esclaves. Abd al-Rahman et Tarrif embarquèrent aussi, avec leurs chevaux.

Abd al-Rahman était heureux de cet intermède reposant. Sa jambe lui faisait mal et il se sentait épuisé par cette longue chevauchée. Il s'assit sur une balle de marchandises, au milieu du bateau, tenant Saffana par la bride. Le groupe des Gallas se trouvait près de lui, et, parmi eux, Shuama qui avait repris sa place avec les esclaves quand il avait monté Saffana.

Mais bien qu'elle eût rejoint ses semblables, elle semblait se tenir à l'écart. Le regard lointain, elle contemplait les eaux boueuses du fleuve. Il semblait qu'après avoir joui d'une certaine liberté, quand elle avait soigné Abd al-Rahman, elle ne pût s'habituer de nouveau à sa triste condition.

Mehemet Ali vint interrompre le cours des pensées d'Abd al-Rahman.

— Ta jument se tient admirablement, s'écria-t-il, frappé par le calme de Saffana. A-t-elle déjà voyagé sur l'eau ?

— Une fois seulement, répondit Abd al-Rahman.

Le marchand caressa l'encolure de la jument, et contempla longuement son poitrail et ses jambes, comme il l'avait fait si souvent.

— Cheik, dit-il soudain, l'esclave Shuama t'a-t-elle bien servi ?

— Certes, murmura Abd al-Rahman, surpris par la question.

— Elle se vendra pour deux cents pièces d'or au marché de Beni Souef, cheik. Achète-la donc pour toi maintenant. Je te donne la fille et deux cents pièces d'or pour ta jument.

Abd al-Rahman le contempla avec stupéfaction. Il avait soupçonné le marchand de nourrir des arrière-pensées, pourtant cette proposition le surprit. Il resta un moment sans voix. Croyant qu'il hésitait, Mehemet Ali insista :

— L'esclave s'est attachée à toi, cheik, comme une bête sauvage se laisse apprivoiser par une main et non par une autre. Elle te servira bien et de grand cœur. Prends-la, et l'or, contre ta jument.

Abd al-Rahman se taisait toujours. Il n'avait nullement l'intention de se séparer de Saffana, et nul désir de posséder la jeune esclave. Mais Shuama lui avait sauvé la vie. S'il hésitait, c'était qu'il eût aimé lui venir en aide, mais il ne voulait pas l'acheter. Il hocha lentement la tête.

— Non.

— Trois cents pièces d'or, cheik.

Abd al-Rahman hocha la tête plus résolument encore.

— Non.

— Cinq cents pièces d'or sans la fille. Cinq cents sequins pour ta jument.

— Non! s'écria catégoriquement Abd al-Rahman.

Le marchand cessa brusquement de marchander. Il fit un geste négligent de la main, comme si la chose ne l'intéressait guère, au fond. Changeant soudain de conversation, il demanda :

— Es-tu déjà venu à Beni Souef, cheik? Y as-tu des amis?

— Non, c'est la première fois, et je n'y connais personne.

— Alors reste avec moi quand nous débarquerons. Je connais bien la ville et je te conduirai dans une auberge où tu pourras loger avec ta jument. Le Maure aussi, s'il t'accompagne.

Il se tourna vers Tarrif, qui avait écouté avec attention les propos du marchand.

— Je ne reste en ville qu'une nuit, répondit le Maure.

Mehemet Ali sourit en contemplant les dômes et les minarets tout proches à présent.

— Beni Souef — la porte du jardin d'el-Fayoum! Cheik, des plaisirs t'y attendent qui te feront oublier tes souffrances et la morsure du serpent!

Ils débarquèrent dans l'après-midi sur les quais animés. C'était l'époque de la cueillette du coton qui poussait si bien dans la région fertile d'el-Fayoum. De grandes corbeilles débordantes de fibres neigeuses s'entassaient près des entrepôts. Toute cette blancheur faisait ressortir le teint sombre des esclaves gallas.

— Je passerai la nuit à l'auberge du marchand, dit Tarrif à Abd al-Rahman une fois à terre.

Abd al-Rahman approuva. Il n'avait encore pris aucune décision, mais un sentiment indéfinissable le retenait de se séparer tout de suite de Mehemet Ali. Ils attendirent que le marchand eût rassemblé sa pacotille et ses esclaves.

Chevauchant son âne, Mehemet Ali les conduisit dans le dédale de ruelles étroites et de souks vers le caravansérail où il avait l'habitude de loger. Les esclaves d'Abyssinie s'émerveillaient de voir tant de boutiques et de maisons, et les commerçants égyptiens suivaient des yeux les belles jeunes filles à la peau noire que l'on allait vendre au marché. Abd al-Rahman et Tarrif fermaient la marche.

L'auberge de Mehemet Ali se trouvait au cœur de la ville, non loin du port et du marché d'esclaves. Un étroit passage aboutissait au grand portail ouvert sur la vaste cour. Pour les marchands, c'était la fin du voyage. Ils retrouvaient des amis, et les serviteurs s'empressèrent de se charger des bêtes et des bagages.

Dès qu'il le put, Mehemet Ali revint avec un garçon d'écurie pour s'occuper des chevaux d'Abd al-Rahman et du Maure.

Mais Abd al-Rahman refusa.

— Je prendrai soin moi-même de ma jument.

Malgré sa grande fatigue, il ne voulait laisser à personne le soin de panser Saffana. Tarrif éprouvait le même sentiment.

— L'étalon ne connaît que moi, dit-il.

Mehemet Ali leur montra donc les stalles lui-même. En traversant la cour encombrée, Abd al-Rahman aperçut, parmi les autres esclaves passives comme du bétail attendant un acheteur, la jeune Shuama.

Quand les chevaux eurent été pansés, nourris et abreuvés, Tarrif sortit acheter de quoi dîner pendant qu'Abd al-Rahman faisait sa toilette au puits, au milieu de la cour. Le Maure rapporta des galettes de sarrasin, du miel, des raisins, un melon et une outre de lait de chèvre.

Tout en partageant ce frugal repas, Abd al-Rahman demanda à Tarrif :

— As-tu dit au marchand que tu partais demain ?

— Oui. Demain je prends la route d'el-Fayoum. Et toi ?

— Je ne sais pas.

Après le dîner, reposé et fortifié, Abd al-Rahman se leva et déclara :

— Je vais visiter un peu les boutiques.

— Bien. Moi, je reste avec les chevaux.

La rue sur laquelle s'ouvrait le caravansérail débouchait sur la grande place du marché. Là, dans la pittoresque confusion des souks d'Orient, des marchands de toute espèce tenaient boutique. Abd al-Rahman n'eut aucune difficulté à trouver ce qu'il cherchait. Il s'acheta des babouches, un chèche et des vêtements de dessous. Pour remercier le Maure, il lui choisit un caftan, un épais manteau très long, pour les nuits glacées du désert.

Il s'apprêtait à rentrer au caravansérail avec ses emplettes quand il songea qu'il oubliait quelque chose. Il découvrit ce qu'il désirait chez un drapier. Il acheta une longue pièce de cotonnade couleur de safran, comme en portaient alors les femmes égyptiennes.

Le soir tombait quand il rejoignit son compagnon. D'un minaret voisin tombait le chant du muezzin appelant à la prière du crépuscule.

— Pour toutes tes bontés pendant le voyage dans le désert, dit-il en présentant le caftan au Maure.

Tarrif fut surpris, et même un peu gêné, mais le cadeau lui fit manifestement un grand plaisir. Il se leva pour l'essayer aussitôt.

Abd al-Rahman posa ses paquets et ne garda que l'étoffe safran.

— Je m'absente un instant, dit-il, pour aller voir le marchand, Mehemet Ali.

Tarrif le suivit des yeux avec perplexité tandis qu'il s'éloignait dans la cour avec son étoffe.

Abd al-Rahman se fit conduire par un serviteur à l'appartement du marchand. Il trouva Mehemet Ali avec trois amis arabes, assis à l'aise sur des coussins, devant des plats de friandises, des corbeilles de fruits, des jattes de sorbets. La jeune esclave Shuama les servait. Le jeune homme, après les salutations d'usage, exposa le but de sa visite.

— La jeune fille m'a bien soigné durant ma maladie. Je lui dois la vie. Je lui ai acheté cette robe aux souks, en pauvre témoignage de reconnaissance. Dis-lui que c'est pour elle, et que j'aimerais qu'elle s'en revêtit tout de suite.

Mehemet Ali s'adressa à Shuama dans sa langue. La jeune fille releva la tête, sourit et vint s'incliner devant Abd al-Rahman qui lui donna la pièce de tissu. Puis elle disparut derrière une tapisserie. Quelques instants plus tard, elle reparut. D'instinct, elle avait su draper sur elle l'étoffe jaune, en l'enroulant autour de sa taille, avec un pan jeté par-dessus l'épaule. Ainsi vêtue, elle semblait métamorphosée.

Le marchand se pencha à l'oreille d'Abd al-Rahman. Son haleine sentait le vin.

— La jument, murmura-t-il. Cinq cents pièces d'or et la jeune fille.

Abd al-Rahman ne répondit pas. Il ne voulait pas de l'esclave, et cependant il était triste à la pensée qu'elle allait être vendue.

— Cinq cents sequins ! insista encore Mehemet Ali. Un prix fabuleux pour une jument — sans compter l'esclave.

— La jument n'est pas à vendre, répliqua sèchement Abd al-Rahman.

L'audace du marchand l'irritait.

— Pardonne-moi de te quitter si brusquement, dit-il, mais le voyage m'a fatigué et je désire me reposer. Demain je pars à l'aube avec le Maure. Je suis venu simplement pour te remercier, et pour remettre mon pauvre présent à la jeune esclave.

— Un cadeau qui vient à son heure, dit Mehemet Ali avec un mince sourire. Elle sera vendue demain au marché.

Le marchand fit reconduire le jeune homme par un serviteur. Abd al-Rahman passa voir Saffana et rejoignit Tarrif.

— Demain, lui annonça-t-il, je prendrai la route d'el-Fayoum avec toi, si tu le veux bien.

— Ta compagnie me sera agréable, assura Tarrif.

Ils s'installèrent pour la nuit sur des tapis, et éteignirent leur lampe.

Abd al-Rahman ne pouvait dormir. Il pensait à Shuama et son sort le chagrinait. Il ne pouvait supporter l'idée qu'elle allait être vendue comme du bétail. Mais il n'imaginait pas comment il pourrait la sauver. Certes, il avait bien assez d'or et de pierres précieuses dans sa bourse pour l'acheter. Il l'envisagea un instant. Oui, il pourrait l'acheter et lui rendre sa liberté. Mais il savait que c'était illusoire. Sa liberté lui serait inutile dans un pays étranger dont elle ne connaissait même pas la langue. D'une façon ou d'une autre, elle deviendrait la propriété d'un homme.

Minuit sonna, et Abd al-Rahman ne dormait toujours pas. Dans le silence de la nuit, la voix du muezzin s'éleva pour appeler les fidèles à la prière. Tarrif se réveilla, s'agenouilla dans l'obscurité, et joignit sa voix fervente à celle du muezzin. Abd al-Rahman fit sa prière en silence.

Tarrif s'allongea de nouveau, mais pendant longtemps il s'agita et se retourna sur sa couche. Abd al-Rahman se rappela la première fois qu'il l'avait vu, parmi les rochers. Un poids pesait sur l'âme du Maure, qui l'avait poussé à ce pèlerinage.

Le lendemain à l'aube, ils se mirent en route. Ils traversèrent rapidement la ville et virent s'ouvrir devant eux le riche pays d'el-Fayoum. Tarrif mit son étalon au trot. Abd al-Rahman l'imita. Il était heureux de quitter Beni Souef. Pour lui, le nom de cette ville évoquerait toujours un sentiment d'échec et de honte, associé à l'image de Shuama. Il ne se retourna pas...

La piste des oasis

De Beni Souef, la route serpentait vers l'ouest entre de riches vergers de mûriers et d'oliviers, d'abricotiers et de cerisiers, entre des jardins, des champs d'avoine et de lentilles, de millet et de melons, d'oignons et de radis. Tel était le Fayoum, l'apanage de la fille d'un pharaon de l'antiquité, quadrillé de canaux, la corne d'abondance de l'Égypte.

Au début de l'après-midi, les deux cavaliers arrivèrent à Bahr Yusef, la rivière de Joseph. La légende voulait que Joseph eût créé la terre de Fayoum, comme une épreuve imposée par Pharaon, et la rivière, ou plutôt le canal qui l'alimentait en eau du Nil, portait son nom.

Ils franchirent le cours d'eau et poursuivirent leur voyage vers l'ouest, bien que la route bifurquât alors vers le nord, vers el-Fayoum, la capitale de la province. Mais Tarrif n'avait pas l'intention de s'y rendre, et Abd al-Rahman en fut heureux. Il en avait assez des villes.

Ils campèrent à la nuit sous un bosquet de tamaris, petit îlot de solitude sauvage entre les jardins cultivés. Pour Abd al-Rahman ce fut un repos que de dormir de nouveau sous les étoiles, après l'unique nuit passée au caravansérail.

Son âme aspirait à la solitude. Beni Souef, tout

bref qu'y eût été son séjour, l'avait oppressé. La terre d'Égypte n'était pas faite pour lui. Comme le Maure, il commençait à se sentir poussé non seulement par le destin, mais par une agitation profondément ancrée dans son cœur.

Ils reprirent la route le lendemain à travers les riches terres cultivées et les jardins. Il semblait qu'il n'y eût pas de limites aux vergers bien irrigués mais, vers le soir, les deux voyageurs aperçurent la fin des cultures et les premiers contreforts des montagnes de Libye. L'immense oasis du Fayoum et l'Égypte étaient maintenant derrière eux.

— Demain, annonça Tarrif tandis qu'ils dressaient leur petit campement, je vais à Qarûn. C'est le point de départ des caravanes. J'en suivrai une pour l'oasis de Siouah, car nul homme ne peut traverser seul ce désert. Et de là, je poursuivrai ma route à l'ouest, vers ma terre natale.

— Moi aussi, je me dirige vers l'ouest. A Qarûn dont tu parles, je ferai ferrer ma jument, car j'ai un long chemin à parcourir.

Ce fut tout ce qu'il confia au Maure de lui-même et de ses projets, mais c'était suffisant. Tarrif semblait heureux de sa compagnie et ne posait pas de questions.

Le Maure leva les yeux vers les montagnes violettes, les remparts du désert, et son visage s'adoucit. Il respira à pleins poumons.

— Déjà l'air est plus léger, le sens-tu ?

Deux jours plus tard, ils accompagnaient une petite caravane de chameaux qui avait quitté Qarûn pour l'ouest. Elle était composée de nomades de l'oasis de Siouah qui revenaient d'Égypte où ils avaient acheté du coton à Fayoum. Ils accueillirent les deux voyageurs avec ce don de l'hospitalité si naturel aux gens du désert, et acceptèrent même de transporter des rations d'eau supplémentaires pour les chevaux.

Abd al-Rahman contemplait sans émoi l'étendue illimitée du désert de Libye. Saffana l'avait porté à travers tant de contrées arides qu'un autre désert ne signifiait rien pour lui. Les chameaux se balançaient devant eux, lentement, tandis que le Maure et lui fermaient la marche.

Pendant cinq jours, ils voyagèrent sans rencontrer un point d'eau, sans voir le moindre signe de vie humaine ou animale. La piste franchissait des collines rocheuses et de hauts plateaux, et de temps en temps la caravane contournait des *ghards*, de ces dunes fixes qui s'étiraient comme de petites montagnes sur l'étendue du plateau.

Au matin du cinquième jour, ils descendirent des hauteurs et campèrent cette nuit-là près d'un petit puits sans nom, au bord de la grande dépression de Qattara. Deux jours plus tard, ils arrivaient à Siouah.

Abd al-Rahman n'avait jamais vu pareille oasis. Ce n'était pas un seul bassin mais une multitude de sources dans une vaste dépression naturelle de dix lieues de large. L'eau y était abondante, fournie par les mystérieuses rivières souterraines du désert. L'oasis était une forêt de dattiers.

Les habitants de Siouah, d'origine berbère, avaient le sens de l'hospitalité. *Salaam Alikoom!* N'étaient-ils pas tous frères aux yeux d'Allah? Cela se passait au temps de la genèse de l'Islam, alors que la foi nouvelle se répandait comme un incendie dans toute l'Afrique du Nord. Les étrangers furent les bienvenus, le Maure d'Occident et le jeune cheik qui avait suivi avec lui la route des pèlerinages.

Mais Tarrif ne voulait passer qu'une nuit en un même lieu. Ils traversèrent l'immense oasis au pas, afin de reposer les chevaux. Pendant trois jours, ils chevauchèrent dans les vergers de dattiers, passèrent devant les ruines du temple d'Ammon et les bassins en cascade, et puis ils laissèrent Siouah derrière eux.

Vers l'ouest, vers l'occident, vers le soleil couchant... A leur gauche, la grande mer de sable de Calancho s'étendait au sud, le désert qu'aucun homme ne traversait. Contournant la mer de sable, ils suivirent la piste aisée jusqu'aux puits de Bir Tarfaoui où ils engagèrent deux Bédouins avec des chameaux pour les guider, car il fallait à présent franchir une pointe de la mer de sable.

Du sable rouge et du soleil ! Les chevaux souffraient, et les hommes allaient souvent à pied pour les soulager. Les deux Bédouins marchèrent aussi, tandis que Tarrif et Abd al-Rahman montaient les chameaux. Ils traversèrent ainsi les dunes vierges du Calancho. Par bonheur, le vent ne souffla pas durant leur passage et, après cinq jours de souffrance, ils arrivèrent à l'oasis de Djalo. De nouveaux dattiers les accueillirent, et un bassin scintillant au soleil et de nouveaux visages curieux. Parfois, Abd al-Rahman avait l'impression de vivre dans l'irréalité.

— Nous nous reposerons ici, et nous reposerons les chevaux, déclara Tarrif après qu'ils eurent salué le cheik de l'oasis. Et puis nous poursuivrons notre chemin sans peine, car ici commence mon pays.

La halte venait à point pour les chevaux. L'étalon était fourbu et même Saffana courbait sa tête lasse. Depuis longtemps, le henné s'effaçait et elle était maintenant d'une couleur fauve pommelée.

— *Azia*, *azia*, lui murmura tendrement Abd al-Rahman en la conduisant à l'abreuvoir. Mon cœur est triste quand je me souviens de ta blanche beauté.

Mais un autre se rappelait aussi Saffana.

Deux jours plus tard, à près de deux cent cinquante lieues de là, dans la ville qui s'appelle aujourd'hui Le Caire, le marchand Mehemet Ali se présentait au gouverneur arabe. Il était allé dans cette ville pour affaires et il avait vu sur la place publique l'ordre d'arrestation d'Abd al-Rahman, prince d'Omeyya. La récompense était maintenant de vingt mille sequins d'or, et on donnait le signalement du fugitif.

— O ouali, dit Mehemet Ali en s'inclinant devant le gouverneur, j'ai rencontré un jeune homme répondant à cette description, à Ras Za-farana. Il n'arrivait pas avec les pèlerins, mais son cheval et lui venaient de la côte du Sinaï en felouque. Je l'ignorais alors, mais il ressemble à ce signalement d'Abd al-Rahman, et j'avais remarqué qu'il ne se comportait pas comme un nomade du désert, mais comme un seigneur habitué à commander !

— Montait-il un cheval blanc? Une jument aux qualités supérieures ?

— Une jument supérieure, certes ! Car je l'ai montée alors que ce jeune homme était malade d'une morsure de serpent. Elle était alezane, mais un peu de teinture tacha mes vêtements, et les racines de sa crinière étaient blanches Elle avait été adroitement teinte au henné.

Le gouverneur l'interrogea plus avant et apprit tout ce que savait le marchand : comment le jeune homme avait voyagé en sa compagnie jusqu'à Beni Souef et comment il avait poursuivi son chemin vers le Fayoum avec un Maure nommé Tarrif.

Plus le gouverneur interrogeait le marchand, plus il était convaincu que ce jeune homme était bien le fugitif Abd al-Rahman, et plus son zèle à servir son maître, le calife Abu al-Abbas, en était attisé.

Après avoir congédié le marchand, il consulta plusieurs de ses capitaines et ils se penchèrent attentivement sur la carte du nord de l'Afrique.

— Il n'y a que deux routes qu'ils peuvent avoir prises pour quitter le Fayoum à l'ouest, dit enfin le gouverneur. Celle du nord, qui longe la mer, et celle de Siouah et des oasis.

Dans la matinée, des messagers quittèrent la ville au galop. Ils portaient les ordres du calife paraphés par le gouverneur. Mort à Abd al-Rahman, prince d'Omeyya !

Plusieurs courriers galopèrent vers le sud pour tenter de relever les traces du fugitif à el-Fayoum. Mais deux autres partirent vers l'ouest, sur la piste qui longeait la Méditerranée. Ils devaient porter la nouvelle au ouali Aben Habib, dans la lointaine province de Barca. Vingt mille sequins d'or et la faveur du calife pour celui qui s'emparerait de cet Abd al-Rahman!

Le récit de Tarrif

La province de Barca, à plus de cent lieues à l'ouest de Djalo, renfermait l'oasis de Djofra, dans une région montagneuse avec de nombreux points d'eau au repli des vallées. Au nord, c'était le désert de Syrte et la lointaine ville de Tripoli. Au sud et à l'ouest s'étendait l'Hammada el-Homra, le grand plateau de roches désertiques qui va rejoindre le Sahara. Mais la région de Djofra était fertile, et féconde en gibier.

C'était le pays natal de Tarrif le Maure. C'était là qu'il retournait après son pèlerinage à La Mecque. A l'ouest de Djalo, Abd al-Rahman et lui chevauchèrent dans une étrange contrée de marais saumâtres. Puis ce fut le labyrinthe des collines aux noms divers : *djebel*, *ras*, *dor*, *gara*, *qasr* et bien d'autres.

Chaque région habitable avait sa petite tribu de Berbères. La plupart étaient musulmanes, à présent, conquises tant par l'épée que par la parole de l'Islam. C'étaient des peuplades incultes de bergers des montagnes, mais le voyageur pouvait généralement passer sans être molesté.

Tarrif et Abd al-Rahman s'enfoncèrent ainsi dans les montagnes, et le Maure semblait s'alléger des fatigues de l'âge et du voyage tandis qu'il se rapprochait de son pays. Une nuit, ils campèrent près d'un puits appelé Tumed el-Ouri. Des bergers berbères y étaient arrivés avant eux et ils accueillirent aimablement les voyageurs en leur souhaitant la paix de Dieu. Abd al-Rahman et Tarrif dressèrent leur petit camp à l'écart des bergers, mais le Maure alla se mêler à eux un moment, pendant qu'Abd al-Rahman allumait le feu et préparait leur repas frugal.

Abd al-Rahman s'étonna de voir son compagnon frayer ainsi avec ces gens. Il n'imaginait pas qu'il pût être des leurs. Tarrif, en homme qui a voyagé loin, semblait supérieur. Ce n'était certainement pas un pauvre berger des montagnes qui avait fait le pèlerinage de La Mecque. Qu'avait donc le Maure, qui le poussât ainsi? Et pourquoi cette profonde piété, cette ferveur dans la pénitence quand il disait ses prières?

Ce fut cette nuit-là, alors qu'ils étaient tous deux assis auprès du feu après leur repas que, de son plein gré, Tarrif raconta son histoire.

— Demain, dit le Maure, nous arriverons au djebel Ouaddam, chez moi.

Il se tut un moment et, à la lueur des branches de mimosa pétillantes, Abd al-Rahman vit son expression songeuse. Un mouton bêla dans les ténèbres. Tarrif regardait au loin, très loin de là, dans son passé. Brusquement, sans préambule, il commença son récit :

— J'ai quitté le djebel Ouaddam il y a plus de quarante ans, alors que j'avais vingt ans, pour répondre à l'appel de l'aventure. Je suis descendu de la montagne et j'ai traversé le désert, jusqu'à Syrte. De nombreux soldats traversaient la ville, en marche vers l'ouest, car les peuples de Mauritanie et d'Espagne n'avaient pas encore été conquis par l'Islam. C'était en Espagne que se rendaient ces soldats. L'émir Alahor avait été nommé pour la gouverner, et il passait par ce pays, venant de Damas. Il n'était bruit que des richesses de l'Espagne. Les Berbères musulmans se rangèrent sous l'étendard de l'émir quand il passa et je les imitai.

« Je découvris des terres lointaines, et de multiples occasions de me battre pour ma foi. Avec les troupes de l'émir, je traversai Gabès et Sfax et Kairouan. Et puis, après Tunis et Alger, ce fut Tanger. De là, nous passâmes en Espagne. J'étais devenu un soldat, habile à l'épée, à la lance et à l'arc.

« Les infidèles tenaient encore les montagnes d'Espagne et nous les combattîmes. Je me distinguai dans les batailles, si bien que l'émir me remarqua et me prit sous sa protection. Puis nous revînmes en Afrique. »

La voix de Tarrif s'assourdit et se tut. Les flammes du feu étaient un voile couvrant le passé. Pendant un long moment, il les contempla. Puis il poussa un profond soupir et reprit :

« Nous nous rendions à Ceuta. L'épouse du comte Julien y soutenait un siège — le comte Julien, ce chrétien renégat qui avait aidé nos armées dans leur conquête de l'Espagne. L'émir Alahor s'était retourné contre lui et sa famille et avait résolu de tous les exterminer. Le comte réussit à s'enfuir. Mais sa femme était assiégée dans la citadelle de Ceuta par les forces de l'émir, et je me trouvais parmi ces soldats.

« La garnison se défendit avec l'énergie du désespoir, mais nous emportâmes la forteresse et capturâmes la comtesse. Je faisais partie de la garde de l'émir quand elle fut amenée en sa présence. Malgré son grand désarroi, son visage reflétait encore sa noblesse et sa beauté. Elle savait qu'elle était vouée à la mort, et elle était prête à l'affronter sans broncher.

« Mais elle avait un fils nommé Alarbot, encore tout enfant. L'émir connaissait l'existence de ce fils et voulait aussi le faire mourir, mais l'enfant resta introuvable lors de la prise du château. L'émir interrogea la comtesse et elle jura devant son Dieu que son fils était au nombre des morts. Sa voix avait l'accent de la sincérité, et même l'émir sembla la croire.

« Or, l'émir avait parmi sa suite un très vieil astrologue nommé Yusa, en qui il avait grande confiance. Cet homme s'adonnait à la magie noire et jetait des sorts. C'était lui qui influençait l'émir et lui inspirait ses mauvais desseins. Il écouta les paroles de cette femme, puis il descendit avec des soldats dans les tombes des morts. Il y découvrit l'enfant vivant, là où sa mère l'avait caché. Ils l'amenèrent devant l'émir. En voyant son fils, la fière comtesse poussa un grand cri et se jeta aux pieds de l'émir pour implorer sa pitié et la grâce de l'enfant

« Ce jeune garçon était très beau, blond aux yeux bleus, comme les habitants des lointains pays du Nord. Il se tint sans crainte devant l'émir et s'efforça de rassurer et de consoler sa mère, tout enfant qu'il fût. Même les plus rudes soldats étaient émus par sa jeunesse et son innocence.

« Mais le cœur de l'émir ne se laissait pas émouvoir. Il murmura quelques mots à son astrologue, et le vieillard hocha la tête, puis il prit l'enfant par la main. L'émir se tourna vers sa garde et, comme j'étais le plus proche, ce fut à moi qu'il s'adressa. « Va avec le « mage, me dit-il, vois s'il a besoin d'aide pour accom- « plir ce que je lui ai ordonné. » Et j'obéis, en bon soldat, tandis que la comtesse hurlait et se roulait aux pieds de l'émir. »

Le feu se mourait, mais Abd al-Rahman ne s'en aperçut pas, tant il était absorbé par le récit du Maure.

« Je suivis le vieillard et l'enfant jusqu'à la plus haute tour de la citadelle. Là, le mage s'engagea dans l'escalier en colimaçon, et je montai silencieusement derrière lui. Enfin, nous émergeâmes à l'air et à la lumière sur la plate-forme de la tour. Un magnifique panorama s'étendait à nos pieds. La citadelle était construite sur un grand éperon rocheux au bord de la mer. A nos pieds, les vagues s'écrasaient sur les récifs, des mouettes tournoyaient en criant et, au-delà, c'était la vaste étendue d'eau bleue.

« Le mage prit l'enfant par la main et le conduisit au créneau. « Monte, lui dit-il, et mets-toi debout, « là sur ce créneau. Ne te retiens pas à moi, enfant, « mais à la pierre. Il n'y a pas de danger. »

« Père, je ne crains point, répondit l'enfant. Mais la « hauteur est vertigineuse. »

« Yusa tendit le bras vers la mer : « Vois-tu la ligne « de terre à l'horizon ? »

« L'enfant fit signe que oui, joyeusement. « C'est « l'Espagne, dit-il, le pays de mon père et de ma mère. »

« Le mage lui dit alors : « Étends la main, et donne-lui « ta bénédiction, mon fils. » La face grimaçante du mage était la figure même du diable. L'enfant tendit le bras. Je le vis un instant dressé devant le ciel pur, tout innocence et beauté sous le regard de Dieu et le mien.

« Et puis, d'un geste brusque, le mage le poussa et le projeta sur les rochers, du haut de la tour. Quatre cents pieds plus bas, il s'écrasa sur le roc plus pitoyable que la main de l'homme, puisqu'il lui fit la grâce d'une mort instantanée. Et moi j'observais, les mains crispées sur la garde de mon épée ! »

Les dernières paroles semblaient avoir été arrachées, douloureusement, au cœur même du Maure. Le feu n'était plus que braise, et la nuit miséricordieuse cachait la figure du pénitent. Il y eut un long silence, puis Tarrif reprit, d'une voix plus sourde :

« J'étais un soldat. Je me dis que j'oublierais la mort d'un enfant chrétien. Je retournai en Espagne, et une jeune fille du pays devint ma femme. Elle me donna un fils, qui faisait toute ma joie. Je fus élevé avec le temps au rang de capitaine de la ville forteresse de Malaga, et j'y vécus avec ma famille. Je partais parfois en expédition dans les montagnes, guerroyer contre des bandes ennemies, mais toujours je revenais auprès de ma femme et de mon fils. J'étais heureux.

« Et puis un jour, alors que mon fils avait sept ans, il monta sur les créneaux de la forteresse pour me voir arriver alors que je revenais victorieux d'une expédition. Dès qu'il m'aperçut, il agita le bras. Son pied glissa et il tomba au pied de la tour. Je le vis s'écraser au sol sous mes yeux. Et quand je me penchai pour relever son petit corps brisé, j'eus devant les yeux le visage oublié d'Alarbot. C'était le jugement d'Allah ! »

Tarrif s'interrompit encore une fois et Abd al-Rahman respecta son long silence.

— Je n'eus plus d'autre enfant, reprit enfin le Maure. Ma femme finit par mourir et j'en pris une autre, une bonne épouse mais qui ne put me donner d'enfant. Voyant cela, elle me demanda de prendre une autre femme, mais je refusai. Je savais que je n'aurais plus jamais de fils.

« Les années passèrent et j'allai de garnison en garnison, de par l'Espagne, suivant la guerre. D'autres mouraient mais je vivais. Enfin ma seconde femme mourut. J'étais vieux, alors, et l'Espagne n'avait que de tristes souvenirs à m'offrir. Je la quittai et retournai vers les montagnes de mon pays. Mais je n'y trouvai pas le repos, car les images du passé ne me quittaient pas. Aussi décidai-je de faire le pèlerinage de La Mecque. Allah est le plus grand ! Lui seul peut nous apporter le pardon et la miséricorde ! »

Le récit de Tarrif se termina par un soupir.

Abd al-Rahman ne dit rien. Il n'y avait rien à dire. Les cendres du feu étaient déjà froides. Dans les ténèbres, le Maure avait laissé tomber sa tête sur ses genoux. Il ne bougea pas quand Abd al-Rahman se leva, rangea leurs quelques effets et s'étendit pour dormir.

Les cavaliers du gouverneur

Le retour de pèlerinage de Tarrif fut un événement dans une des petites vallées du Djebel Ouaddam. Le Maure avait perdu en Espagne les êtres qu'il avait le mieux aimés, mais il lui restait encore de la famille dans les montagnes.

Son village était niché au creux d'un vallon rocheux, petite poignée de masures de pierres sèches séparées par des cours. Un peu plus bas dans la vallée, croissait un bouquet de palmiers et de cyprès autour d'un bassin d'eau vive. C'était un village comme Abd al-Rahman en avait vu des vingtaines depuis ces dernières semaines. Il était cependant différent, car il marquait la fin du voyage.

— *Metulem !* cria un petit chevrier lorsque Tarrif et Abd al-Rahman le dépassèrent sur la piste.

— *Metulem !* glapit un autre enfant en reconnaissant le pèlerin. •

Et puis d'autres enfants en guenilles accoururent, et les femmes sortirent sur le pas de leur porte pour voir les voyageurs.

Ils entrèrent dans le village escortés par des enfants et des chèvres. Tarrif souriait, et sa figure de guerrier s'adoucissait.

Une douzaine d'hommes apparurent, vêtus de gandouras courtes. Ils n'avaient pas la grâce innée des hommes du désert. Trapus, les traits rudes, sans noblesse, ils considérèrent d'abord les nouveaux venus avec méfiance. Enfin ils sourirent et s'interpellèrent joyeusement en reconnaissant Tarrif.

Après les salutations d'usage, Tarrif leur présenta Abd al-Rahman :

— Voici mon ami Haroun, dit-il. Il a suivi la route des pèlerins avec moi. Il est mon hôte.

— *Metulem !*

Les villageois souhaitèrent la bienvenue au jeune homme.

Abd al-Rahman se demanda, comme il l'avait fait souvent au cours des dernières semaines, ce que Tarrif pouvait penser de lui. Chaque fois qu'ils faisaient halte, le Maure s'était appliqué à présenter son compagnon comme « un ami qui avait suivi la route des pèlerins avec lui ». Ce n'était pas une contre-vérité, mais cette formule habile faisait croire qu'Abd al-Rahman venait de La Mecque avec Tarrif. Le fait s'était répété trop souvent pour que ce ne fût pas intentionnel de la part du Maure. Abd al-Rahman avait fini par penser que Tarrif se doutait qu'il avait un secret et l'aidait à le garder. Jamais le Maure ne l'avait interrogé sur son passé, ni sur sa destination.

Il était un peu plus de midi quand ils arrivèrent au village, et les paysans berbères abandonnèrent aussitôt leurs travaux.

On installa les voyageurs sous un dais rudimentaire en treillis de bois, sur la place publique ; on leur servit de la viande, du pain et du lait de chèvre.

Les hommes s'assirent en rond autour d'eux et posèrent à Tarrif une foule de questions, sur son pèlerinage. Jamais Abd al-Rahman n'avait vu le Maure parler avec autant d'abandon. Les femmes allaient et venaient, s'attardaient pour écouter et murmuraient entre elles, en jetant des regards sournois au beau jeune homme arabe qui accompagnait Tarrif.

Dès qu'ils se furent restaurés, et qu'ils purent quitter leurs hôtes sans manquer à la courtoisie, Abd al-Rahman alla s'occuper de Saffana. Il l'avait déjà abreuvée, et attachée à l'ombre en attendant.

Après l'avoir dessellée, il la conduisit, ainsi que l'étalon de Tarrif, au bord du bassin sous les arbres. Il y avait là une jeune Berbère, qui venait de puiser de l'eau et se redressait, sa jarre sur l'épaule. Abd al-Rahman lui fit comprendre qu'il désirait emprunter sa jarre. Elle la lui tendit en souriant.

Abd al-Rahman versa l'eau sur l'encolure et sur les flancs de Saffana, qui s'ébroua avec un plaisir évident. La jument avait presque repris sa blancheur originelle, le henné ayant été fané par le soleil et le sable.

Il fit aussi la toilette de l'étalon de Tarrif. Il avait souffert du voyage, et maigri. La sangle l'avait blessé au ventre et il avait une plaie à la jambe de derrière qui commençait à le faire boiter.

Abd al-Rahman rendit la jarre à la jeune fille. Elle ne semblait pas pressée de la remplir à nouveau, ni de repartir vers ses travaux. Des enfants étaient descendus du village et le regardaient gravement. Abd al-Rahman leur sourit, et ses pensées retournèrent en arrière, vers l'Ouadi Zuran et les enfants qui l'avaient observé alors. Et Alohra. Il poussa un profond soupir et des ombres passèrent dans ses yeux, comme des nuages devant le soleil. Tout cela était bien loin... Il soupira encore et s'activa à bouchonner les chevaux avec son chèche.

Un peu plus tard, Tarrif descendit à son tour et le trouva toujours en train de panser les chevaux.

— Je me fais vieux, murmura le Maure. J'ai oublié mon cheval !

— Ne t'inquiète pas, je m'en suis occupé pour toi. L'étalon aurait besoin d'un baume pour ses plaies. Et tous deux ont besoin de repos et d'un bon pâturage.

— Du repos et d'un bon pâturage, approuva Tarrif en souriant. Ils les auront — et toi et moi aussi. Dans les collines, j'ai des moutons que j'ai ramenés d'Espagne. Nous y conduirons les chevaux et ils s'engraisseront en paix dans les petites vallées cachées. Je vois que ta jument a bien supporté le voyage. Demain, je te donnerai du vinaigre et de l'eau pour la nettoyer et elle brillera comme une étoile.

Abd al-Rahman contemplait Saffana avec fierté tout en brossant sa longue crinière. La fraîcheur de l'oasis et le bain semblaient l'avoir ranimée. Elle tenait la tête haute et son œil luisait. Bientôt, quand elle serait reposée et que toute trace de henné aurait disparu, elle retrouverait son éblouissante beauté immaculée.

Le lendemain, Tarrif conduisit Abd al-Rahman dans les collines. Le troupeau du Maure y était gardé par un vieillard et quelques enfants du village.

Le vieux berger s'appelait M'zab, et il vivait dans une sorte d'abri, moitié tente moitié hutte de branchages. Il ne cacha pas sa joie d'avoir de la compagnie. Abd al-Rahman et Tarrif restèrent quelques jours auprès de lui, pour laisser Saffana et l'étalon s'ébattre en liberté.

Tarrif s'occupa de la tonte de ses moutons. Il semblait heureux de se retrouver parmi les siens. Jamais il ne reparla de la mort de son fils ni de ses souvenirs d'Espagne. Cependant, Abd al-Rahman l'entendit souvent gémir la nuit, dans son sommeil, et il comprit que le Maure n'avait pas retrouvé la paix de l'âme.

Une semaine, puis une autre passèrent ainsi. Abd al-Rahman aidait Tarrif à tondre les moutons, ou allait à la chasse. Saffana avait retrouvé son beau pelage argenté. Elle galopait en liberté, jouait avec l'étalon Rakkam, et négligeait même son maître.

Cependant, cette vie agreste ne parvenait pas à apaiser Abd al-Rahman. Entre autres choses, les Berbères l'inquiétaient un peu. En Tarrif, il avait une confiance aveugle, mais le soldat pèlerin était supérieur au reste de sa tribu. Parfois, il surprenait les regards furtifs des bergers berbères posés sur lui avec curiosité. Ils ne semblaient pas l'accepter comme l'avaient fait les Bédouins, dans l'Ouadi Zuran. Ses craintes étaient peut-être vaines, mais son malaise persistait.

Mais plus encore qu'à l'inquiétude, son âme était en proie à une agitation indéfinissable. Au bout de deux semaines, il eut l'impression qu'il n'avait pas atteint un havre au Djebel Ouaddam. Quelque chose le poussait, le poussait en avant, le pressait de poursuivre sa route, il ne savait où. Et puis brusquement, les événements décidèrent à sa place.

Tahar, le fils du chef de la tribu, apporta la nouvelle un matin. Il arriva soudain, au galop de sa jument alezane, chercha aussitôt Tarrif et, tandis qu'il délivrait son message au Maure, ses regards se portaient souvent sur Abd al-Rahman. Il parlait à voix basse, confidentiellement.

Le cœur d'Abd al-Rahman se glaça. Il ignorait ce qui se passait mais devinait quel message Tahar apportait. Lorsque Tarrif le rejoignit, il comprit que le Maure tenait son sort entre ses mains.

— Des cavaliers, de nombreux cavaliers du gouverneur, l'ouali Aben Habib, suivent la route que nous avons parcourue tous les deux. Ils recherchent un pèlerin nommé Tarrif et un jeune Arabe arrivé d'Égypte avec lui. Ils arriveront à mon village ce matin.

Abd al-Rahman était pétrifié de stupeur. Pendant quelques instants, il ne sut que dire. Il comprit que les Berbères, dont il s'était méfié, lui avaient envoyé un avertissement.

Tout cela lui semblait irréel. Tarrif ne paraissait pas surpris, ni effrayé. Une fois de plus, Abd al-Rahman se dit que le Maure avait tout deviné.

— C'est moi qu'ils recherchent, dit-il.

Mais Tarrif ne le laissa pas aller plus loin.

— Appelle ta jument et selle-la, dit-il.

Saffana était au bord du petit point d'eau de la vallée. Abd al-Rahman siffla et elle leva la tête, puis elle arriva au petit trot, avec l'étalon.

— Nous reprenons la route, *azia*.

Il alla chercher son maigre bagage dans la tente. Il ne savait pas où il irait, mais il devait partir sur l'heure.

Saffana hennit et gratta du sabot pour se plaindre d'avoir à subir de nouveau la selle après quinze jours de liberté, mais elle se tint tranquille, docilement. Le cœur serré, Abd al-Rahman se résignait à l'inévitable.

Et puis il s'aperçut que Tarrif avait endossé son burnous et ceint son cimeterre, et qu'il avait le harnais de l'étalon à la main. Le Maure appela son cheval, et l'animal baissa la tête pour qu'on lui passât la bride. Tarrif retourna sous la tente et reparut avec les outres, les sacs et sa longue lance.

— Où vas-tu donc ? s'étonna Abd al-Rahman.

— Avec toi.

Abd al-Rahman en resta bouche bée. Il allait protester, dire que l'étalon n'était pas en état de voyager tant que ses plaies ne seraient pas guéries, mais Tarrif se tournait vers Tahar. Le jeune Berbère sauta de sa jument et Tarrif jeta les outres sur sa selle.

— O Rakkam ! soupira le Maure en caressant la tête de l'étalon bridé. J'aimerais t'emmener avec moi !

Il enlaça sa forte encolure un instant, puis il sauta en selle sur la jument et se tourna vers Abd al-Rahman.

— Es-tu prêt ?

Pris de vertige, ahuri par la rapidité des événements, le jeune homme monta Saffana en se demandant ce que Tarrif entendait faire.

Le Maure donna quelques ordres au vieux berger et à ses jeunes aides.

— Quand les cavaliers de l'ouali arriveront, dites-leur que le jeune homme et moi nous sommes allés à la chasse au lion, avec nos chevaux. Montrez-leur par où nous sommes partis. Mais ne leur dites surtout pas un mot de l'avertissement que nous avons reçu — ce serait la mort pour tout le village. Toi, Tahar, prends mon étalon et monte-le sans selle. Rentre au village par un chemin détourné. Il est à toi, et mes moutons appartiennent au village, au cas où je ne reviendrais jamais.

Le jeune Berbère inclina la tête pour montrer qu'il avait bien compris le rôle qu'il devait jouer.

La lance en travers de sa selle, Tarrif poussa la jument alezane à travers la vallée, dans la direction opposée à celle du village. Abd al-Rahman talonna Saffana. La jument blanche piaffa un peu, se retourna et parut regretter de quitter l'étalon. Rakkam protesta aussi, mais Tahar le tenait fermement par la bride.

Ils traversèrent le troupeau de moutons et s'arrêtèrent au puits pour remplir les *girbys*.

— Où allons-nous ? demanda Abd al-Rahman.

Tarrif eut un geste fataliste.

— Loin d'ici. Peut-être dans les solitudes arides de l'Hammada el-Homra.

— Mais toi ? Dois-tu partir aussi ?

— Oui. Ils me recherchent aussi. Et je ne veux pas que le poids de ma culpabilité retombe sur mon village.

Abd al-Rahman leva la tête et scruta le visage du Maure.

— Ainsi, tu savais ?

— Oui, je savais. Tu as parlé dans ton délire, quand le venin du serpent était en toi. La jeune esclave galla a entendu, mais elle ne comprenait pas tes paroles.

C'était donc ainsi ! Abd al-Rahman tenta de rassembler ses souvenirs.

— Le marchand, Mehemet Ali, a peut-être entendu aussi, et il m'aura dénoncé ?

— Non, je ne le crois pas. J'ai éloigné tout le monde de la tente, quand tu dormais. Et si c'était le cas, jamais nous n'aurions pu sortir d'Égypte. Mais peu importe comment ils l'ont appris — ils nous recherchent maintenant !

Abd al-Rahman se sentit sombrer dans le désespoir. Il avait l'impression de courir inutilement. Toujours, il aurait ses ennemis à ses trousses.

— Mais toi, dit-il. Pourquoi viens-tu avec moi? Ton peuple, ta famille sont ici.

— Non, murmura Tarrif en se tournant un instant vers les collines. Ce n'est plus mon pays. Je suis resté trop longtemps éloigné. Je n'ai plus ni peuple ni foyer.

Le Maure paraissait presque heureux de reprendre la route. Son âme aspirait à la paix, et il ne l'avait pas trouvée au Djebel Ouaddam. Il était encore vigoureux et il avait été trop longtemps soldat pour s'adapter en quelques semaines à la vie simple de son village. Ce fut un petit réconfort pour Abd al-Rahman que de pouvoir penser que Tarrif l'accompagnait pour des raisons personnelles. Sans le Maure, il serait perdu. Et la vie lui était encore précieuse, malgré ses moments de désespoir.

— Nous allons nous diriger tout droit vers l'Hammada el-Homra, déclara Tarrif. Notre seule chance de perdre nos poursuivants, c'est là-bas.

L'Hammada el-Homra était un immense plateau désertique, à plus de trente lieues de là.

Depuis quelques minutes, Abd al-Rahman songeait à une chose qu'il avait eue dans l'esprit depuis déjà assez longtemps.

— La Mauritanie, demanda-t-il soudain au Maure. La terre de Mauritanie est-elle très éloignée ?

Tarrif le regarda d'un air étonné et tendit le bras vers le nord-ouest.

— Au nord de l'Hammada el-Homra, au-delà des terres de Barca et de Tripoli s'étend la vaste région de Mauritanie.

— Et la tribu des Zenates ? Où est-elle ?

— La tribu des Zenates ? Leurs terres sont situées au bord du grand Erg oriental, du Sahara. Pourquoi me le demandes-tu ?

Abd al-Rahman sonda les profondeurs de sa mémoire.

— Quand j'étais enfant, et que ma mère vivait encore, elle me parlait des Zenates. C'était une très belle femme de cette tribu, ramenée par les premières armées de l'Islam qui traversèrent l'Afrique. Elle m'a dit que si j'allais un jour dans le pays des Zenates, je devais me recommander d'elle, et que je serais reçu par les Zenates comme un des leurs.

— Ta mère était une Zenate ? Tu es de leur sang ? s'écria Tarrif, et de l'espoir se mêla à sa surprise. Les Zenates sont les plus courageux des peuples d'Afrique du Nord. Leur tribu est puissante. Ils protégeront un des leurs !

— Montre-moi le chemin de leurs terres, implora Abd al-Rahman, et laisse-moi partir seul. Les cavaliers de l'ouali me suivront et, avec le temps, tu pourras retourner chez toi.

Tarrif hocha la tête.

— Je ne pourrai jamais retourner chez moi, et cela

n'a d'ailleurs pas d'importance. La route est longue, mais nous voyagerons jusqu'aux terres des Zenates.

— Qu'est-ce qui te pousse à te sacrifier pour moi ?

Abd al-Rahman se sentait humble, devant la générosité de cet homme. Le Maure soupira, et sa figure s'assombrit.

— C'est que, il y a très longtemps, je suis resté debout, la main sur la garde de mon épée, tandis qu'on jetait le jeune Alarbot du haut de la tour de Ceuta. Dieu n'a pas cessé de me talonner depuis. J'aimerais connaître le repos.

Ils se mirent en selle et dirigèrent leurs chevaux vers l'ouest.

Vers le soir, comme ils escaladaient les hauteurs du Djebel Machrigh, sur le versant ouest de l'oasis de Jofra, ils aperçurent une troupe d'une cinquantaine de cavaliers derrière eux, dans la plaine. Les hommes d'armes étaient encore très loin, mais leur identité et leurs desseins ne laissaient pas de place au doute. Cette vue redoutable aiguillonna les fugitifs et ils poussèrent leurs chevaux fort avant dans la nuit.

L'épée de mort

« Je vois le matin, et le coucher du soleil... la jument blanche qui galope et une épée derrière elle... » Ainsi avait parlé Hisham le devin, là-bas à l'Ouadi Zuran. Et ainsi en était-il à présent.

Par oueds et par areg et par djebels, les deux fugitifs chevauchèrent, à travers les défilés rocheux et les vastes vallées perdues. Il y avait toujours une montagne devant eux et, derrière eux, impitoyable, l'épée de mort. Grâce à Tarrif et à sa connaissance parfaite des pistes et des cols, ils distancèrent leurs poursuivants et purent presque croire par moments qu'ils les avaient semés.

Tarrif savait cependant que les cavaliers étaient toujours à leurs trousses, et qu'il ne convenait pas de s'attarder. Ils évitaient le plus possible les villages, mais des bergers les voyaient et ils durent s'arrêter deux fois pour renouveler leurs provisions de vivres et d'eau.

Au sixième jour, toujours en avance sur leurs poursuivants, ils atteignirent un puits nommé Bir el-Zaouria. Ils se trouvaient à présent dans la province de Tripolitaine. Devant eux, l'Hammada el-Homra se dressait comme une masse de pierre compacte et nue. Ce n'était que le contrefort nord-est de cette vaste région mais il paraissait s'étendre à l'infini. Ils remplirent leurs outres au puits et s'engagèrent dans ce désert de pierre. Là-bas, très loin, les attendaient la Mauritanie et la terre des Zenates.

Ils passèrent cinq jours dans l'Hammada el-Homra, sur le plateau sans pistes calciné comme le gril d'une fournaise. Ils marchaient souvent à côté de leurs montures, car les pentes lisses de l'Hammada étaient glissantes et dangereuses pour les sabots ferrés.

A la fin du cinquième jour, les pieds en sang, épuisés, ils atteignirent l'extrémité nord. Devant eux, les falaises de pierre plongeaient d'une hauteur de plus de huit cents pieds vers de grandes vallées sinueuses formées d'alluvions. L'œil croyait distinguer des fleuves et des rivières au fond de ces vallées, mais ce n'étaient que des rivières de sable. Tout était stérile et dénudé, mais le plus dur était fait.

Comme leur provision d'eau était épuisée ils descendirent vers les basses terres et, le lendemain, ils arrivèrent dans un petit village appelé Giosco. Là, au nom d'Allah, les rudes Berbères de cette contrée sauvage leur donnèrent de l'eau, des vivres et un refuge pour passer la nuit. Tarrif dit à Abd al-Rahman :

— Nous allons rester ici une journée, pour permettre aux chevaux de se reposer un peu. Les cavaliers du gouverneur mettront plus longtemps que nous pour traverser l'hammada, et ils ne savent pas par où nous en sommes sortis.

Tarrif ne se trompait pas. Les cavaliers avaient perdu leurs traces. Ils connaissaient seulement la direction qu'ils avaient prise dans leur fuite. Mais ce que Tarrif ne savait pas, c'est que le capitaine de la petite troupe avait une colombe avec lui, un oiseau voyageur de la garnison de Misurata, sur la côte. Quand il perdit la trace des fugitifs dans l'hammada, il lâcha la messagère ailée, avec une lettre.

L'oiseau vola, plus loin en un jour qu'un cavalier ne pouvait aller en une semaine, jusqu'à Misurata. Là, une autre colombe prit son vol avec un message pour la garnison de Zuara, sur la côte aussi, au nord de l'Hammada el-Homra. De Zuara, une autre troupe de cavaliers partit à la recherche des fugitifs. L'épée de mort était ainsi à double tranchant !

Les Berbères de Giosco étaient accueillants et ils répondirent aux questions des voyageurs. Où était le pays des Zenates ? Ils montrèrent l'ouest, un peu au nord, en disant qu'au-delà des montagnes et des grandes dunes du désert ils trouveraient Tahart, la capitale des Zenates. La renommée de cette tribu guerrière s'était répandue jusqu'à leur pauvre village perdu, mais les voyageurs avaient encore bien des lieues à parcourir pour arriver à leur but ! Puisse Allah leur accorder la force, à eux et à leurs chevaux, de faire un tel voyage !

Abd al-Rahman et Tarrif quittèrent alors Giosco et prirent le chemin de l'ouest. Ils montaient deux étalons achetés aux Berbères, et conduisaient les juments par la bride.

A Dehibat, dans les montagnes, ils trouvèrent l'ancienne route des caravanes qui reliait le sud du Sahara à Gabès, au bord de la mer. Tarrif jouait maintenant d'audace. Ils avaient une bonne avance sur leurs poursuivants, et ils disposaient de chevaux de rechange. Il ne chercha plus à brouiller leur piste. La hardiesse et la vélocité s'imposaient maintenant, et la route principale était la plus favorable. Ils s'arrêtèrent à Dehibat tout juste le temps de faire referrer leurs chevaux, et repartirent.

Dehibat, Bir Souirh, Fatnassia — étranges lieux perdus égrenés le long de la piste — défilèrent comme un rêve sous les yeux d'Abd al-Rahman. Il avait parfois l'impression qu'il avait fui toute sa vie. Parfois, Alohra lui semblait si lointaine qu'il croyait l'avoir rêvée.

Ils voyageaient à marches forcées, chevauchant surtout les étalons frais, pour reposer les juments. Plus d'une fois, Saffana houspillait les étalons, jalouse de la préférence que son maître semblait leur accorder. A chaque fois, Abd al-Rahman la caressait et l'apaisait de son mieux :

— Tu n'en es pas moins précieuse pour moi, *azia*.

Je cherche simplement à te ménager. A l'heure du besoin, je n'aurai confiance qu'en toi.

Cependant, il semblait que cette heure ne dût jamais venir. Chaque jour de voyage les rapprochait de leur destination ; et quand ils se retournaient sur leur piste, des hauteurs, ils ne voyaient aucune trace de poursuite. Ils pensaient avoir vraiment perdu les cavaliers du gouverneur dans l'hammada.

Le cinquième jour, ils quittèrent la route des caravanes, qui les aurait conduits vers le nord et les régions côtières plus peuplées. Ils reprirent la direction de l'ouest. A quelque soixante-dix lieues à vol d'oiseau se trouvait Tahart, la capitale des Zenates, au bord du désert. En se dirigeant vers le nord par les montagnes, ils avaient évité de traverser le grand Erg oriental, la terrible région des dunes.

Ils franchirent un col dans les montagnes au-dessous de Tataouine et débouchèrent dans une vaste plaine qui s'étendait vers un horizon bleu frémissant. Tout là-bas, comme un long nuage plat au-dessus de l'horizon, ils virent un paysage blanc suspendu en l'air, avec un bassin et des palmiers.

— Un mirage, dit Tarrif. Le mirage d'un chott ! Ces grands bancs de sel sont nombreux dans cette région. La véritable oasis est encore très loin, mais c'est le début de la terre de Mauritanie.

Ce qu'ils voyaient, c'était le reflet d'un paysage réel éloigné de plusieurs lieues encore. C'était un repère indiquant leur destination.

Un autre indice insolite jalonna leur parcours alors qu'ils traversaient la plaine. Derrière eux, sur une des hauteurs rocheuses, une haute colonne de fumée noire s'élevait vers le ciel. La fumée était si noire et si dense, et située de telle façon, qu'elle ne pouvait être qu'un signal.

— Est-ce à notre sujet ? s'étonna Tarrif avec inquiétude. Mais aucun messager ne nous a passés sur le chemin !

Ce signal demeurait un mystère, et cependant ils devinaient tous deux qu'il les concernait.

— Nous allons peut-être nous féliciter d'avoir ces autres chevaux, observa sombrement Tarrif en forçant l'allure du sien.

La piste aux traces nombreuses, bien aplanie et jalonnée de bornes de pierres sèches, était facile à suivre.

Ce soir-là, Abd al-Rahman put à peine fermer les yeux. Sa fatigue était telle qu'il ne sentait plus qu'une espèce d'engourdissement. La nuit était longue, le ciel vaste, le désert vide. Serré contre Saffana, il laissa s'écouler les heures, sans dormir. Et puis le ciel pâlit à l'est, le jour froid se leva et ils se remirent en selle sur les étalons.

Vers midi, ils atteignirent un minuscule village berbère appelé Qasr Rhilene. Ils s'arrêtèrent pour faire provision d'eau et de dattes et repartirent si vite qu'ils laissèrent les habitants stupéfaits.

Toute la journée, ils chevauchèrent dans le désert animé de mirages, sans rencontrer âme qui vive. Les jalons de la piste étaient souvent très éloignés les uns des autres, mais Tarrif s'orientait comme un nomade.

Quand le soleil plongea vers l'horizon devant eux, ils descendirent d'une hauteur escarpée vers un petit édifice de pierre en ruines.

— Bir Brahim, dit Tarrif. C'est le nom d'un puits. Les villageois ont dit qu'il y avait de l'eau.

Les chevaux avaient dû sentir l'eau, car ils relevèrent la tête et pressèrent le pas. Les juments hennirent doucement.

Et soudain, de l'édifice apparemment désert, un hennissement retentit en réponse. Les voyageurs tirèrent sur les rênes. Abd al-Rahman fit approcher Saffana de l'étalon et Tarrif leva sa longue lance.

Au même instant, trois cavaliers surgirent de derrière le puits et foncèrent sur eux. Abd al-Rahman sauta légèrement de l'étalon sur le dos de Saffana, prêt à fuir. Il pensait que Tarrif ferait de même avec l'autre jument.

Dès qu'elle sentit son maître sur son dos, Saffana s'élança et galopa comme pour contourner les cavaliers. Celui qui chargeait en tête tenait sous son bras une lance à laquelle flottait une oriflamme noire. Il tourna bride pour couper la route à Abd al-Rahman. Son visage flambait de rage et de passion.

— Tuez ! Tuez ! cria-t-il en arabe à ses deux compagnons.

En essayant d'atteindre Abd al-Rahman il dut passer devant Tarrif et le Maure chargea à son tour, dressé sur ses étriers. Il projeta sa lance comme un javelot. La folle ruée du cavalier causa sa perte. Il donna l'impression de se précipiter lui-même sur la lance. La pointe d'acier le frappa au côté, sous l'aisselle et le transperça de part en part. Son cheval se cabra et tomba presque sous les pas de Saffana, avec le cavalier.

Les deux autres attaquèrent Tarrif et foncèrent sur lui, le cimeterre levé. Le Maure eut à peine le temps de dégainer à son tour. En entendant tinter l'acier, Abd al-Rahman fit faire volte-face à Saffana.

Il ne songeait plus à fuir. D'instinct, il vola au secours de son ami, le cimeterre levé, talonnant sa jument.

Pressé des deux côtés, montant un cheval fourbu, la situation de Tarrif était désespérée. Un de ses assaillants le provoqua sur la droite et croisa le fer avec lui tandis que l'autre, comme un lâche, tentait de le frapper par-derrière. Abd al-Rahman frémit en voyant la lourde lame tomber sur l'épaule et le dos du Maure.

Mais l'assaillant n'eut pas le temps de frapper une deuxième fois car Abd al-Rahman était déjà sur lui. Si vive avait été la ruée de Saffana que l'homme ne put se défendre. La jument passa comme une flèche à quelques pouces à peine de l'autre cheval. Abd al-Rahman brandit son cimeterre et l'élan de Saffana donna plus de force encore à son coup de revers.

Légère comme un lévrier, la jument fit volte-face et Abd al-Rahman fut de nouveau sur son ennemi avant qu'il ait eu le temps de se retourner pour lui faire face. Cette fois, il frappa de front, sans merci. L'autre lâcha son arme, et Abd al-Rahman toucha d'estoc de toutes ses forces. En tombant, le cavalier faillit lui arracher son cimeterre des mains. Déséquilibré, car il montait à cru, il ne dut qu'à sa science équestre et à l'adresse de Saffana de ne pas être précipité à terre.

Alors que son ennemi frappé à mort n'avait pas encore touché le sol, Abd al-Rahman poussa Saffana pour se porter désespérément au secours de Tarrif. Son cœur bondit de joie quand il vit le Maure encore en selle, et leur dernier ennemi plié en deux sur son cheval couvert de sang, en proie aux affres de l'agonie. Lentement, l'homme glissa à terre et ne bougea plus. Le combat était terminé. Seuls les chevaux frémissants piaffaient encore.

La première pensée d'Abd al-Rahman fut qu'il risquait d'être guetté par d'autres ennemis dans les parages. Son cimeterre en main, il se retourna de tous côtés. Il sentait sa jument se crisper sous lui, prête à tout.

Et puis Tarrif retint son attention et il ne songea plus qu'à son compagnon. Le Maure était grièvement touché. Il s'affaiblissait à vue d'œil et se penchait sur l'encolure de son cheval, le dos en sang. Abd al-Rahman se précipita pour le retenir. Puis il sauta à terre et aida le Maure à descendre de cheval. Tarrif gémissait inconsciemment. Abd al-Rahman l'étendit doucement sur le sable.

Le burnous et la robe de dessous avaient été tailladés du cou à la taille. Abd al-Rahman ôta son vêtement et le glissa en boule sous le côté blessé de Tarrif. Il déchira ensuite la robe pour exposer la blessure. Ce qu'il vit lui serra le cœur. Une profonde entaille déchiquetée traversait le dos du malheureux et saignait abondamment.

Il semblait impossible qu'un homme pût perdre autant de sang et vivre. Abd al-Rahman s'affola. A deux mains, il tenta de refermer les lèvres de la blessure, puis il serra le burnous autour de la poitrine du Maure pour tenter d'endiguer le flot de sang. Mais il voyait bien que le Maure agonisait.

Tarrif respirait avec peine. Il ouvrit les yeux, regarda Abd al-Rahman et murmura dans un souffle :

— Cette fois, je ne suis pas resté les mains croisées sur mon épée.

Puis il referma les yeux et appela :

— Yusef... Yusef...

Et Abd al-Rahman songea à l'enfant que le Maure avait perdu en Espagne, de longues années auparavant.

Les minutes s'écoulaient, et avec elles, à chaque battement de cœur, la vie de Tarrif. Abd al-Rahman se sentait désespérément impuissant devant le destin. De l'eau, se dit-il soudain, il lui faut de l'eau. Mais alors qu'il se redressait, Tarrif rouvrit les yeux. Son regard était paisible, lointain.

— Je voudrais prier, souffla-t-il.

Ses mains s'agitèrent, comme pour les ablutions rituelles, mais les forces lui manquèrent et la vie le quitta. Ses yeux se refermèrent. Sa figure reflétait une grande paix.

Abd al-Rahman contempla longtemps le corps inerte de son compagnon. Il se sentait las, brisé. Tout n'était que solitude autour de lui. Les cadavres de ses ennemis rendaient le lieu plus sombre encore.

Et puis Saffana s'approcha, cherchant sa compagnie, et sa présence ranima un peu le jeune homme.

— Oui, *azia*, murmura-t-il, nous avons des tâches à accomplir.

Le soir tombait. Un cheval apparut soudain, venant de derrière le puits, et Abd al-Rahman sursauta, alarmé. Mais l'animal était seul, sans selle. Tenant Saffana par la bride, Abd al-Rahman alla voir de plus près, avec prudence. Il trouva deux autres chevaux. Toutes les bêtes semblaient avoir subi les fatigues d'un long voyage.

Il comprit alors. Les trois hommes envoyés pour les intercepter, Tarrif et lui, avaient eu chacun deux chevaux. C'était pour cela qu'ils avaient voyagé si vite, et qu'ils avaient pu venir se poster là en embuscade. Leurs traces arrivaient au puits par la droite de la piste. Sans aucun doute, le signal de fumée les avait avertis, et d'autres cavaliers ne tarderaient pas à suivre ceux-là. Le temps pressait.

Il retourna auprès de Tarrif au moment où les ombres violettes du soir s'étendaient sur le désert, et Saffana le suivit docilement. Il prit dans ses bras le corps du Maure pour le porter à l'écart de la piste. Avec le cimeterre de Tarrif, il creusa une fosse dans le sable. Il y coucha le Maure, la tête tournée vers La Mecque et son village, du mieux qu'il put s'orienter.

Dans la nuit tombante, il prit du sable et frotta les deux mains de son compagnon, afin de les purifier pour la prière. Puis il s'agenouilla, tourné vers La Mecque, alors que scintillaient les premières étoiles, et psalmodia la prière du soir que le Maure eût dite :

— *Allah akbar ! Allah akbar ! Achandu an la l-lah ila-l-lah*[1] *!*

Tandis qu'il priait, plusieurs chevaux s'approchèrent de lui, poussés par le besoin de sentir près d'eux la main de l'homme, et d'entendre sa voix. Ils furent les témoins des funérailles du Maure.

Lorsque Abd al-Rahman eut fini sa prière, il leva les yeux vers l'immensité étoilée et prononça sa propre invocation à Dieu :

— O Allah, puisse-t-il retrouver son fils ! Puissent-ils être tous deux ensemble avec toi dans ton paradis !

Il recouvrit la figure du Maure avec son chèche, puis il répandit le sable sur son corps. Lorsqu'il se releva, après avoir enseveli son ami, la nuit lui parut infiniment plus déserte et solitaire.

---

1. Acte de foi musulman : « Allah est grand ! Allah est grand ! Et j'affirme qu'il n'y a pas d'autre Dieu qu'Allah ! »

Le chott

La nuit aux myriades d'étoiles était lumineuse comme seules le sont les nuits du désert. Abd al-Rahman retourna vers le petit édifice en ruine. Il n'y avait pas de toit, aussi put-il y voir sans peine, et trouver le puits. Sur la margelle étaient posés un seau de cuir et une corde. Il abreuva Saffana et la jument alezane de Tarrif, et remplit deux *girbys*.

Les autres chevaux s'avancèrent, attirés par l'odeur de l'eau, et parce qu'ils avaient l'habitude de l'homme. Abd al-Rahman s'immobilisait souvent pour tendre l'oreille, croyant entendre ses ennemis avancer sournoisement pour le surprendre dans l'obscurité. Mais ce n'était que le pas des chevaux inquiets. Cependant, la peur le tenaillait.

Il sella Saffana, prit deux outres et quelques provisions pour lui-même et pour les chevaux. Il était prêt à repartir. Pourtant, il ne pouvait se résoudre à abandonner ainsi les autres chevaux.

Il les rassembla, dessella ceux qui étaient encore sellés, et tira de l'eau au puits, pour les faire boire. Tout en s'occupant des bêtes, il se disait qu'il risquait d'être surpris, pris au piège dans cet édifice, mais il restait cependant, par compassion pour les malheureuses bêtes.

Enfin, il eut fini. Il remonta en selle, sur Saffana, et

prit la bride de la jument alezane. Devant lui, la piste le conduisait vers l'ouest, dans le désert. Il la reprit, avec les deux juments. Les autres chevaux voulurent le suivre, mais il les chassa avec des mots durs. Il restèrent là debout, rassemblés près du petit édifice. Il avait laissé les cadavres de ses ennemis sur place. Seul, Tarrif était enseveli à l'écart de la piste.

Dans la nuit, il couvrit quelque quatre lieues. Les étoiles énormes semblaient très proches, et le passage de voyageurs nombreux marquait la piste. Un peu après minuit, alors que la constellation d'Orion était au zénith, il s'arrêta.

Quittant la piste, il ôta la selle de Saffana pour harnacher l'autre jument, et passa le reste de la nuit en cet endroit. Cette nuit encore, il ne put trouver le sommeil. Il fermait parfois les yeux, mais son esprit refusait tout repos. Il ne sentait plus sa fatigue. Les grandes étoiles, Rigel, Bételgeuse et Aldébaran suivaient leur cours à l'ouest. Il les contemplait, dans une sorte d'engourdissement des sens. Enfin, la nuit s'effaça devant le jour et il reprit la route.

Il montait la jument alezane, pour ménager Saffana le plus possible. La pensée ne le quittait pas qu'il pourrait avoir besoin de tout le secours qu'un cheval était capable de fournir, et qu'il préférerait Saffana à tout autre quand le moment serait venu. De quelque façon que se terminât la fuite, la jument syrienne et lui la finiraient ensemble.

Les mirages se multipliaient. Il voyait au-devant de lui des lacs, des caravanes, des palmiers. Parfois, il ne savait plus si c'était une illusion d'optique ou une vue de l'esprit.

Dans la matinée, il rencontra à deux reprises des groupes de voyageurs venant vers lui, sur la piste. A chaque fois, il se tint sur ses gardes, prêt à fuir. Mais ce n'étaient que de petites caravanes inoffensives.

— *Metulem !*

Les gens répondaient à son salut, et considéraient avec curiosité les deux juments fourbues et ce cavalier hâve aux yeux rougis.

— Zenata, disait-il, et ils comprenaient.

C'était un vocable magique dans ces régions. Ils lui répondaient en désignant l'ouest, et en faisant signe qu'il avait encore trois jours de voyage. L'un des caravaniers lui dit, dans un mauvais arabe, que non loin de là il atteindrait l'oasis de Nefzaoua. Il pourrait y arriver dans la journée.

Dans la grosse chaleur de midi, il fit halte à l'ombre d'un rocher, pour reposer et nourrir les chevaux. Il se contenta lui-même d'un peu d'eau et de quelques dattes. Le soleil baissa à l'ouest et l'ombre du rocher s'allongea. Les yeux fixés sur le sable scintillant, Abd al-Rahman sombra dans une espèce de rêverie, presque une hypnose.

Ce fut Saffana qui le réveilla. Il comprit à son hennissement léger, à sa tête dressée, à la direction de ses yeux, que ce qu'il avait craint était arrivé.

Un nuage de poussière roulait sur la piste derrière lui, et l'on distinguait les minuscules silhouettes de quelques cavaliers. Ils étaient encore à plus d'une lieue, mais Abd al-Rahman comprit que ce n'étaient pas des voyageurs, mais des hommes de l'ouali ou du calife ! Ils avaient découvert les morts près du puits, et rencontré les caravanes sur la piste. Ils savaient que leur gibier n'était pas loin.

Le premier mouvement d'Abd al-Rahman fut d'enfourcher Saffana. Mais une seconde de réflexion lui fit comprendre que son but était encore bien éloigné. Il aurait besoin de toutes les forces des deux juments pour cette course-là. Il monta donc la jument alezane et repartit vers l'ouest, tenant Saffana par la bride.

Une trompe résonna derrière lui, étouffée par la distance. Ils l'avaient vu ! Il les imaginait, cravachant leurs montures à la vue de leur proie ! Il éperonna l'alezane et partit au grand galop à la poursuite du soleil couchant.

Pendant des heures, ils le poursuivirent. Ils étaient à moins d'une lieue, maintenant. Abd al-Rahman entendait résonner la trompe et, quand il se retournait, il voyait scintiller au soleil les éperons et les armes. Derrière les cavaliers, le nuage de poussière se gonflait, menaçant comme des nuées d'orage.

La jument alezane commençait à peiner, mais ce n'était pas elle qu'Abd al-Rahman observait. Il surveillait Saffana qui galopait librement à ses côtés. Son allure était régulière, ses longues foulées souples, et le martèlement de ses sabots avait une cadence presque hypnotique.

Soudain, alors que le disque de feu du soleil effleurait l'horizon, il vit se silhouetter des palmiers. Des tentes se dressaient dans une petite vallée. Tout autour se pressaient des chevaux, des chameaux et des chèvres, et derrière le campement scintillait une étendue blanche éblouissante, comme une mer écumante.

Les Zenates? se demanda Abd al-Rahman en galopant vers les tentes. Il n'osait le croire, mais il espérait cependant, tandis qu'il parvenait au camp et que des femmes et des enfants sortaient des tentes pour le regarder, qu'il touchait au terme de son voyage.

La jument alezane s'arrêta, hors d'haleine. Elle laissait tomber sa tête lasse et ses flancs frémissants étaient blancs d'écume. Il sauta à terre.

— *Salaam Alikoom !* dit-il aux inconnus qui l'entouraient.

— *Salaam.*

Un homme, qui devait être le chef de la tribu, lui répondit en arabe.

— Tahart? lui demanda Abd al-Rahman. Je cherche Tahart et les Zenates.

L'homme s'avança et tendit le bras vers l'ouest, où les dernières lueurs du couchant se fanaient déjà.

— Tout droit, à travers le chott Djerid, tu trouveras Tahart et la terre des Zenates.

A ce moment, une trompe retentit encore dans les dunes. Et la poussière de ses ennemis se souleva comme une bannière annonçant leur arrivée.

Abd al-Rahman ôta la selle de l'alezane et la jeta vivement sur le dos de Saffana. Il serra les sangles et lança sur son dos sa dernière outre à moitié vide.

Saffana était déjà bridée. Il sauta en selle et détacha le licou.

— Garde ma jument pour moi, cria-t-il au chef de la tribu en lui montrant l'alezane fourbue.

Puis il talonna Saffana et le cercle de curieux s'écarta. La jument syrienne partit au grand galop vers le soleil couchant. Aucun homme ne leva la main pour l'arrêter ou la retenir.

Ils traversèrent la vaste oasis, filant entre les tentes et les palmiers, et les troupeaux de chevaux et de chameaux. Abd al-Rahman se retourna, mais il ne put apercevoir ses poursuivants entre les arbres.

Il arriva ainsi au bord d'un bassin où de jeunes chameliers berbères abreuvaient des chameaux. Il s'arrêta, et se retourna encore une fois.

— Au nom d'Allah !

Devant les Berbères stupéfaits, il fit descendre Saffana au bord du bassin, pour la faire boire, très peu pour commencer. Puis il sauta à terre et, sans cesser de se retourner, but et remplit ses outres. Soudain, il aperçut du mouvement entre les arbres. Les cavaliers arrivaient au campement.

Il jeta ses outres pleines sur sa selle, sauta lestement sur le dos de la jument et reprit sa fuite au grand galop. Les Berbères ouvraient de grands yeux; même les chameaux impassibles levèrent la tête pour le regarder s'éloigner, avec ahurissement.

Quelques petits jardins faisaient suite aux dattiers, puis un bosquet de cyprès, et soudain l'oasis et même le sable du désert disparurent. Le fugitif avait devant lui l'étendue blanche du chott, le lit desséché d'une antique mer intérieure.

Saffana descendit une courte pente plantée d'herbe rase puis ses sabots foulèrent le sol dur et plat. On eût dit un terrain de course, sec et ferme, presque parfait pour le galop. Strié de dépôts de sel, il s'étendait à perte de vue vers l'horizon rougeoyant. Dans cette direction, tout droit, à quelque quinze lieues ou plus, commençait la terre des Zenates, le but d'Abd al-Rahman.

Saffana découvrit ce terrain sec et dur avec joie et elle parut renaître. Elle semblait heureuse de courir sans être gênée par les sables du désert. Elle oubliait les mille lieues pénibles, la soif et la fatigue. C'était comme si rien n'avait existé, pas même les souffrances et la course de ce dernier jour.

— O, ma perle, mon joyau ! murmura Abd al-Rahman en se penchant pour la caresser. Si tu étais reposée, tu les laisserais sur place comme la flèche quitte l'arc. Mais quoi qu'il advienne, nous ne nous quitterons pas !

Il défit sa ceinture au lourd cimeterre et les laissa tomber sur le sol. Il se débarrassa aussi de sa dague. Il serait illusoire de chercher à combattre, à présent; il ne devrait son salut qu'à la vitesse et à l'endurance de sa monture.

Il avait couvert près d'une lieue dans le chott, au grand galop, quand il revit ses ennemis. Ou plutôt il crut les voir descendre de l'oasis dans le chott. Il commençait à faire très sombre, et il distinguait plutôt des mouvements que des formes. Mais ils avaient repris la poursuite, car il entendit sonner la trompe.

Ils avaient été plus près de lui quand il avait quitté l'oasis alors qu'ils y arrivaient. Ils s'étaient sans doute arrêtés pour prendre des chevaux frais, et s'emparer de tout ce qu'il leur fallait au nom du calife. Des chevaux frais contre une jument épuisée par des mois de voyage ! Saffana, l'incomparable, cette nuit serait l'épreuve de ta puissance !

Saffana avait adopté un galop souple, bien rythmé qui n'était pas son allure la plus rapide, mais celle qui lui permettait le plus d'endurance. Elle ne fatiguait pas non plus le cavalier.

Les étoiles apparurent et la nuit profonde tomba sur le chott. Abd al-Rahman contempla le ciel pour s'orienter. Il ne tenait pas à s'égarer dans les ténèbres ! Derrière lui, il avait les étoiles, Aldébaran, Bételgeuse et Rigel, comme les trois pointes d'un triangle. Elles le suivraient toute la nuit et le guideraient.

Le temps et la distance se confondaient — mesurés

par les sabots de la jument. Derrière lui, Abd al-Rahman entendait parfois des cris lointains, et à plusieurs reprises une trompette sonna clairement. En se retournant, il ne pouvait rien voir. Malgré les plaques de sel blanc, le chott était plus obscur que le sable du désert.

Il n'aurait su dire s'il distançait ses ennemis ou s'ils gagnaient du terrain. Mais ils ne renonceraient pas, il le savait, et ils se déploieraient sans doute en une longue ligne afin de ne pas le manquer dans les ténèbres. Sans doute eût-il pu leur échapper en changeant brusquement et totalement de direction, mais il avait dépassé le stade de la ruse. La jument et lui étaient tous deux bien trop épuisés pour perdre du temps à se cacher ainsi. Ce dernier effort était sa dernière chance. Son seul espoir, son unique pensée, c'était d'arriver chez les Zenates avant d'avoir été rejoint.

Les premières heures de la nuit s'écoulèrent au son des fers de la jument. Le chott n'avait pas de fin. Les plaques blanches filaient et disparaissaient, inlassablement.

Rigel, Bételgeuse, Aldébaran — les trois grandes étoiles marquaient la fuite des heures et le guidaient. Elles s'étaient levées au-dessus de l'horizon à l'est et maintenant elles étincelaient au zénith, Aldébaran en tête, énorme, orangée. Et Saffana galopait toujours dans les ténèbres.

Enfin, Abd al-Rahman fit halte. La jument ne pouvait continuer éternellement ainsi. Même si elle avait eu un souffle à toute épreuve, son cœur n'aurait pu soutenir ce train. Elle devait se reposer. Et pourtant, il ne pouvait pas s'arrêter.

Il mit pied à terre, les membres raides et lourds de fatigue. En chancelant, il s'appuya contre son flanc pour lui murmurer des mots doux et lui caresser l'encolure. Il sentit sur sa joue froide son souffle chaud, et ses flancs palpiter contre son épaule.

Après s'être orienté encore une fois, il repartit à pied, tenant Saffana par la bride. Il trébuchait, il vacillait, mais il continuait son chemin dans la nuit. Derrière lui, il n'entendait pour le moment aucun bruit de poursuite.

Combien de temps il marcha ainsi, jamais il ne put le dire. Il avançait comme en rêve, presque machinalement, presque sans rien sentir. C'étai la ttroisième nuit qu'il passait sans dormir.

Dix fois, il crut que ses poursuivants arrivaient sur lui, dix fois ils parurent s'évanouir soudain. Il savait que ce n'était que son imagination. Il marchait. Peut-être ses ennemis l'avaient-ils dépassé dans l'obscurité ? Cela importait peu. Il ne pouvait que marcher, mettre un pied devant l'autre, à demi inconscient mais toujours debout.

Et puis, au bout d'un temps très long, il s'aperçut que Saffana ne respirait plus bruyamment dans son dos. Elle avait retrouvé son souffle. Les étoiles du fugitif étaient à présent devant lui, à l'ouest. Et il entendit réellement un appel de trompe, qui lui parut très proche.

Il se remit en selle et talonna la jument. De nouveau, elle s'élança au galop à travers le chott. Elle aurait dû être complètement fourbue, couchée au sol, haletante, mais elle galopait! Tout épuisé qu'il fût, Abd al-Rahman exultait, et s'abandonnait à l'admiration Aldébaran, Rigel, Bételgeuse — avez-vous jamais vu semblable merveille durant vos nuits de veille ? Elle mérite d'être avec vous parmi les étoiles!

De nouveau, la distance et le temps se confondirent. Parfois, Abd al-Rahman mettait la jument au pas, le plus souvent elle galopait. Il ne remit pas pied à terre. Il savait qu'il serait incapable de remonter en selle. Tout son corps était douloureux, presque inerte, son esprit n'était plus que confusion — une seule pensée, une seule volonté surnageait : suivre les étoiles.

Il lui sembla qu'il fuyait ainsi, depuis des nuits. Il ne dormait pas, mais des rêves du passé l'assaillaient, l'accompagnaient.

Et puis, surnaturellement lui sembla-t-il, le ciel se mit à pâlir. Aldébaran, Rigel et Bételgeuse commencèrent de s'éteindre lentement. Elles avaient passé toute la longue nuit avec lui. Les sabots infatigables de la jument syrienne saluaient maintenant l'aurore.

Avant-coureuse du soleil, la froide clarté de l'aube

révéla l'étendue du chott. Saffana l'avait presque entièrement traversé durant la nuit. Le jour naissant dessinait à l'horizon une ligne de collines. Et derrière le fugitif, déployés en un large éventail, galopaient les hommes d'armes du calife.

Ils ne l'avaient ni rejoint ni dépassé pendant la nuit. Ils avaient couru sans relâche, mais en tâtonnant dans l'obscurité.

Abd al-Rahman entendit les trompes comme s'il se réveillait d'un long sommeil, alors qu'il n'avait pas dormi. Saffana les entendit aussi. Elle dressa les oreilles et leva la tête. Ses yeux étaient injectés de sang et son poitrail était couvert d'écume, mais son âme restait vaillante.

— Cours, ma perle, cours! murmura Abd al-Rahman d'une voix cassée.

Et elle courut. C'était un galop inégal, douloureux, mais elle avait encore autant de forces que les chevaux des poursuivants.

L'immense soleil incandescent se leva pour assister à la fin de la course à travers le chott. Mais un autre spectateur, un cavalier solitaire, venait de surgir au sommet des collines, pour être témoin de la poursuite désespérée.

C'était un chasseur, parti dès avant l'aurore. Il montait un puissant barbe, et sur le gantelet de cuir de sa main gauche se dressait un faucon sans capuchon. Il portait en bandoulière une lance légère. Il était venu, seul, chasser les hérons qui se posaient parfois la nuit sur les petits marais en bordure du chott.

Il comprit immédiatement le spectacle qui s'offrait à ses yeux : un homme seul fuyant devant de nombreux ennemis. Il ne savait pas qui ils étaient, mais si son regard aigu avait reconnu le costume et les fanions noirs des poursuivants, son esprit chevaleresque le poussait à prendre le parti du fugitif.

Ses yeux eurent le même éclat farouche que ceux de son faucon quand ils embrassèrent toute la scène. Il enfonça ses talons dans les flancs de son cheval et galopa à la rencontre du fuyard solitaire.

Le pays des Zenates

Abd al-Rahman atteignit l'extrémité ouest du chott. De l'herbe sèche et des roseaux croissaient sur les pentes qu'il avait devant lui et lui cachaient l'horizon derrière. Saffana avait gagné sa course à travers le lit desséché du lac perdu.

Pendant un bref instant, Abd al-Rahman eut des raisons d'en douter. Il avait levé les yeux et vu un cavalier qui dévalait la pente vers lui. Son cœur se serra, et il crut que ses ennemis le traquaient de toutes parts. Cela lui fut presque indifférent. Il n'avait plus la force de résister.

Mais il vit bientôt que le hardi cavalier n'était pas un soldat du calife. Un petit éboulement de cailloux accompagna sa descente et, devant Abd al-Rahman, il tira sur les rênes d'un puissant étalon noir.

C'était un homme tel qu'Abd al-Rahman n'en avait jamais vu. Grand et musclé, nerveux, il portait un long pantalon bouffant et une petite veste ouverte qui laissait voir son torse, son cou et ses bras puissants. Ses cheveux et sa barbe étaient coupés court; son visage avait une expression hardie et fière. Le faucon, l'étalon noir et le cavalier formaient un tableau animé par l'audace et la passion.

Bien qu'Abd al-Rahman n'eût jamais vu d'homme semblable, il devina de quelle race il était

— Zenate, souffla-t-il entre ses lèvres parcheminées.

Il avait perdu son outre pendant la nuit. L'inconnu lui jeta un regard pénétrant, puis il désigna les cavaliers qui approchaient.

— Qui te poursuit à travers le chott ? demanda-t-il en arabe.

— Des soldats du calife Abu al-Abbas, haleta Abd al-Rahman en se cramponnant à sa selle pour ne pas tomber. Zenate! Je cherche ceux de ma race, les Zenates !

Le cavalier le regarda avec étonnement. Puis il prit rapidement une décision. Le temps manquait pour les questions et les explications. Les poursuivants se rapprochaient. Il poussa l'étalon, fit volte-face et se plaça à côté de Saffana.

— Monte en croupe !

Aidé par le bras puissant de l'inconnu, Abd al-Rahman parvint à monter en croupe sur l'étalon. Là-bas, dans le chott, la trompe sonnait avec insistance. Une douzaine de cavaliers en avant-garde n'étaient plus qu'à trois cents toises. Leurs cris et le martèlement des sabots résonnaient clairement dans l'air du matin.

Le cavalier à l'étalon noir les considéra avec colère. Il réussit à dégager d'une seule main sa lance de chasse et la planta, la pointe en avant, dans le sol, entre lui et les poursuivants.

— Terre des Zenates! siffla-t-il entre ses dents.

Puis il se retourna et s'apprêta à talonner son cheval.

— La jument, haleta Abd al-Rahman. Pendant près de mille lieues, elle m'a porté. Vais-je l'abandonner maintenant ?

L'inconnu tira sur les rênes. Il tenait toujours le faucon, en équilibre parfait sur son poing droit. Il fit glisser le lien qui retenait l'oiseau par une patte, leva brusquement le bras et poussa un cri aigu. Le faucon déploya ses ailes et monta tout droit dans le ciel. Le chasseur prit la bride de Saffana. Il avait lâché son oiseau pour avoir la main libre.

Il piqua des deux talons. Les hommes du calife cravachaient leurs montures épuisées dans un effort désespéré. Leurs cris féroces étaïent ceux de chasseurs à la curée.

L'étalon noir fonça dans les herbes sèches et les roseaux. Abd al-Rahman se cramponnait de son mieux au cavalier et Saffana suivait, tirée par la bride. Ils escaladèrent la longue pente aride.

Au sommet de la colline, l'inconnu s'arrêta encore une fois. Un regard en arrière lui apprit qu'il avait une minute à dépenser. Il sauta à terre, dégaina sa dague et trancha la sangle de Saffana, faisant tomber la selle à terre. Puis, d'un bond agile, il sauta en selle devant Abd al-Rahman et talonna de nouveau l'étalon. Saffana, allégée, suivait tant bien que mal, en peinant.

Abd al-Rahman perdait la notion du temps et des choses. Maintenant qu'il était conduit, mené, il s'abandonnait à la fatigue. Il avait à moitié perdu conscience et ne pouvait qu'à peine se maintenir en croupe.

Il lui sembla que l'étalon galopait depuis des heures, franchissant des dunes et traversant des vallées pierreuses. Saffana suivait, sans trébucher, par miracle.

Et puis, au moment où Abd al-Rahman pensait ne plus pouvoir se cramponner, alors que le désert n'était pour lui qu'une suite infinie de dunes, il aperçut soudain, du haut d'une éminence, une immense vallée fertile étendue à leur pied. Elle était entièrement entourée de montagnes de sable, bien cachée jusqu'au dernier moment.

— Tahart !

Le chasseur se retourna pour crier le nom à l'oreille d'Abd al-Rahman. Il lâcha la bride de Saffana et la laissa trotter par-derrière tandis qu'il galopait dans la longue descente de sable vers la vallée. Un long cri d'avertissement jaillit de sa gorge quand ils approchèrent des tentes des Zenates. Il était à demi tourné dans sa selle, et soutenait le jeune fugitif inerte.

Abd al-Rahman n'avait qu'un sentiment confus des choses. La terre et le ciel tourbillonnaient au rythme de son vertige. De temps en temps, il perdait complètement connaissance.

Une trompe sonna, vibrante et profonde, le tirant

de son coma. Il lui semblait surgir du fond d'un abîme ténébreux. Il ouvrit les yeux et toussa. On venait de l'asperger d'eau. Il crut qu'il se réveillait après s'être noyé.

Il se trouvait couché sur le sol, à l'ombre d'une tente. Des hommes l'entouraient, vêtus comme le chasseur qui l'avait sauvé. La trompe retentit encore, toute proche, et ses échos profonds se répercutèrent dans les collines. Ce n'était pas la trompette des poursuivants mais un signal de rassemblement pour les habitants de l'oasis.

Abd al-Rahman essaya en vain de se redresser. Un bras puissant le soutint. Il eut un nouveau vertige et sentit qu'on portait de l'eau à ses lèvres. Enfin, ses idées s'éclaircirent, le monde cessa de tourbillonner autour de ses yeux et prit du relief. Le chasseur qui l'avait découvert le soutenait.

Un homme se tenait devant lui, vêtu de la longue robe blanche des sages, aussi blanche que sa barbe et ses cheveux. Il était vénérable par les ans, mais encore vif et droit. Sa figure reflétait la sagesse et l'autorité.

A deux pas derrière lui, un Noir gigantesque, torse nu, tenait une grande épée nue à la main.

— Je suis Xeques, le chef des Zenates, déclara le vieillard en langue arabique lorsqu'il vit la lucidité revenir dans le regard d'Abd al-Rahman.

Des hommes en armes s'agitaient autour d'eux, et la trompe résonna encore une fois, mais la voix et les façons de Xeques étaient aussi calmes que le ciel sans nuages.

Les lèvres d'Abd al-Rahman remuèrent mais aucun son ne sortit de sa gorge. Il avait chevauché nuit et jour, couvert des centaines de lieues, pour rejoindre cette tribu, et voilà qu'il ne pouvait pas articuler un mot! Le visage paisible du chef des Zenates lui semblait irréel.

Soudain, le son argenté d'une trompette résonna dans les collines – le signal de ses poursuivants qui le traquaient encore. Cela le ramena à la dure réalité. La parole lui revint subitement.

— Je suis Abd al-Rahman ben Omeyya, haleta-t-il. La colère du calife est sur moi, et ses hommes me poursuivent pour me mettre à mort. Mais ma mère était une Zenate. Elle s'appelait Zorayda, de la tribu de Zenata. Elle m'a parlé de son peuple — elle m'a dit que j'étais de votre sang. Je viens à vous maintenant. Faites de moi ce que vous voulez. Je ne peux plus fuir !

Pour prononcer ces mots, Abd al-Rahman avait épuisé ses maigres forces. Comme en rêve, il entendit Xeques répondre :

— Qu'on le porte dans nos tentes. Il est zenate sur la terre des Zenates. Nous allons attendre les cavaliers du calife.

Un souffle de passion, comme les signes avant-coureurs de l'orage, passa sur la foule. Des épées nues et des lances se levèrent et scintillèrent au soleil. Des hommes coururent parmi les palmiers et montèrent précipitamment en selle. La trompe résonna, et les échos se répercutèrent par toute l'oasis.

Des mains soulevèrent Abd al-Rahman. Il voulut parler, demander où était Saffana, mais il ne le put. Et puis il se retrouva dans la pénombre d'une tente, confié aux mains douces et apaisantes des femmes.

Vingt mille sequins d'or et la faveur du calife Abu al-Abbas — telle était la vision qui avait fui sous les yeux des soldats du calife. Pendant des jours, à travers plus de cent lieues de déserts, ils avaient poursuivi ce rêve. Et pendant trois jours et trois nuits ils avaient cru l'avoir à portée de la main. Ils n'entendaient pas le laisser échapper maintenant.

Le capitaine de la troupe avait atteint les abords du campement des Zenates. Il savait que son gibier s'y était réfugié. De ses propres yeux, il avait vu des hommes conduire le cheval épuisé du fugitif entre les tentes et les arbres. Il attendait impatiemment le rassemblement de ses cavaliers.

Il avait l'intention d'exiger le fugitif, au nom du calife et de sa propre autorité. Il avait entendu parler des Zenates mais ne les avait jamais affrontés. De là où il était, il ne voyait qu'une petite partie des tentes de la tribu. Avec une orgueilleuse confiance, il avança fièrement en compagnie d'une quarantaine de soldats pour s'emparer de sa victime.

Tout était paisible dans cette partie du camp lorsque les cavaliers du calife s'avancèrent. On ne voyait ni femmes ni enfants, ni chèvres ni chameaux, mais sous les palmiers un petit groupe d'hommes et de chevaux. Un tambour battait sourdement sur un rythme monotone. C'était le seul bruit qui brisât le silence. Les hommes du calife chevauchèrent hardiment vers les tentes.

— *Salaam Alikoom !*

Le vieux chef de la tribu se porta à la rencontre des cavaliers, suivi de son gigantesque esclave soudanais. Derrière eux, une douzaine de guerriers armés se tenaient sur leurs gardes.

Au même instant surgit d'entre les palmiers le gros de la troupe des combattants de la tribu, deux cents hommes environ, et un tiers d'entre eux étaient à cheval. Ils prirent position en silence derrière les hommes du calife. Leur groupe compact se hérissait de lances.

— *Salaam.*

Le capitaine était un homme courageux, mais il n'avait guère prévu pareille réception.

— Pourquoi des cavaliers armés pénètrent-ils dans le camp des Zenates ?

La question de Xeques n'avait apparemment rien de menaçant. Il s'exprimait comme un simple cheik solitaire interrogeant un étranger.

Le capitaine regarda autour de lui, comme pour estimer le péril de la situation. Puis il se rappela qui il était et rétorqua :

— Je viens au nom du grand calife, Abu al-Abbas...

— Nous avons entendu parler de lui, dit paisiblement Xeques.

Le visage du capitaine s'assombrit de colère. Il lança d'une voix arrogante :

— Nous traquons un ennemi, un traître au calife. Nous l'avons suivi jusqu'ici.

— Cet ennemi — quel est son crime?

Le ton du vénérable vieillard était si mesuré que le capitaine en oublia presque les hommes armés qui l'entouraient.

— Son crime est d'être l'ennemi du grand calife. Cela suffit!

Le chef de la tribu se baissa, prit dans sa main une poignée de sable et la laissa couler entre ses doigts.

— La terre[1] des Zenates, dit-il. Ici, c'est la justice des Zenates qui fait la loi.

Les narines du capitaine palpitèrent.

— Donnerais-tu asile à l'ennemi du calife?

Xeques le regarda dans les yeux.

— Il n'y a personne ici que des Zenates, du sang des Zenates. Et les Zenates protègent les leurs!

Sa voix était sèche, catégorique. Le capitaine le regarda, mi-furieux, mi-surpris. Il ignorait les liens du sang qui unissaient le fugitif à ce peuple, et soupçonnait une ruse.

— De quel droit refuses-tu de me livrer le traître? demanda-t-il.

— Par la loi de mes pères et de la tribu de Zenata, et par la parole d'Allah qui a donné à l'homme les lois de fraternité.

Le capitaine perdit patience et s'écria en rougissant de colère :

— La loi d'Abu al-Abbas, le grand calife, déclare qu'il doit mourir !

Soudain, comme si un nuage voilait le soleil, la figure de Xeques devint sévère et glacée. Il toisa l'homme qui, dans sa rage, venait de blasphémer. Il le regardait, mais ses yeux avaient l'air de le transpercer, et de voir au loin derrière lui.

Lentement, d'une voix solennelle, il déclara :

— Avant qu'Abu al-Abbas soit, Allah était! Quand les os blanchis d'Abu al-Abbas seront tombés en poussière, Allah sera encore ! Sa loi est la loi des Zenates.

Le capitaine resta un moment indécis, pétrifié sur sa selle. Le ton prophétique et les paroles du vieillard le frappaient de terreur. Et puis la colère balaya tout autre sentiment. Il oublia tout dans son zèle à s'emparer du fugitif. Sa main droite tomba sur la garde de son épée.

Ce fut comme un signal. Tous ceux qui entouraient le vieux chef mirent la main à leur cimeterre. La double ligne de cavaliers et de lanciers avança de quelques pieds sous les palmiers, en position de charge.

Le capitaine avait fait un geste de menace et déclenché la tempête. Près de lui, son lieutenant se pencha et lui chuchota :

— Au nom de Dieu, désiste-toi ! Nous sommes tous morts si tu dégaines ton épée !

La grande trompe des Zenates retentit encore. La cadence du tambour s'accéléra. Son épée tourbillonnante brandie au-dessus de sa tête, le géant soudanais bondit dans l'espace découvert et entama une danse de guerre sauvage. Ses yeux fulgurants brûlaient le capitaine, et leur feu reflétait la soif des batailles. De tous les côtés de l'oasis, de nouveaux cavaliers arrivaient au galop pour grossir les forces des Zenates. Xeques n'avait qu'à lever la main pour jeter toute la masse bardée d'acier contre les cavaliers ennemis.

Le capitaine déglutit péniblement, et ravala sa rage. Ils étaient trois cents guerriers déployés devant ses quarante soldats épuisés, et d'autres arrivaient encore. L'oasis pouvait sans doute lever cinq cents guerriers.

L'échec avait un âcre goût d'amertume. La victoire avait été si proche ! Et il aurait à encourir le déplaisir de son maître, le gouverneur, s'il rentrait les mains vides.

Cependant, ce serait folie que de tirer l'épée. Il avait entendu parler des charges des Zenates — de la pluie mortelle de leurs javelines, de la ruée des cavaliers hérissés de lances. Quand les soldats à pied aux gigantesques épées s'avanceraient, ses quarante hommes seraient tous déjà morts. Privé du prestige attaché au nom du calife, le capitaine perdit de son arrogance.

— Nous venons paisiblement, dit-il à Xeques.

Et il reposa ostensiblement ses deux mains sur le pommeau de sa selle. Mais le visage du chef resta fermé.

— Abreuve tes chevaux au bassin, et fais reposer

ta troupe un moment. Ensuite, tu retourneras par où tu es venu. Mes hommes t'accompagneront jusqu'au chott.

Il lança quelques ordres brefs aux guerriers qui l'entouraient. Quelques-uns s'élancèrent pour porter sa parole aux cavaliers et aux lanciers, et calmer leur ardeur impatiente.

D'un geste insolent, un des guerriers prit le cheval du capitaine par la bride pour le conduire au bassin.

— Je vais te protéger, lui dit-il d'un ton railleur.

Il sourit froidement en voyant le capitaine maîtriser sa colère et se laisser mener comme un enfant.

C'était ce même guerrier qui avait sauvé Abd al-Rahman dans le chott. Et comme il menait par la bride le cheval du capitaine, un cri aigu retentit, un grand bruit d'ailes, et son faucon vint tomber du ciel pour se poser sur son bras nu. Le bec et les serres du rapace étaient en sang. Il avait tué sa proie, il avait goûté à la liberté, et pourtant il revenait vers son maître.

Le Zenate rit, tandis que l'oiseau de proie se nichait contre son bras. Le faucon émit de petits bruits de gorge et son maître le contempla tendrement, sans se soucier des serres crispées sur sa chair.

— Vois, dit-il au capitaine. Même le faucon sauvage se pose familièrement sur la main du Zenate.

Le capitaine n'eut rien à répondre à cela. Ses hommes et lui abreuvèrent leurs chevaux, puis ils repartirent, reprenant le chemin par lequel ils étaient venus. Des cavaliers zenates les escortèrent jusqu'au bord du chott.

Sous la tente de Xeques, Abd al-Rahman dormait d'un sommeil agité. Il se tournait et se retournait, en proie aux souffrances du corps et de l'âme. Il rêva que les soldats du calife le rattrapaient, que l'épée de mort descendait sur sa tête. Alohra était présente dans son cauchemar. Et l'épée de mort tombait sur elle, et sur l'enfant qu'elle portait dans ses bras.

— Non, non ! Par la miséricorde de Dieu, non ! cria-t-il, et il s'éveilla en sursaut, baigné de sueur.

Des mains apaisantes le retinrent, des paroles de bonté le rassurèrent. Petit à petit, le souvenir lui revint.

Il distingua le visage compatissant de Xeques dans la pénombre de la tente; d'autres anciens et des guerriers le contemplaient gravement.

L'âme d'Abd al-Rahman était lasse, malade, épuisée, en proie aux fantasmagories. Il n'y avait pas de paix pour lui, pas de sanctuaire.

— Les cavaliers du calife, haleta-t-il. Ils me trouveront ici! Je n'ai pas de foyer, pas de famille. L'empreinte de la mort est sur moi. Ne me protégez pas!

La douleur le contraignit à fermer les yeux, et quand il les rouvrit ce fut pour voir Xeques penché sur lui. Le vieillard lui avait pris la main. Les yeux du chef des Zenates brillaient de sagesse et de compréhension. Il n'était plus un chef de guerre mais un mage, un saint homme qui suivait les voies de Dieu.

Il leva sa main droite sur le front d'Abd al-Rahman comme un patriarche qui donne sa bénédiction. Et d'une voix mystique de prophète, il déclara :

— La terre qui t'a vu naître est bien loin, mais la mère qui t'a donné le jour venait de la Mauritanie. Le sang des Zenates coule dans tes veines. Aucun décret du grand calife ne peut trancher les liens de fraternité qu'Allah a noués à ta naissance! Le sang soutient le sang, et où le fugitif épuisé pourrait-il se reposer sinon sur la terre de sa mère, sous les tentes de ses parents? Paix, mon fils! Que les ombres de la peur qui t'ont suivi jusqu'ici se dissipent! Personne de chez nous ne te trahira, aucun homme, aucune femme, aucun enfant. Quiconque te livrerait pour de l'or ou des faveurs serait à jamais proscrit par sa tribu! La main des Zenates serait à jamais contre lui. Moi, Xeques, j'ai dit!

Quand le vieillard se tut, un silence respectueux régna sous la tente. Les guerriers et les sages courbaient le front comme s'ils venaient d'entendre des paroles divines. Abd al-Rahman était trop épuisé pour le comprendre, mais Xeques venait de prêter serment au nom de tous les Zenates et de promettre solennellement que sa tribu, qui pouvait lever cinq mille guerriers, le défendrait jusqu'à la mort.

Shumal le marchand

Abd al-Rahman fut malade pendant de longs jours, après son arrivée à Tahart. Sa fuite hallucinante semblait avoir complètement épuisé ses sens. Son corps, son âme et son esprit avaient pareillement souffert, et ils devaient guérir.

Il resta plusieurs jours étendu sous la tente de Xeques, trop faible pour marcher. Ses nuits étaient hantées de rêves et de cauchemars. Et, dans la journée, son esprit se plongeait souvent dans les ombres du passé.

Mais peu à peu, dans la sécurité du campement, il se rétablit. Les Zenates étaient bons. Ils lui apportaient des douceurs, des fruits rares, des abricots et des poires venant des lointaines collines du nord. Les femmes le soignaient avec dévouement, et quand elles relevaient pendant le jour un pan de la tente, ses yeux se reposaient sur le spectacle paisible de l'oasis et sur l'ombre fraîche des palmiers.

Xeques venait le voir chaque jour. Le chef de la tribu le traitait comme un prince et il voyait avec satisfaction la santé et les forces revenir à son hôte royal.

— Ma jument, dit Abd al-Rahman le lendemain du jour où il avait pu se redresser et prendre un peu de nourriture. Je veux aller la voir.

— Je vais la faire amener, dit Xeques.

Grâce aux bons soins des Zenates et à leur habileté, la jument fourbue avait été sauvée. On l'avait déjà amenée plusieurs fois à la tente pour qu'elle voie son maître souffrant.

— Non, insista Abd al-Rahman en se levant avec peine. Je veux aller vers elle.

— Va, si tel est ton désir. Elle est au pâturage, derrière ces arbres.

Le chef de la tribu fit un signe. Son esclave, le géant soudanais, suivit discrètement Abd al-Rahman.

Le jeune homme marcha lentement entre les tentes. C'était la première fois qu'il sortait depuis son arrivée. Il était encore faible sur ses jambes et chancelait un peu, mais il réussit à se tenir droit, au prix d'un effort de volonté. Bien des regards curieux le suivirent, et des chuchotements.

Sans qu'il le sût, il était devenu presque une légende chez les Zenates. Sa fuite à travers l'Afrique, telle qu'ils l'imaginaient, tenait du miracle. Ils connaissaient l'histoire du combat près du puits, et la fabuleuse endurance de la jument Saffana. Les poètes et les conteurs répandaient l'épopée bien au-delà des terres des Zenates. Sa naissance royale et ses terribles épreuves s'accordaient à faire de lui un objet de curiosité. Les hommes le saluaient gravement à son passage, et les femmes aux yeux sombres le contemplaient avec intérêt.

Saffana gambadait sur la colline avec d'autres chevaux, mais dès qu'elle aperçut son maître elle releva la tête avec un hennissement joyeux et galopa vers lui.

— *Azia !*

Il noua ses bras autour de son cou, comme jadis, et elle frotta ses naseaux affectueusement contre sa joue. Il l'examina attentivement, compta ses plaies, ses égratignures, remarqua ses jambes enflées. Il ne savait pas si elle pourrait encore un jour disputer une course, si la force de son souffle n'avait pas été définitivement brisée par sa terrible fuite au galop dans le chott. Il rêvait de la revoir belle et forte mais il savait qu'il l'aimerait toujours, quel que fût son état...

Abd al-Rahman reprenait lentement des forces et, en retrouvant la santé, il s'abandonnait à une espèce de langueur, comme s'il eût cherché à compenser les mois de fatigue, de terreur, de fuite éperdue. Il se sentait heureux de se laisser vivre dans cette paisible oasis où le passé semblait oblitéré. Jusqu'au jour où un événement le lui rappela.

Il avait décidé d'aller rendre visite à une oasis voisine en compagnie de Khalid, le chasseur qui l'avait sauvé. Il montait Saffana, qui était à présent complètement remise. Il l'avait sellée avec cette même selle qui lui avait servi depuis son départ de Syrie. La sangle coupée avait été raccommodée, mais, en la serrant, il s'aperçut que le ventre de Saffana s'arrondissait.

— Mais elle est grosse d'au moins trois mois ! s'écria-t-il.

Trois mois ! Il s'aperçut soudain qu'ils étaient dans le mois de *Shaban*. Il avait quitté Alohra en *Muharram*, huit mois plus tôt. Le bébé devait être né, maintenant. Depuis des semaines, il avait oublié tout ce passé si cher. Ses souvenirs lui revinrent en foule.

Ce soir-là, assis avec Xeques, il eut l'occasion d'ouvrir son cœur. Les pans de la tente étaient relevés et ils voyaient le bassin sous les palmiers. Des femmes majestueuses — les Zenates étaient réputées pour leur beauté — portaient des jarres d'eau sur l'épaule. Leur démarche était la grâce même.

— Ces femmes, murmura-t-il, me réjouissent le cœur. Elles me rappellent ma mère, et tout ce qu'il y a de beau dans le monde.

Le vieillard sourit de fierté.

— Tu vivras avec nous, prince. Et, avec le temps, tu prendras une de nos femmes comme épouse.

Abd al-Rahman poussa un profond soupir.

— Elles me réjouissent le cœur mais elles l'attristent aussi. Car elles me rappellent aussi une autre femme, que j'ai laissée au loin.

Xeques hocha la tête avec compassion, mais il répondit :

— Mieux vaut oublier le passé lorsqu'on ne peut y

retourner. Une autre femme, de la tribu de ta mère, t'aidera à oublier.

— C'est impossible, soupira Abd al-Rahman. Quand j'étais malade, j'ai pu tout oublier. A présent, je me souviens. Je me rappelle la femme qui était aussi chère à mon cœur que mon espoir en Dieu. C'est en partie pour elle que j'ai fui. Je l'ai laissée, afin qu'elle donnât le jour à notre enfant dans le secret. Pour les sauver tous deux, autant que pour me sauver moi-même, j'ai pris la fuite devant la vengeance du calife.

Il se tut soudain, conscient d'avoir blasphémé en présence d'un musulman, en osant comparer l'amour d'une femme à celui de Dieu. Mais il ne vit aucun reproche dans les yeux de Xeques. Le chef de la tribu le contempla un moment, puis il hocha la tête et murmura :

— Oui, moi aussi, j'ai aimé une femme ainsi, au cours de ma vie.

— Et je ne sais rien d'eux ! s'écria Abd al-Rahman d'une voix brisée. Je ne sais même pas si mon enfant est né, ni si ma femme vit encore, si tous deux sont vivants et en sûreté.

D'un geste las et douloureux, il passa sa main sur son front. Il resta longtemps plongé dans de sombres pensées, et le chef de la tribu respecta son silence. Enfin, chassant ses méditations, il releva la tête, le regard plus vif comme s'il lui était venu une idée subite.

— Dis-moi, grand cheik, n'y aurait-il pas un homme – un homme que tu connaîtrais bien et en qui tu puisses avoir toute confiance, un homme invulnérable à la tentation — n'y aurait-il pas un tel homme, que ses voyages entraîneraient vers l'Orient, l'Égypte et au-delà ? Peut-être vers La Mecque ou jusqu'en Syrie ?

Xeques hocha lentement la tête.

— Cet homme existe, dit-il. C'est un Maazabite, qui vit dans nos tribus. Il est allé plusieurs fois avec des caravanes en Égypte et en Arabie. Il rapporte des parfums et des épices. Il s'appelle Shumal.

— Peut-on avoir confiance en lui ?

Le plan d'Abd al-Rahman était encore bien vague,

mais il sentait qu'il ne pourrait plus vivre sans recevoir de nouvelles d'Alohra et de leur enfant.

— Oui. Il aime l'or, mais il adore sa femme et ses enfants. Ils restent ici, sous ma garde.

Xeques devinait le dessein de son hôte, et ne semblait pas s'y opposer.

— S'il aime l'or, il en aura !

Abd al-Rahman tira de sous ses robes la bourse de cuir qu'il avait portée pendant sa fuite de Syrie. Il l'ouvrit et fit rouler les gemmes scintillantes dans sa main.

— Il y a là de quoi payer une caravane tout entière. Avec ta permission, grand cheik, je donnerai à ce Shumal une somme suffisante pour payer son voyage. Et cette pierre, ajouta-t-il en faisant tourner entre ses doigts un gros diamant où le soleil allumait mille feux, cette pierre sera à lui à son retour.

La vue des joyaux ne surprit pas Xeques. Il les avait déjà vus, quand Abd al-Rahman était malade, et ne les avait pas convoités.

— Que désires-tu de Shumal ? demanda-t-il.

Abd al-Rahman se pencha et parla d'une voix basse, tendue, si basse que nul ne put l'entendre à part le chef de la tribu.

— Simplement des nouvelles de ma femme et de mon enfant. J'irais moi-même, mais je ne le puis. Dans la région de l'Ouadi Zuran, il trouvera la tribu nomade des Beni Zingal. Ils sont mes frères par le sang. Il cherchera leur chef, Raud, le saluera de ma part, et il lui demandera des nouvelles du trésor que je lui ai confié, qui m'est plus cher que la vie. S'il le fait, et s'il revient sans m'avoir trahi, ce diamant lui appartiendra.

Xeques tira pensivement sur sa barbe. Il aurait pu trouver mille raisons de refuser, ou simplement refuser la requête d'Abd al-Rahman sans donner de raison. Mais, après avoir mûrement réfléchi, il répondit :

— La nuit porte conseil. Pense encore à ta demande cette nuit. Et demain, si ton désir n'a pas changé, je manderai Shumal et tu pourras lui parler.

Le lendemain matin, Abd al-Rahman n'avait pas

changé d'idée. La nuit de réflexion n'avait fait qu'attiser son désir d'avoir des nouvelles d'Alohra.

Xeques lui amena Shumal le marchand, un homme dont l'esprit plein de ressources avait autant de facettes que le diamant qui devait être sa récompense. Mais le chef des Zenates savait comment lui parler et le marché fut conclu. Shumal accepta de partir pour ce long voyage. Les montures et les provisions seraient payées avec quelques-unes des plus petites gemmes qu'Abd al-Rahman remit au marchand. Le grand diamant qu'il recevrait, sa mission accomplie, fut confié à la garde de Xeques. Et le chef des Zenates fit aussi comprendre au marchand que sa femme et ses enfants seraient des otages, garants de sa bonne foi.

Le lendemain, Abd al-Rahman regarda Shumal prendre le départ avec une petite troupe qui s'engagea dans le grand chott Djerid. Seuls, Xeques et Abd al-Rahman savaient où il allait. A Madinine, il rejoindrait une caravane d'Orient. Le voyage s'annonçait long et périlleux, bien que la route du littoral fût beaucoup plus facile que celle de l'intérieur. La mission était dure, mais le marchand était un homme d'expérience, et avisé. Abd al-Rahman le regarda partir avec un nouvel espoir au cœur.

Les envoyés

Ramadan, *Shuoual*, *Zoulkadah*... les mois s'écoulèrent lentement. Et puis ce fut *Dhoul-hajji*, la fin de l'année. Il y avait maintenant un an qu'Abd al-Rahman avait quitté l'Ouadi Zuran.

La terre des Zenates était paisible. Aucune armée du calife ne vint l'envahir. Mais au nord et à l'ouest, les Berbères des montagnes se révoltaient. Leurs incursions menaçaient la route précaire de l'Espagne. Les gouverneurs avaient besoin de toutes leurs troupes pour protéger les villes.

La vie d'Abd al-Rahman se déroulait sans incidents. Il vivait dans le vaste campement de Tahart mais partait souvent en expédition, ou à la chasse, avec ses amis zenates.

Les semaines et les mois passaient, et il guettait la piste d'Orient. Chaque fois qu'il revenait à Tahart après une absence, son premier soin était de demander à Xeques s'il avait des nouvelles de Shumal le marchand. Et la réponse était toujours la même : « Pas encore ».

Saffana s'arrondissait de plus en plus. Abd al-Rahman la montait pour de petites promenades d'exercice, et la ménageait, bien que son poulain ne dût pas naître avant trois mois. Ainsi l'année tirait à sa fin, avec un espoir et des promesses pour l'avenir.

Et puis un jour, avant la fin de l'année, un événement se produisit, inattendu et grave.

Une petite caravane de marchands arriva à Tahart, venant du nord. Ils avaient des marchandises à vendre et à acheter, du cuir des montagnes pour faire des boucliers, des étoffes de soie et des épées d'Espagne... Ils dressèrent leurs quelques tentes près du bassin, non loin de celle de Xeques. Ils exposèrent leurs marchandises à vendre à l'ombre des palmiers et firent reposer leurs bêtes qui avaient voyagé longtemps.

Vers le soir, Abd al-Rahman descendit avec Saffana au bord du bassin. Khalid le chasseur l'accompagnait. Ils s'arrêtèrent pour examiner l'étal des marchands. Il ne restait pas grand-chose à vendre, car les Zenates étaient prospères et dépensiers. Point d'autres armes que des dagues et des épées d'occasion. Abd al-Rahman en prit une et la contempla d'un air méprisant.

— Nous aurions dû venir plus tôt, grommela-t-il, déçu. Je croyais trouver ici de fort belles épées. Il paraît que l'acier d'Espagne vaut celui de Damas.

Khalid haussa les épaules et bougonna :

— L'acier n'est jamais meilleur que le bras qui l'emploie.

Et il tira son vieux cimeterre à la lame ébréchée. Abd al-Rahman eut un rire indulgent. Il s'était pris d'une profonde affection pour ce jeune Zenate bourru qui lui avait sauvé la vie.

— Une meilleure lame rend un bon bras encore meilleur, rétorqua-t-il.

Un marchand, un grand vieillard, se tenait un peu à l'écart et contemplait Abd al-Rahman avec attention. Son œil vif semblait aussi examiner Saffana, debout derrière son maître. Il se pencha vers un jeune Zenate, lui posa une question, puis il disparut sous une tente. Il en ressortit au bout d'un moment avec une épée dans son fourreau.

— Peut-être cette arme plaira-t-elle au cheik, dit-il en la tendant à Abd al-Rahman.

Surpris, le jeune homme la prit et la dégaina. C'était une épée magnifique dont la facture imposait l'admiration : la lame d'acier bleui, la garde formée à la mesure de la main et le pommeau d'argent ciselé. Le fourreau était en ivoire massif. Abd al-Rahman en fut enchanté. Il tendit l'arme à Khalid.

— Cela convient-il à ton bras, frère ? Prends. Elle est à toi.

Il y avait longtemps qu'il cherchait quel cadeau il pourrait offrir à Khalid. L'occasion se présentant, il la saisit dans un élan de générosité, sans même demander le prix de l'épée. Khalid était stupéfait, mais ravi. Il soupesa l'arme dans sa main.

— Ton cœur est généreux, prince ! s'écria-t-il.

Abd al-Rahman attira le marchand à l'écart. Il ne voulait pas marchander l'arme en présence de Khalid à qui il venait d'en faire présent.

— Combien me vends-tu cette épée ?

Le marchand hocha la tête.

— Elle n'a pas de prix, prince, murmura-t-il dans un souffle, en laissant peser sur le jeune homme un regard lourd de signification. C'est un présent à Abd al-Rahman ben Omeyya.

— Un présent ?

— D'Espagne, reprit mystérieusement l'inconnu à voix basse. N'es-tu pas cet Abd al-Rahman ?

— Si, c'est moi.

— Prince, je te salue, chuchota le marchand. Aie confiance en moi. J'ai là quelque chose qui prouvera ma bonne foi.

Il glissa la main vers sa dague fichée dans sa large ceinture.

Abd al-Rahman recula d'un pas, soudain sur ses gardes. Mais, plus rapide que lui ou que le marchand, Khalid, le jeune guerrier, bondit entre eux et l'épée neuve piqua la gorge du marchand.

— Chien de traîtrise ! siffla le Zenate furieux. Ici, sur la terre des Zenates, ta compagnie et toi vous allez tous mourir !

— Non, non ! s'écria le marchand. Il n'y a pas trahison ! Attends... Je vais te montrer !

Tandis que Khalid gardait la pointe de l'épée posée

sur son cœur, il tira la dague de sa ceinture. Il retourna le fourreau entre ses mains, en cassa l'extrémité, ce qui révéla un petit compartiment secret. Il y avait dedans un long parchemin plié.

— Voici le message que je porte à Abd al-Rahman.

La pointe de l'épée nue sur son cœur le faisait trembler, mais il conservait néanmoins toute sa dignité. Abd al-Rahman prit le parchemin et le déplia. Il était couvert de caractères arabes.

« Le porteur de ce message se nomme Aboul Melic, un noble de la tribu de Koresh, et l'une des notabilités de Malaga en Espagne. Lui-même et son compagnon, Musa Aben Gazan, sont mandatés pour parler en notre nom, à nous qui sommes tous chefs et puissants seigneurs en Espagne. Puisse Allah protéger leur mission ! »

Une liste de signatures suivait cette attestation. Abd al-Rahman reconnut plusieurs noms d'hommes qui avaient servi les Omeyyades du temps de leur puissance.

Le jeune prince tendit le bras pour repousser l'épée et demanda au marchand déguisé :

— Que signifie cela ?

Aboul Melic respira longuement. Son vêtement était fendu sur la poitrine et du sang perlait sur le tissu blanc, là où la pointe acérée de l'épée avait entamé la chair, juste au-dessus du cœur.

— J'ai des choses à te dire en secret, prince, dit-il en laissant tomber sa dague au sol. Que les Zenates me fouillent et s'assurent que je ne porte pas d'armes dissimulées. Et que ma compagnie et moi-même soyons mis à mort si je cherche à te faire du mal !

— Tu le seras, grinça Khalid.

D'autres Zenates armés s'étaient approchés, attirés par l'algarade. Xeques lui-même apparut au seuil de sa tente. Aboul Melic semblait navré d'avoir attiré tant d'attention.

— Mon seigneur, dit-il à Abd al-Rahman, j'avais désiré te parler seul à seul. J'ai des choses de la plus haute importance à te confier.

— Les hommes que tu vois sont mes amis, répondit le jeune homme. Je n'ai pas de secrets pour eux. Allons sous la tente de leur chef.

Abd al-Rahman les précéda jusqu'à la tente de Xeques. Aboul Melic le suivit, ainsi qu'un autre marchand, un grand homme distingué. Khalid et un groupe important de guerriers les accompagnèrent.

— Grand cheik, dit Abd al-Rahman à Xeques, ces hommes disent qu'ils viennent d'Espagne avec un message pour moi. Je désire les écouter en ta présence.

Xeques indiqua sa tente ouverte. Les deux marchands se prosternèrent devant lui.

— O chef des Zenates, dit Aboul Melic, les vies de nombreux seigneurs dépendent des paroles que j'ai à dire. Que toi-même et quelques chefs fidèles les entendent seuls, je t'en conjure. Que l'épée de ton esclave se pose sur ma gorge pendant que je parle, si tu le veux, mais accorde-moi ce secret.

Il implorait, et ses mains tendues tremblaient de sincérité. Xeques le considéra froidement, les bras croisés sur la poitrine. Puis il acquiesça, mais son expression ne s'adoucit pas. Il fit entrer Abd al-Rahman, les deux marchands, Khalid et trois autres Zenates de haut rang, puis il laissa tomber le pan de la tente sur les autres.

Abd al-Rahman se tourna vers les deux ambassadeurs.

— J'écoute le message.

Aboul Melic s'inclina très bas devant le jeune prince, et son compagnon l'imita. Ils semblaient avoir oublié la présence des autres. Enfin, Aboul Melic se redressa, et il parla d'une voix solennelle :

— Voici le message que je t'apporte. Salut à toi, Abd al-Rahman de la maison d'Omeyya ! Un royaume t'attend en Espagne. Tu n'as qu'à venir le réclamer. Les hommes dont les noms figurent sur le parchemin lèveront une armée à ton arrivée [1].

---

1. On peut distinguer trois phases dans la conquête musulmane. La première, au temps de Mahomet, a eu pour objet la soumission de l'Arabie proprement dite. Dans la deuxième, après la mort du Prophète, les Arabes de la Péninsule furent lancés à la conquête des régions situées au nord

Abd al-Rahman ne put cacher sa surprise.

— Que signifie cela ?

— Une ruse, s'écria Khalid. Une lâcheté du calife pour te ramener en son pouvoir

Le compagnon d'Aboul Melic hocha la tête. Il s'était discrètement tenu à l'écart, mais il s'avança soudain et parla avec une autorité et une éloquence surprenantes pour un simple marchand.

— Ce n'est pas une ruse. Nous avons couvert ces centaines de lieues dans le plus grand secret pour un grand dessein. Écoutez tous ! Vous savez que l'Espagne est déchirée par les querelles intestines. Les chrétiens raffermissent leurs positions dans les montagnes du nord, et les cheiks et les oualis se disputent chaque pouce de territoire. Les Musulmans sont en Espagne depuis quarante ans, et ils n'ont jamais connu la paix. Le calife est trop loin, en Syrie, et ne peut apporter son aide. Et la terre qui devrait être heureuse et prospère est déchirée par de nombreuses factions. Il n'y a pas un seul homme assez fort pour unifier le pays. Abd al-Rahman, écoute-moi bien ! L'histoire de ta fabuleuse fuite est parvenue jusqu'en Espagne. Tes vertus sont connues, et ton courage devant l'adversité. Et ton étoile étincelle aussi, car Allah t'a préservé de grands dangers. Sachant toutes ces choses, un grand nombre des hommes les plus importants d'Espagne se sont réunis en secret et se sont accordés pour soutenir ta cause. Le sang des Omeyyades est le plus noble de tous. Toi seul peux rallier sous ton étendard

---

et à l'est de l'Arabie. Vers l'ouest, ils pénétrèrent en Afrique. La Syrie et la Mésopotamie, la Perse et l'Egypte, furent conquises sous les deux califes ; sous le troisième, la conquête de l'Afrique du Nord fut amorcée. Sous les Omeyyades, le nouvel État musulman, qui avait pris la succession des Empires byzantin et perse, s'étendit à l'Afrique septentrionale, à l'Espagne, à la Transoxiana et au Sind, à l'Arménie et au Caucase. Ce fut la troisième phase des invasions arabes qui fut arrêtée en 717, en Orient, devant Constantinople, et en 732, en Occident, devant Poitiers.

Au moment où Aboul Melic promet à Abd al-Rahman un royaume, l'Espagne fait donc partie de l'Empire arabe. Aussi les combats que le prince d'Omeyya livrera aux partisans du calife Abbas constitueront-ils au sens propre du mot une guerre entre Arabes.

les nombreuses factions et ramener à l'Espagne la paix et la prospérité !

Il se tut et un grand silence tomba sous la tente. Abd al-Rahman restait pétrifié, frappé par l'ampleur d'un tel dessein. Cet homme lui offrait le royaume d'Espagne ! Enfin, il retrouva l'usage de la parole et demanda :

— Comment puis-je savoir si tu dis vrai ?

— Mon fils est ici avec moi, intervint promptement Aboul Melic. Que les Zenates le gardent en otage. Que je sois responsable de sa mort si je te trahis.

Xeques avait examiné attentivement les visages des deux ambassadeurs. Il prit la parole à son tour.

— Ce qu'ils disent de l'Espagne est vrai. Le pays est livré à la guerre civile, nous le savons. Vois comme le calife est impuissant à pacifier ne fût-ce que la terre des Berbères !

— Tu crois donc que je puis me fier à ces hommes ?

— Leurs paroles sont raisonnables. Et ils perdront la vie s'ils ont menti.

— O prince, insista Aboul Melic, chacune de mes paroles est l'expression de la vérité. Garde-moi en otage si tu veux, avec mon fils et Musa Gazen que voici. Permets-nous seulement de faire savoir en Espagne que tu vas t'y rendre, afin que ceux qui attendent ta venue s'apprêtent à te soutenir. Nos vies seront les gages de la vérité de nos promesses !

Abd al-Rahman respira profondément.

— Je te crois. Mais tout cela est bien étrange et bien soudain. Laisse-moi réfléchir un moment.

— Réfléchis bien, prince, implora l'autre ambassadeur. Les Zenates sont braves et généreux, mais sauront-ils te protéger encore lorsque le calife aura retrouvé sa puissance ?

— Je vais y songer un moment, et puis je viendrai vous donner ma réponse.

Abd al-Rahman sortit de la tente et il marcha jusqu'au sommet de la haute dune qui dominait l'oasis.

Il marchait comme dans un rêve. Son cœur vibrait d'espoirs confus. Il se rappelait les paroles du vieux devin, dans l'Ouadi Zuran : « Des voix qui crient : « Salut à toi ! Salut à toi ! » comme pour acclamer un chef d'armées... »

Puis il revit le visage d'Alohra et caressa l'espoir de l'avoir auprès de lui, avec son enfant, alors qu'il régnerait sur l'Espagne au lieu d'être un exilé sans feu ni lieu !

Assailli par ces pensées exaltantes, il atteignit le sommet de la longue dune. A ses pieds s'étendait la vaste oasis, et tout autour de lui l'immensité du désert Le soleil se couchait en direction de l'Espagne, et à l'est c'était l'Égypte...

Il leva les yeux au ciel et pria.

— O Allah, tu connais le fond de mon cœur. Je ne suis qu'un homme, et mes espoirs sont humains. Ce que je m'apprête à faire, je l'entreprends parce que c'est la route qui mène à la gloire et à l'honneur. Parce que je veux me hausser, moi et les miens, aux postes les plus élevés. Mais jamais je n'oublierai les leçons que tu m'as apprises. Jamais je n'oublierai ma propre adversité ni les bontés que j'ai rencontrées en chemin. Je me rappellerai toutes ces choses si je deviens le souverain de l'Espagne.

Sa décision prise, il redescendit vers les tentes. Les hommes et les femmes chuchotaient sur son passage. Chacun s'interrogeait sur ces mystérieux étrangers qui avaient accosté le jeune prince.

Les ambassadeurs attendaient, assis avec Xeques et les quelques notables. Dès qu'il entra sous la tente, ils se levèrent. Abd al-Rahman alla droit à Xeques.

— Tu as été comme un père pour moi. C'est à toi et aux Zenates que je dois la vie, et mes espoirs d'avenir. C'est à toi, le premier, que je dois annoncer mon désir d'accompagner ces hommes en Espagne. Je te demande ton autorisation et ta bénédiction.

Il revenait à Xeques de donner son consentement. Abd al-Rahman pouvait être aussi bien son prisonnier que son hôte. Son juste orgueil était celui d'un souverain tout-puissant et il convenait d'avoir des égards pour lui. Mais, déjà, il était conquis. Tandis qu'il regardait

Abd al-Rahman, la vénérable figure du chef des Zenates était radieuse, comme le visage d'un homme en proie à une vision. Il avait connu la puissance lui-même, et il voyait dans l'avenir un rêve de gloire.

— Ma bénédiction t'est acquise, prince, dit-il. Mieux encore : elle est acquise à tous les Zenates qui t'accompagneront en Espagne. Car un grand nom ne peut être soutenu que par les lances des braves !

Khalid brandit son épée nue dans la pénombre de la tente.

— Vivat, prince ! Mille cavaliers zenates chevaucheront avec toi, et je serai parmi ceux-là !

— *Salaam*, prince, murmurèrent les ambassadeurs en mettant un genou en terre devant Abd al-Rahman. Permets-nous d'être les premiers hommes d'Espagne à te prêter serment de fidélité.

Abd al-Rahman se pencha vivement et les aida tous deux à se relever.

— Mes amis, leur dit-il, la gorge nouée par l'émotion. J'essaierai d'être digne de ce grand dessein.

— Prince...

L'envoyé Aboul Melic était manifestement ému ; la promesse faite par ce fils royal des Omeyyades était la réussite de sa mission.

— Les voies du Seigneur sont impénétrables, dit-il. Nous sommes venus en secret, dans l'espoir que tu viendrais secrètement avec nous, car de nombreuses troupes tenteront de t'arrêter. Et tu auras à combattre pour conquérir toute l'Espagne. Mais avec les braves Zenates derrière toi, la route est ouverte.

Xeques fit un geste impérieux.

— Frappez fort et droit, maintenant que votre décision est prise. Dès ce soir, je vais envoyer des messagers pour rassembler les guerriers zenates. La fleur de notre jeunesse et de notre vaillance vous accompagnera !

Vers la mer

On eût dit que toute la race des Zenates répondait à l'appel de son chef. De Meggarine et de Temacine et même de la lointaine In-Salah, les guerriers convergeaient sur Tahart. La grande oasis était le théâtre d'un gigantesque rassemblement. Abd al-Rahman, dans les veines de qui le sang des Omeyyades se mêlait à celui des Zenates, partait à la conquête de l'Espagne. Tous ceux qui rêvaient de trouver la gloire dans des terres lointaines se rangeaient sous sa bannière blanche.

Mille guerriers s'étaient déjà rassemblés et il en arrivait encore. Chacun avait un bon cheval de guerre et les armes des cavaliers du désert — l'épée, le bouclier et la javeline. Ils envahirent l'oasis. Les chefs venaient s'incliner devant le prince d'Omeyya pour prêter serment de fidélité, et les hommes d'armes s'impatientaient autour de sa tente.

Si Abd al-Rahman avait nourri des doutes dans son esprit, ils étaient maintenant envolés. Il avait accepté l'offre des ambassadeurs, et les Zenates l'avaient soutenu de toute leur puissance. Il n'était plus question de reculer. Avant même de s'y être préparé, il commandait en chef une armée. Les capitaines le pressaient de partir et il les approuva. L'heure était venue de se mettre en marche promptement.

La rapidité s'imposait, car il ne fallait pas que le

bruit de leur projet se répandît. Les ambassadeurs avaient été envoyés en éclaireurs avec une petite escorte de Zenates, afin de prendre des dispositions pour la traversée, et de préparer l'Espagne. Abd al-Rahman, magnanime, avait refusé de garder des otages. L'entreprise prenait des proportions bien trop considérables pour dépendre de la vie de quelques otages.

Au matin du départ, Abd al-Rahman se présenta pour la dernière fois devant Xeques. Le chef de la tribu et les anciens s'avancèrent avec lui pour faire leurs adieux à l'armée. Toute la nation zenate était concernée. Il n'y avait pas une famille qui n'eût un guerrier dans ses rangs.

— O prince, dit Xeques, ne doute jamais de ton destin. Dieu t'a préservé pour un grand dessein. Ne l'oublie jamais !

— Dieu m'a préservé, et je ne l'oublierai pas. Mais je n'oublierai pas non plus toi et les tiens qui m'avez donné asile. Je suis venu vers vous dans le désespoir et la faiblesse. Je vous quitte dans la gloire et l'espérance. Quand bien même je serais le souverain de toute l'Espagne je m'agenouillerais à tes pieds.

— Mon fils, s'écria Xeques en l'embrassant. Nous vivrons dans l'attente de la nouvelle de tes succès. Je regrette seulement de ne plus être assez jeune pour te suivre.

Abd al-Rahman avait déjà fait ses adieux à tous ceux qui l'avaient soigné, aux femmes et aux enfants. Il montait un étalon alezan nommé Jerid. Saffana partait aussi, mais sans cavalier.

— Ton étendard, prince, dit Xeques en lui tendant une lance où claquait une bannière blanche. Où qu'il te conduise, la valeur des Zenates te suivra.

Abd al-Rahman brandit la lance et une clameur assourdissante s'éleva de la multitude. Il tendit l'étendard à Khalid, qui se trouvait à côté de lui, choisissant ainsi le valeureux chasseur comme porte-drapeau.

— Adieu !

Abd al-Rahman talonna l'étalon alezan, Khalid le suivit avec l'étendard et toute l'armée s'ébranla. A l'avant-garde un tambour à cheval donna la cadence.

Une foule de femmes et d'enfants courut avec les cavaliers jusqu'à l'extrémité de l'oasis. Ils se massèrent au sommet des dunes, en poussant des cris et en agitant les bras, et suivirent des yeux les hommes qui s'engageaient dans le désert.

L'armée des Zenates avançait à une vitesse stupéfiante. La guerre était leur passion, et la rapidité leur apanage. Ils mirent trois jours à marcher de Tahart à Tolga, qui marquait la fin du territoire zenate, et aussi la fin du désert.

Tout au long du chemin, des bandes de guerriers les rejoignirent, et leur nombre ne cessa de s'accroître. Bientôt, ils furent mille sept cents, le double de ce qu'avait espéré Abd al-Rahman. Le transport par mer poserait des problèmes.

Au-delà de Tolga s'étendaient les contreforts de l'Atlas et le pays des Ouled Naïl. Sans faire halte, le nuage de guerre des Zenates avançait. Ils auraient bien envoyé des messagers avant-courriers pour prévenir les tribus de leur passage amical et de leurs bonnes intentions, mais l'armée se déplaçait aussi vite qu'un courrier. Ils proclamaient leurs intentions paisibles quand ils se présentaient, et ils étaient trop puissants pour rencontrer une opposition.

Le bruit insolite de cette expédition se répandait dans les djebels lointains : une armée de Zenates partait à la conquête de l'Espagne, sous le commandement d'un mystérieux jeune prince. Mais avant que l'ahurissante nouvelle pût atteindre les villages berbères, l'armée était déjà passée ! Elle avançait plus vite que la rumeur !

Il leur fallut une semaine pour franchir l'Atlas saharien et la plaine qui suivait. Après le désert, la terre leur semblait un paradis, un éden de fraîcheur avec des ruisseaux et des eaux vives, des palmiers et des jardins, des forêts de chênes-lièges et des vergers. Le pays était insoumis et les indigènes connus pour leur traîtrise, mais dix-sept cents épées protégeaient l'armée des Zenates et elle passa comme un tourbillon de sable du désert.

Au bout de dix jours, ils arrivèrent dans la vallée du Chelif, après le village de Boghari. Le cœur d'Abd al-Rahman bondit de joie en voyant les eaux claires du fleuve. A part le Nil boueux, c'était le premier véritable cours d'eau qu'il voyait depuis deux ans. Il y vit comme la promesse de l'Espagne et des merveilles à venir.

Le soleil étincelait sur les lances. Les chefs zenates, conscients de leur force, contemplèrent la vallée fertile ouverte devant eux. Ils auraient pu y semer la terreur et tout piller sur leur passage. Peut-être y songèrent-ils un instant en voyant tant de richesses. Mais le regard résolu du prince d'Omeyya portait plus loin. Son étendard blanc les conduisait, et les guerriers du désert le suivaient. A Tahart, le plan avait été mis au point avec les ambassadeurs. Le rendez-vous était à Ténès, sur la mer, près de l'extrémité ouest de la vallée du Chélif, à une quarantaine de lieues encore.

Quatorze jours après leur départ de Tahart, Abd al-Rahman et son armée quittèrent les bords du fleuve pour s'engager dans un oued large et plat qui, d'après leur guide, les mènerait à Ténès et à la mer. Ils rejoignirent et passèrent de petits convois d'hommes et d'animaux, dans les montagnes, car les produits de la riche vallée du Chelif empruntaient ce chemin vers la Méditerranée. Ces voyageurs étaient toujours désorientés et affolés de se trouver soudain cernés par une gigantesque armée. A deux reprises, des signaux de fumée s'élevèrent de tours de guet sur les hauteurs, mais personne ne leur disputa le passage. Vers le soir de ce quatorzième jour, ils arrivèrent à destination — Ténès et la mer bleue.

Ils émergèrent de la large embouchure de l'Oued Hallala entre des falaises fauves, et virent à leur pieds la petite ville blanche et son port. A l'est, la montagne s'avançait dans la mer pour former un brise-lames géant derrière lequel la ville s'abritait. Ténès était un port prospère depuis l'époque lointaine de Carthage et, plus tard, des soldats romains y avaient tenu garnison. Une vingtaine de voiliers mouillaient dans la rade.

L'apparition des cavaliers sur les hauteurs causa une grande perturbation dans la petite cité. Sur les remparts, une trompe résonna, et les paysans se hâtèrent de pousser des bêtes de somme par les portes. Le soleil couchant faisait étinceler les armes des défenseurs de la ville, sur les chemins de ronde.

Les chefs des Zenates entouraient Abd al-Rahman. Ils s'avancèrent un peu, en reconnaissance, avec l'étendard blanc. Derrière eux, les guerriers sortaient du défilé et se déployaient en éventail. Devant eux, les vergers et les jardins avaient été abandonnés. Les murailles étaient couvertes d'une foule nombreuse.

— Par le sabre de mon père, s'écria Hamet, un des capitaines zenates, serions-nous venus aussi loin sur une promesse fallacieuse ? Que ces hommes de commerce prennent garde ! Nous emporterons la place et nous joncherons le sol de ses pierres !

D'un commun accord, les capitaines se tournèrent vers Abd al-Rahman. Ils avaient conduit l'armée à travers montagnes et plaines, ils avaient empêché leurs hommes de piller les récoltes, et maintenant c'était au prince d'Omeyya de montrer son habileté.

Abd al-Rahman s'apprêtait à descendre sur la ville quand un petit groupe sortit d'une des portes. Ils allaient à pied, et portaient une bannière blanche. Lentement, ils avancèrent dans l'espace découvert, vers Abd al-Rahman. Les soldats virent bientôt qu'ils n'étaient pas armés. Quand ils se rapprochèrent, le jeune prince reconnut à la tête de la délégation Aboul Melic, l'ambassadeur.

— *Salaam*, ô prince, cria Aboul Melic dès qu'ils furent à portée de la voix.

Les autres s'inclinèrent et Aboul Melic s'avança seul.

Abd al-Rahman mit pied à terre pour donner l'accoade au vieillard. Puis il lui murmura :

— Pourquoi la ville est-elle fermée, et armée contre nous ?

— Non ! protesta Aboul Melic. Ce n'est qu'une ruse. Un jour, peut-être, une armée du calife se présentera. Les habitants de Ténès pourront dire alors qu'ils ont fermé la ville devant toi. Ils ne te feront aucun mal. Ce soir, tu pourras faire camper tes hommes sur la plage et demain, nous t'aiderons à les embarquer.

Il s'interrompit pour contempler le déploiement considérable des guerriers zenates, et observa :

— C'est une armée formidable qui t'accompagne, ô prince.

— Assez forte pour emporter ces remparts s'il y a trahison, gronda un des capitaines.

— Il n'y a pas trahison, assura Aboul Melic. Moi-même et d'autres, nous passerons la nuit dans votre camp. Les habitants de la ville sont vos amis.

Il présenta ensuite ses compagnons à Abd al-Rahman. Ils représentaient la municipalité de la ville, qui commerçait avec l'Espagne. Leur accueil fut chaleureux et ils affirmèrent que tout irait bien.

— Nous camperons hors des murs de la ville, ce soir, annonça Abd al-Rahman à ses capitaines.

Les Zenates dressèrent donc leurs tentes sur la plage. La ville de Ténès comptait quelque trente mille âmes. Elle aurait sans doute pu lever une armée plus considérable encore que celle d'Abd al-Rahman. Néanmoins, les Zenates plantèrent leurs lances la pointe en l'air à côté des tentes, comme une armée conquérante. Leur camp scintillait comme une mer d'acier quand le soleil plongea dans la Méditerranée.

Au début, il y avait eu une certaine agitation dans les rues de Ténès. Les notables de la ville avaient été tenus au courant, mais on n'avait pas annoncé au peuple l'arrivée des Zenates. Les édiles parvinrent à calmer les esprits et quand la nuit tomba, la ville était paisible.

Aboul Melic envoya une tente de soie et des coussins à Abd al-Rahman, ainsi qu'une cinquantaine de moutons parés pour le ravitaillement de l'armée.

D'innombrables feux s'allumèrent dans la plaine, pour rôtir les bêtes. Les hommes prirent leur repas en silence, drapés dans leur dignité.

Au matin, les habitants de Ténès semblèrent avoir oublié leur crainte de déplaire au lointain calife. Ils sortirent en foule de leur ville pour assister aux préparatifs de départ des Zenates, dans une atmosphère de fête.

Aboul Melic vint annoncer que les bateaux seraient prêts à l'embarquement aux premiers rayons du soleil. Il ne s'était pas attendu à voir arriver si vite les Zenates, ni en si grand nombre. Heureusement, il put trouver assez d'embarcations dans le port. Pendant la nuit, il avait pris ses dispositions avec leurs capitaines. Cependant, il n'était pas possible d'embarquer tous les chevaux. Aboul Melic promit que l'Espagne fournirait des montures aux guerriers qui auraient dû abandonner la leur. Les chevaux blessés, ceux qui avaient le plus souffert du voyage, furent d'abord écartés, puis on tira au sort parmi les autres ceux qui resteraient. Cela prit toute la matinée, mais tout se passa sans murmures.

Le départ de Saffana ne souffrait pas de discussion. Abd al-Rahman aurait insisté pour l'emmener, mais les Zenates eux-mêmes connaissaient la merveilleuse histoire de la jument. Ils la considéraient comme un animal fabuleux, une protégée d'Allah, un porte-bonheur.

Avant midi, ils furent prêts. Les Zenates se rassemblèrent au pied des remparts de Ténès. Les navires, de grandes caraques, étaient ancrés le long d'un môle de pierre. A marée haute, la mer battait les murs de la ville, mais, comme c'était la marée basse, l'armée n'eut aucune difficulté à longer la plage jusqu'à la jetée.

Une grande foule était sortie des murs pour assister à l'embarquement. Le vent d'est soulevait de petites vagues courtes. Les caraques se balançaient mollement, et tiraient sur leurs amarres. Elles semblaient petites et fragiles, vues de la plage, et l'on se demandait comment elles pourraient transporter une telle armée.

Abd al-Rahman, menant Saffana par la bride, avançait en tête. Les capitaines des navires, qui portaient tous des anneaux d'or aux oreilles, vinrent se prosterner devant lui, ainsi que les édiles de la ville.

— *Salaam*, prince. Qu'Allah te protège et veille sur ton étoile !

Comme si elle obéissait à un signal convenu, la foule se mit alors à lancer des vivats et des vœux de réussite. Les plus hardis s'approchaient des guerriers, la main tendue. Aboul Melic n'était pas pris au dépourvu. Il tenait une grosse bourse à la main, et il jeta des pièces d'argent à poignées, au nom du prince d'Omeyya. L'enthousiasme se déchaîna.

Abd al-Rahman longea la jetée avec Saffana. Les capitaines des vaisseaux avaient l'habitude de transporter des animaux, et de larges passerelles facilitaient l'embarquement. Dans le bruit et la confusion, hommes et chevaux s'installèrent à bord. Le spectacle ne pouvait surprendre la cité de Ténès. C'était là que les cavaliers numides s'étaient embarqués pour rejoindre les forces d'Hannibal en Espagne, au temps des guerres puniques.

Enfin, les navires hissèrent les voiles et prirent la mer, un par un. Abd al-Rahman se tenait à la poupe de la caraque capitane, et regardait défiler les côtes d'Afrique. Tout lui paraissait irréel. Il se sentait las, mais son âme était en paix. La mer avait toujours su l'apaiser.

Ils contournèrent le promontoire, et la mer s'étendit devant eux, à perte de vue. Le vent avait fraîchi. Il soufflait régulièrement vers l'Espagne, et Abd al-Rahman se dit que c'était là un bon présage.

L'Espagne

-- Terre! Terre! C'est l'Espagne!

Le cri retentit au matin du troisième jour. Les Zenates se pressèrent à la lisse pour voir. Pendant deux jours et deux nuits, les caraques avaient couru sous le vent d'est. On eût dit que les éléments avaient pris le parti des conquérants.

Abd al-Rahman se tenait à la proue sur le gaillard d'avant. Il distinguait, au pied des sombres montagnes, la ville de Malaga, claire et rose aux premiers feux de l'aurore. Le pilote s'était orienté sur le phare qui dominait la ville, et dans les dernières heures de la nuit, et il avait fixé son cap. Dans le jour naissant, les murailles et les tours de la cité semblaient surgir des ténèbres et des brumes matinales.

D'autres navires du convoi les entouraient. Favorisés par le bon vent, ils avaient constamment navigué de conserve. Les matelots se faisaient des signes, d'un bateau à l'autre, et se préparaient à accoster.

— *Salaam*, prince, dit Khalid en rejoignant Abd al-Rahman. Peut-être devrions-nous nous entendre tous, et aller débarquer sur la côte où nous pourrions nous rassembler jusqu'à ce que nous connaissions l'état d'esprit de la ville?

D'autres capitaines semblaient trouver la suggestion judicieuse.

— Non, répondit Abd al-Rahman. Si les habitants sont contre nous, notre entreprise n'a plus d'objet. Nous débarquerons en confiance, fièrement, tout comme nous sommes venus sans crainte.

— Prince, nous te suivrons, déclara Khalid.

Bien qu'il eût suggéré la prudence, il préférait la hardiesse. Aboul Melic se fraya un passage entre les chevaux et remonta vers la proue.

— Mon seigneur, dit-il en se prosternant devant Abd al-Rahman, j'ai dit au capitaine de hisser un pavillon blanc au grand mât, afin de donner un signal à nos amis à terre. Malaga apprendra ainsi ta venue et te recevra à bras ouverts.

Il frémissait d'impatience à l'approche du grand événement. Sa longue et difficile mission était enfin accomplie.

Ils amenèrent les voiles en pénétrant dans la rade. Les Zenates en armes, bardés de fer, étaient impatients de mettre pied à terre.

Debout sur le gaillard d'avant, l'œil fixé sur les remparts de Malaga, Abd al-Rahman se sentit soudain très seul, aussi seul que le jour où il avait enseveli son ami Tarrif dans le désert.

Oui, malgré les centaines de guerriers qui l'entouraient, il se sentait très seul. Dans les quelques heures à venir, son destin s'accomplirait. La caraque le portait inexorablement vers le pouvoir, et soudain il se demandait s'il saurait être digne de ce que l'on exigeait de lui.

Il descendit les quelques marches vers le pont où se trouvaient les chevaux. Saffana était là, attachée à un piquet. La traversée avait été dure pour les bêtes. Les montures s'impatientaient, hennissaient et piaffaient nerveusement.

— *Azia*, murmura-t-il à sa jument, seuls Dieu et toi connaissez la longue route que nous avons parcourue...

La présence de la jument, sa tendresse, le rassurèrent un peu. Ils avaient subi bien des épreuves ensemble. Dieu seul connaissait leur aventure...

Les voiles furent carguées et les caraques accostèrent une à une le long des quais. Des matelots s'interpellèrent, les amarres sifflèrent dans l'air et retombèrent sur les pavés. Les Zenates sautèrent à terre et prirent possession du large quai, avant même que les vaisseaux fussent amarrés. Mais cette précaution était superflue.

Malaga était une ville de commerce, et un port toujours fort animé. Ce matin-là, il allait être envahi par la foule. La nouvelle de l'arrivée des caraques et de leur chargement s'était répandue comme une traînée de poudre, dès l'aube, et les habitants de la ville se précipitaient pour satisfaire leur curiosité. Des hommes, des femmes, des enfants accouraient comme pour une fête.

Les Zenates, toujours soucieux de leurs chevaux, veillèrent à leur débarquement. Saffana fut heureuse de retrouver la terre ferme et piaffa de joie. Malgré son état, elle était gracieuse et légère comme une pouliche.

Abd al-Rahman tint à monter sa jument. Il était évident que Malaga était pour lui une ville ouverte. Sa chevauchée à travers la ville serait un défilé victorieux. Il tenait à faire partager sa gloire à Saffana.

Aboul Melic était descendu à terre le premier. Après avoir fait une petite reconnaissance, il revint vers les bateaux, tandis que la foule s'amassait sur les quais.

— Prince, cria-t-il en agitant les bras, la ville t'ouvre ses bras !

Des Zenates, à pied et à cheval, entourèrent Abd al-Rahman. A côté de lui, Khalid brandissait l'étendard blanc. Les chevaux se pressaient les uns contre les autres. Abd al-Rahman prit la tête de son armée.

La foule s'écartait sur leur passage, mais elle semblait en proie à une sorte d'enchantement, et restait muette.

Enfin, une vieille femme se détacha de la masse humaine, à l'extrémité du môle. Elle était aussi noire et usée par les ans que les murailles qui dominaient la mer. Mais son regard étincelait, tout comme les remparts scintillaient au soleil du matin.

— Salut à toi, Abd al-Rahman, *Miramolin* d'Espagne !

La vieille femme était une marchande de fleurs, sur son éventaire s'étalaient des roses jaunes fraîchement coupées. Elle jeta ses fleurs sous les sabots de Saffana. La foule s'anima alors et reprit son cri :

— Salut à toi, Abd al-Rahman, émir d'Espagne ! Salut !

La clameur s'enfla, reprise par des milliers de bouches. Abd al-Rahman tira légèrement sur les rênes et tourna la tête de Saffana vers la vieille. La garde zenate dégagea le passage afin qu'il pût l'atteindre.

— Mère, dit-il en se penchant pour prendre de ses mains la dernière rose, tu m'as couronné !

Ayant dit, il laissa tomber dans sa corbeille vide la petite bourse de cuir qu'il portait depuis la Syrie. Elle contenait encore quelques gemmes et des pièces d'or.

— Salut, Abd al-Rahman, salut à toi !

La chevauchée triomphale se poursuivit. Aux portes de la ville, l'alcade et les notables s'avancèrent. Ils se prosternèrent devant le jeune prince, sous les acclamations du peuple massé sur les remparts. Les ambassadeurs n'avaient pas menti, quand ils l'avaient invité à venir en Espagne !

— Bienvenue à Abd al-Rahman, prince d'Omeyya, dit l'alcade. Que Malaga soit la première ville d'Espagne à te prêter serment de vassalité.

Ils ne le retinrent pas aux portes, mais le précédèrent dans la ville, à pied devant son cheval.

Malaga tout entière, avec sa population de cent mille âmes, était descendue dans les rues pour l'accueillir. C'était une ville de jardins, et les fleurs pleuvaient des balcons et des fenêtres. La romanesque aventure du jeune prince l'avait précédé et enfiévrait les imaginations. Et il était de haute lignée, d'une famille dont la noblesse remontait au Prophète lui-même.

Le peuple fut conquis par sa jeunesse et sa grâce Sa bravoure, il la connaissait déjà ; mais à présent il voyait sa mine affable et magnanime. Escorté de sa garde zenate, Abd al-Rahman chevauchait comme un roi. Et la belle jument grosse qu'il montait semblait un présage de prospérité et de fécondité. C'était bien là le chef qu'ils avaient tous espéré, celui qui apporterait la paix et l'unité, celui qui serait l'espoir et le salut de l'Espagne musulmane !

Sur la place publique, devant la citadelle, les soldats de la garnison se présentaient au garde-à-vous. Leur étendard blanc était celui de la famille d'Omeyya.

— Salut à toi, Abd al-Rahman !

Leurs cris se mêlèrent aux voix du peuple. Deux mille épées nues se dressèrent pour l'honorer.

Le commandant de la garnison, qui s'appelait Abd el-Moulai, mit pied à terre et s'avança au-devant d'Abd al-Rahman. C'était un vétéran de plusieurs guerres, au visage autoritaire. Il mit le genou en terre devant le jeune prince, en gage d'allégeance.

— *Salaam*, grand prince, dit-il, je t'apporte la loyauté des soldats de Malaga. J'ai déjà envoyé des courriers aux autres villes pour prévenir de ton arrivée. En sept jours, et même moins, une armée se lèvera pour toi !

Ainsi, le bref défilé triomphal du port à la citadelle donnait à Abd al-Rahman la ville de Malaga et une tête de pont en Espagne. Ses craintes et ses doutes s'étaient dissipés. Il avait ramassé une couronne. Il la porterait comme un prince, qu'elle le conduisît au trône ou à la mort.

La couronne et l'épée

Abd al-Rahman ben Omeyya avait planté son étendard en Espagne. La nouvelle se répandit dans les montagnes aussi rapidement que pouvaient la porter les chevaux des courriers. Les régions côtières orientales de l'Andalousie se rangèrent sans hésitation sous la bannière du jeune prince. Les villes — Huelva, Almeria, Jerez, Sidonia — n'offrirent pas seulement leur allégeance, elles envoyèrent des soldats. Sept jours après le débarquement d'Abd al-Rahman, à peu près quatorze mille guerriers étaient rassemblés dans les environs de Malaga, prêts à marcher sous sa bannière. C'était plus que le Prince n'avait osé espérer.

Les Zenates formaient le noyau de l'armée et la garde personnelle du prince. Les riches campagnes leur fournirent ces chevaux pour lesquels l'Andalousie était déjà célèbre. Ils faisaient l'exercice autour de la ville, et accoutumaient leurs montures à leurs propres méthodes de guerre.

Il eût été facile à Abd al-Rahman de s'attarder à Malaga pour y recevoir l'hommage d'une province. Facile, mais fatal. Nul ne le savait mieux que ses conseillers.

A l'ouest, au nord et au sud, l'attendaient des hommes ambitieux, farouches, qui résisteraient. Ils ne pouvaient mépriser un ennemi aussi redoutable. Ces grands seigneurs, qui n'avaient jamais pu s'unir, allaient s'allier pour faire face à l'ennemi commun.

Tout comme Abd al-Rahman avait accepté la couronne, il devait aussi ceindre l'épée. Il devait frapper le premier, s'emparer des villes de l'intérieur, s'il voulait survivre et accomplir sa mission. Dix jours après son débarquement à Malaga, il partit à la tête de son armée de quatorze mille hommes. Leur but était Cordoue, la principale ville de l'Espagne sarrasine, qui se trouvait entre des mains hostiles.

Ils s'engagèrent dans les montagnes de la sierra Ronda, sur les chemins qu'avaient parcouru les légions romaines, bien des siècles auparavant. La contrée était sauvage par endroits, entre les vallées fertiles, mais les destriers d'Arabie voyageaient rapidement là où les aigles de Rome étaient passés. Plus de la moitié de l'armée était à cheval, et les soldats à pied montaient à leur tour pour ménager leurs forces.

Alora, Teba, Campillos, les cités fortifiées des montagnes, prêtèrent serment au jeune prince et lui donnèrent des soldats. Quand l'armée déboucha dans les vastes plaines d'Andalousie au-delà d'Osuna, elle était forte de près de dix-huit mille hommes.

Séville était à l'ouest, Cordoue au nord. Le but d'Abd al-Rahman était cette dernière ville, mais il tenait à visiter d'abord la première afin de s'assurer de sa vassalité. Séville le devança.

Des ambassadeurs se portèrent au-devant du prince dès qu'il eut dépassé Osuna, lui apportant la soumission enthousiaste de leur cité. Deux mille cavaliers les suivaient pour se joindre à l'armée. Abd al-Rahman se dirigea aussitôt vers le nord, vers Cordoue. Si ses forces pouvaient s'emparer de la ville, il aurait solidement ancré son pouvoir en Espagne.

L'armée était maintenant forte de vingt mille hommes. Les étendards et les emblèmes de cinquante villes et seigneuries l'accompagnaient, à la suite de la bannière blanche des Omeyyades. Personne encore ne s'était opposé à la marche de l'armée.

Ils passèrent à gué le Genil, et des éclaireurs de flanc

vinrent annoncer que la ville d'Ecija avait fermé ses portes à leur approche. L'armée poursuivit néanmoins son chemin, puisque Cordoue n'était plus qu'à six lieues.

De petits détachements de cavaliers apparurent sur les hauteurs, observèrent leur marche et battirent en retraite. Il était évident que Cordoue avait eu vent de leur avance et que la ville leur était hostile. La région semblait déserte, abandonnée par les paysans et leurs troupeaux. C'était une contrée fertile et verdoyante, mais l'on n'y voyait aucun signe de vie. Enfin, les fines tours de Cordoue apparurent à l'horizon de la plaine.

Dans l'après-midi, Abd al-Rahman, avec l'avant-garde, déboucha dans la *vega* fertile, devant les remparts de la ville. Le Guadalquivir majestueux serpentait entre les champs et les vergers. Au-delà, se dressaient les innombrables tours de Cordoue. Abd al-Rahman arrêta sa monture au sommet d'une colline pour contempler l'admirable paysage. C'était une noble ville, bien digne de devenir la capitale de l'Espagne !

Un grand pont de pierre aux arches nombreuses franchissait le fleuve, un ouvrage d'art témoignant du génie de la Rome antique. Il fourmillait d'une foule d'hommes en armes et un gros corps de cavalerie en défendait les abords. Sur l'autre rive, de longues lignes de fantassins et de cavaliers étaient massées. A cette distance, on ne pouvait distinguer les hommes, mais le soleil faisait étinceler les lances et des bannières claquaient au vent.

Abd el-Moulai, le commandant de la place de Malaga, se tenait à côté d'Abd al-Rahman et il étudiait la disposition des forces ennemies. C'était un des plus grands capitaines d'Espagne, et Abd al-Rahman quêtait souvent ses conseils.

— Ils veulent nous affronter sur le pont, et puis dans la *vega* devant la ville, si nous traversons.

Abd al-Rahman hocha tristement la tête.

— J'aimerais pouvoir m'emparer de cette belle ville sans verser le sang, soupira-t-il. Essayons d'envoyer un héraut pour leur offrir la paix. Le peuple est peut-être avec nous ?

— C'est inutile, prince, répondit Abd el-Moulai qui connaissait ces hommes par expérience. Le fils de Yusef el-Fehri tient Cordoue. Le fils ne se rendra pas, et le père sera notre plus farouche ennemi ! Tiens ! Regarde !

Abd el-Moulai montrait du doigt un verger, à leurs pieds. Des épées flamboyaient. Un important corps de cavaliers dissimulés parmi les arbres venait de surgir pour attaquer une petite patrouille d'éclaireurs d'Abd al-Rahman.

— Voilà la paix de Cordoue ! s'écria Abd el-Moulai.

Hamet, le chef zenate, arriva au galop de son cheval. Il commandait l'avant-garde avec la moitié environ des guerriers zenates.

— Mon seigneur ! M'autorises-tu à repousser ces chacals ?

Cordoue ne leur promettait aucune trêve, et il n'y avait pas de temps à perdre, s'ils voulaient sauver la patrouille. Abd al-Rahman abaissa son épée, et laissa partir Hamet.

Le chef zenate se dressa sur ses étriers et brandit sa longue épée. Sa figure flamboyait de passion et d'ardeur guerrière. Son cheval se cabra et plongea dans la descente quand il l'éperonna.

— Zen - a-a-ta ! hurla Hamet et son cri de guerre souleva les guerriers massés derrière lui. *Uhl-lah-lah !*

Il lâcha la bride à sa monture impatiente et six cents guerriers zenates le suivirent en hurlant.

Les cavaliers cordouans les virent venir et battirent en retraite sous les arbres. A mi-chemin de la pente, les Zenates changèrent la direction de leur charge pour couper la retraite à l'ennemi de l'autre côté du verger.

Pendant une minute ou deux, les arbres masquèrent l'une à l'autre les deux forces ennemies et puis, lorsque la cavalerie cordouane apparut en bon ordre de l'autre côté, les Zenates se ruèrent sur elle.

Du haut de la colline, Abd al-Rahman avait l'impression d'assister à des manœuvres, à un jeu de guerre.

Il vit la cavalerie surprise se disperser dans la *vega* quand les soldats comprirent que la route du pont leur était coupée. La charge des Zenates était emportée par son élan, que la pente avait décuplé. Une centaine de cavaliers tournèrent bride à droite pour prendre en chasse la cavalerie cordouane en déroute. Les autres se ruèrent sur le pont, l'épée haute.

Abd al-Rahman retenait son souffle. Tout se déroulait en pleine vue. Il avait pensé que les Zenates se contenteraient de chasser les ennemis du verger. Mais il les voyait, à cinq cents à peine, chercher la bataille plus loin. Fasciné, effrayé, il attendit le choc. Il n'avait pas prévu l'ampleur de cette attaque.

Les ennemis étaient nombreux, sur le pont. Sur la rive, plusieurs centaines de cavaliers en défendaient l'accès. Ils reculèrent un peu entre les hauts parapets où quelques hommes à peine pouvaient les attaquer de front, pour attendre de pied ferme la charge des Zenates.

Elle fondit sur eux comme le vent du désert, comme la tempête! Par un miracle d'adresse et d'instinct guerrier, la horde semblait s'être organisée. Le signal de l'épée d'un chef, les cris de guerre qu'ils connaissaient tous apportaient de l'ordre là où il semblait qu'il ne pût y en avoir.

Ils fonçaient sur le pont, disposés en rangs de quelque quarante cavaliers. C'était une manœuvre stupéfiante, pour des cavaliers lancés au grand galop.

Leurs fanions claquant au vent, hurlant leurs cris aigus, ils se ruèrent dans un tonnerre de sabots furieux. Sur le pont, les cavaliers les attendaient, mais ce fut la mort sifflante qu'ils virent venir.

Avec un ensemble parfait, alors qu'ils étaient à cinquante pieds des lances brandies vers eux, le premier rang des Zenates lança les javelines, se sépara par le milieu et, comme au carrousel, tourna à droite et à gauche. La seconde ligne suivit, exécuta la même manœuvre, puis la troisième, la quatrième, la cinquième, avec la même précision, à la face de l'ennemi.

Les javelines mortelles tombèrent à la volée, comme

des flèches, sur les défenseurs du pont, lancées alternativement en haut et en bas. Toute parade était impossible. Les premiers rangs furent transpercés. Des hommes tombaient, des chevaux s'abattaient en hennissant sur leurs cavaliers.

Et puis, soudain, la stratégie changea. Les rangs suivants des Zenates ne lancèrent plus leurs javelines mais les tinrent à l'horizontale et chargèrent l'ennemi désorganisé. Ils lancèrent leur terrible attaque sur le milieu et ouvrirent une brèche dans ce front vacillant. Et derrière eux surgirent les premiers rangs reformés, ceux qui avaient jeté leurs lances et frappaient maintenant avec leur cimeterre.

Leur ruée était irrésistible. Une fois qu'ils eurent percé la masse des cavaliers, ils emportèrent tout le pont à l'épée. L'ennemi en déroute céda à la panique. Des soldats sautaient des parapets dans le fleuve, d'autres jetaient leurs armes et fuyaient en désordre.

— Prince, cria Abd el-Moulai, éperdu d'admiration devant la valeur des assaillants, c'est un tranchant d'épée que tu as amené d'Afrique avec toi ! Allons soutenir ces preux!

Abd al-Rahman, lui aussi, avait été frappé par l'incomparable adresse et le courage de ces guerriers du désert. Et les Zenates ne s'arrêtaient pas! Ils franchissaient le pont, vers la *vega* où les attendait une petite armée! Dans la plaine, ils allaient être vaincus par le nombre!

— En avant! cria le prince aux capitaines qui l'entouraient. Khalid, porte mon étendard à la bataille!

— J'entends, ô prince!

Khalid n'avait pas besoin d'être poussé. Depuis un moment, il piaffait d'impatience, avide de rejoindre ceux de sa tribu. Levant haut la bannière de la main droite, il poussa un cri et partit au grand galop dans la côte.

Abd al-Rahman éperonnait déjà son cheval. Avec lui, galopaient les trois cents Zenates de sa garde et, derrière eux, un torrent de cavaliers déferla sur le versant de la colline, répondant à l'appel des trompettes.

Parmi eux chargeait le deuxième contingent de Zenates, avides de surpasser les autres et de rejoindre leurs compatriotes du désert.

La troupe dirigée par Hamet s'était emparée du pont d'un bout à l'autre quand les renforts arrivèrent au galop. Ses hommes avaient dispersé ou tué tous ceux qu'ils rencontraient sur leur passage. Déjà, ils engageaient le combat sur l'autre rive et de nouveaux escadrons faisaient trembler les arches de pierre pour les renforcer.

Les troupes de Cordoue reculaient. Elles avaient été stupéfaites de l'élan des Zenates et de la rapidité avec laquelle ils avaient emporté le pont. Les Cordouans avaient pensé se livrer à des escarmouches avec l'avant-garde ennemie et ensuite combattre les assaillants sur leur propre terrain, protégés par les remparts de Cordoue. Ils avaient assisté à la charge irrésistible des Zenates. En quelques minutes, ils avaient perdu le pont, et une armée apparemment invincible se déversait dans la *vega*.

Un vent de panique souffla dans les rangs. Les restes dispersés de la cavalerie du pont battaient en retraite, blessés et affolés. Tout le contingent reflua vers les murs de la ville. Et Kasim, le fils de Yusef el-Fehri, étouffant de rage, sonna la retraite pour éviter une déroute totale.

Il s'était flatté de porter de rudes coups à l'armée de ce jeune prince imprudent qui envahissait l'Espagne. Et c'était le contraire qui se produisait. Lui aussi, il avait été confondu par l'habileté et la fureur de la charge des Zenates. Si un seul bataillon pouvait causer pareil désastre, que ne ferait pas une armée entière?

Abd al-Rahman, après avoir franchi le fleuve avec les premiers escadrons, aurait voulu rappeler sa cavalerie et l'empêcher de harceler un ennemi en déroute. Les combats inutiles l'attristaient et il espérait encore que Cordoue capitulerait. Mais Abd el-Moulai le lui déconseilla.

— Les Zenates leur ont donné une amère leçon, dit-il. Il faut aller jusqu'au bout.

Ils poursuivirent l'ennemi jusqu'aux portes mêmes de Cordoue. Seule, la proximité des remparts sauva les forces de Kasim. Du haut des murailles, des flèches et des javelines s'abattirent sur les Zenates et permirent la fermeture des portes. Si le gros de l'armée d'Abd al-Rahman avait déjà eu le temps de franchir le pont, ils eussent pénétré dans la ville.

Kasim, le commandant de la forteresse de Cordoue, considérait l'ennemi du haut d'une tour, et donnait libre cours à sa rage.

— Attendez, dit-il aux capitaines qui l'entouraient. Yusef el-Fehri est en marche avec une puissante armée pour nous porter secours. Il les rejettera dans le Guadalquivir, et il accrochera la tête d'Abd al-Rahman à la grande porte de la ville !

Ainsi, l'armée d'Abd al-Rahman mit le siège devant Cordoue, investissant trois côtés de la ville et ne laissant libre que celui qui faisait face au fleuve. De cette façon, ils pouvaient la couper de tous moyens de communication et de ravitaillement. Abd al-Rahman ne tenait pas à emporter de force les puissantes tours et les murailles. Il espérait que cet assaut serait inutile. Cordoue était redoutable, en dépit de la retraite précipitée de ses défenseurs, après la prise du pont.

Dans un sens, son espoir se réalisa. Son armée n'eut jamais à prendre Cordoue d'assaut. Cinq jours après le début du siège, les éclaireurs d'Abd el-Moulai vinrent annoncer l'avance rapide par l'ouest d'une immense armée sous les ordres de Yusef el-Fehri, père de Kasim et grand seigneur d'Espagne.

C'était une armée puissante, forte de cinquante mille hommes, tous vétérans de nombreuses batailles, recrutés dans toutes les régions du territoire. La nouvelle était grave.

Abd al-Rahman réunit en hâte ses capitaines pour tenir conseil.

— Nous devons lever le siège et nous porter à leur rencontre, déclara Abd el-Moulai. Cette armée n'est qu'à quatre jours de marche. Nous ne pouvons espérer prendre Cordoue avant, sans risquer de terribles pertes.

Et nous ne pouvons pas nous laisser surprendre ici, entre l'armée de Yusef el-Fehri et la ville.

A regret, les autres capitaines l'approuvèrent. Mais Abd al-Rahman hocha la tête. Il avait déjà pris conseil des chefs zenates.

— Non, dit-il. Sans aucun doute, Cordoue connaît l'approche de cette armée. Kasim s'attend à nous voir lever le siège. Il nous suivra à distance avec ses cavaliers, prêt à fondre sur nous au bon moment. Et nous serons quand même entre deux ennemis.

Ce n'était plus le jeune proscrit, le fugitif, qui parlait, mais un chef d'armée — un prince qui croyait en lui-même et en sa mission. Abd al-Rahman avait répondu à l'appel de la gloire et du trône, et il en était digne.

Aux vieux capitaines attentifs, il déclara :

— Non, nous ne lèverons pas le siège. La moitié de l'armée restera ici sous les ordres d'Abd el-Moulai et tiendra Cordoue dans un étau plus serré que jamais. Moi, je partirai à la tête de dix mille hommes, parmi lesquels tous les Zenates, et j'irai au-devant de ce Yusef. De cette rencontre dépendra le destin de l'Espagne !

La bataille

La grande bataille se déroula à l'ouest, dans une région sauvage au pied de la sierra Morena. Abd al-Rahman avança tout droit à la rencontre de l'armée de Yusef. Pendant un jour et demi il marcha rapidement avec ses dix mille cavaliers, jusqu'à la Zujar au cours rapide. Ils la passèrent à gué et prirent position sur l'autre rive pour y attendre Yusef qui n'était plus qu'à une journée de marche.

Abd al-Rahman et ses capitaines choisirent leur position avec soin, dans une boucle de la rivière. Le torrent de montagne protégeait leurs arrières sur deux côtés et ils avaient une vaste plaine devant eux. Le terrain plat convenait à merveille aux charges de cavalerie et, derrière eux, la boucle de la rivière rendrait difficile à un ennemi supérieur en nombre une manœuvre de débordement par les flancs.

Cependant, le cours d'eau briserait leurs rangs s'ils devaient reculer. C'était une position dangereuse ou avantageuse, selon la valeur de ceux qui l'occupaient. Ils l'adoptèrent avec confiance et s'installèrent pour attendre l'ennemi de pied ferme. A la fin de la journée, des éclaireurs annoncèrent que la puissante armée de Yusef campait à trois lieues seulement. Le jour suivant serait celui de la bataille.

Cette nuit-là, Abd al-Rahman resta longtemps

éveillé. Autour de lui, dix mille hommes couchés à même la terre dormaient d'un sommeil agité, auprès de leurs chevaux inquiets. Le soleil se lèverait sur eux, mais nombreux seraient ceux qui ne le verraient pas se coucher. Le poids de leur vie, et de toutes les vies liées aux leurs, pesait lourdement sur l'âme du jeune prince.

Couché sur le sol, enroulé dans une unique couverture comme un simple soldat, Abd al-Rahman contemplait le ciel étoilé. Il chercha ses vieilles compagnes, Aldébaran, Rigel et Bételgeuse, mais il ne les vit pas. Avec le changement de saison, les constellations avaient changé aussi. Le souvenir des grandes étoiles ramenait d'autres souvenirs. Depuis un mois qu'il guerroyait en Espagne, il n'avait guère eu le temps de se pencher sur le passé. Seul, l'avenir importait.

Cela lui semblait bon, dans cette nuit de veille d'armes, de songer aux humbles jours où il avait été reconnaissant de vivre, tout simplement. C'était bon de penser à Alohra, à leur bonheur, et aux amis qui l'avaient aidé non parce qu'il était un prince à la tête de vingt mille soldats, mais parce qu'il était un proscrit, et qu'il avait besoin d'amitié et de secours dans le désert.

Et, pensant à ces choses dans la nuit inquiète, Abd al-Rahman adressa une prière aux étoiles — à l'infini royaume de son Dieu.

— O Allah, accorde-moi la victoire sur ceux qui chercheront à me tuer demain, et la victoire sur moi-même dans les jours qui suivront! Que je n'oublie jamais! Que je n'oublie jamais!

Vers minuit, il sombra enfin dans un sommeil lourd.

Des trompettes claironnantes saluèrent le jour levant. Abd al-Rahman se leva reposé et calme. Les soldats l'acclamèrent quand il se mêla à eux. Ils étaient prêts au combat. Ils s'affairaient à leurs simples tâches quotidiennes, mais se tournaient souvent vers l'ouest d'où allait surgir l'ennemi.

On abreuva les chevaux à la rivière, et on leur donna leurs maigres rations. La veille, les divers détachements avaient reçu leurs ordres. Les hommes occupèrent les positions prévues, déjeunèrent, pansèrent leurs chevaux, vérifièrent leurs armes.

Une heure après le lever du soleil, des éclaireurs arrivèrent au galop et annoncèrent que l'armée de Yusef était en marche. Sans aucun doute, Yusef connaissait leur présence aussi.

Les trois contingents formèrent leur ligne de bataille, un grand arc de cercle de plusieurs rangs d'épaisseur, appuyé de part et d'autre à la rivière. Sur la droite, les cavaliers de Séville et des villes de la plaine, sur la gauche les hommes de Malaga et des montagnes. Au centre, les Zenates, en qui Abd al-Rahman plaçait tous ses espoirs.

Abd al-Rahman lui-même serait à l'intérieur de l'arc de cercle avec une réserve de mille hommes, y compris les trois cents Zenates de sa garde. Il se tiendrait prêt à apporter ses renforts dans n'importe quelle partie du champ de bataille, selon les besoins. C'était un ordre de combat simple et compact.

Il avait un peu plu la veille, mais le jour parut dans tout son éclat. Une brise légère faisait claquer les fanions et les étendards. Le soleil en se levant fit scintiller une multitude de lances.

Un scintillement similaire apparut à l'ouest. Le reflet descendit des hauteurs, se déploya, se précisa et devint une masse en mouvement à l'extrémité de la plaine.

Un cavalier galopait à travers la *vega*. Il chercha la bannière blanche d'Abd al-Rahman, l'aperçut et vint s'arrêter devant lui si brusquement que le cheval se cabra.

— Grand prince, haleta-t-il en montrant la plaine, l'armée de Yusef approche !

— Ils sont partis tôt, observa Hixem, le commandant de Séville. Je vais rejoindre mes hommes.

Les autres capitaines s'apprêtaient à l'imiter, mais Abd al-Rahman les retint.

— Moi aussi, je tiens à voir vos hommes. Je veux les voir tous avant la bataille.

Faisant signe à Khalid de le suivre, il entraîna Hixem

et les capitaines vers l'aile droite. Il montait un étalon gris. Saffana était restée au pâturage à Malaga. Elle ne devait pas tarder à mettre bas.

Les cavaliers de Séville, Osuna et Carmona formaient l'aile droite. Abd al-Rahman les passa en revue avec Hixem, leur commandant. Le grand étendard blanc des Omeyyades claquait au-dessus de sa tête. Hixem tendit le bras vers Abd al-Rahman et cria à ses hommes :

— Voici le prince qui ce soir sera roi d'Espagne!

Une grande clameur s'éleva et mille épées étincelèrent au soleil.

— Salut à toi, Abd al-Rahman, salut!

Le jeune prince éprouva de nouveau cette impression d'irréalité, et comme dans un rêve il crut entendre la voix du vieux devin des Beni Zingal... « des épées flamboyant sur un champ de bataille, et des voix qui t'acclament en criant « Salut à toi », comme à un chef d'armées... »

L'émerveillement de la prophétie l'inspira et il s'exclama d'une voix passionnée :

— O vous tous, hommes d'Espagne! Je crois que l'issue de cette journée est déjà inscrite dans le livre de Dieu. Je ne doute pas de notre triomphe. Et je vous promets qu'aucun de ceux qui mourront aujourd'hui ne sera oublié dans la femme et les orphelins qu'il laissera. Je vous en donne ma parole, au nom de Dieu!

Peu de soldats purent entendre ses paroles, mais tous comprirent son expression inspirée, et les épées nues témoignèrent de leur loyauté.

— Salut à toi, Abd al-Rahman!

Il longea tout le front de l'aile droite, et ce fut comme si une flamme courait sur son passage. Les épées se dressaient, les clameurs s'élevaient, même les chevaux redressaient la tête et piaffaient comme pour honorer son étendard.

Il arriva enfin aux Zenates, au centre. Ils le saluèrent en haussant les lances, avec fierté. Ils ne poussèrent pas de grands cris, mais leur silence était menaçant comme l'orage qui couve. Devant eux, au-delà de la vaste plaine, on voyait s'avancer les bannières de l'ennemi et la sombre masse de l'armée. Ils entendaient maintenant les lointaines trompettes.

— Les Zenates, dit Abd al-Rahman à leur chef Hamet, sont mon bras droit et mon épée!

— O prince, répondit Hamet, je te demande simplement de maintenir fermes tes deux ailes, et cette épée anéantira les rangs de l'ennemi comme le vent du désert efface les traces sur le sable!

Abd al-Rahman passa en revue l'aile gauche, et les soldats de Malaga, d'Alora et de Ronda l'acclamèrent. Il leur renouvela la déclaration qu'il avait faite à ceux de l'aile droite, et il leur communiqua aussi sa certitude de vaincre. Puis il retourna à sa position centrale pour observer l'avance ennemie.

Les rapports n'avaient pas exagéré la puissance de l'armée de Yusef el-Fehri. Des régions les plus lointaines d'Espagne, l'émir avait recruté des combattants chevronnés au nom du calife Abu al-Abbas. Il semblait que rien ne pourrait s'opposer à la masse compacte de cavaliers et de fantassins qui tenaient toute la largeur de la plaine.

Ils avançaient dans un sombre grondement de tambours menaçants, et leur front était une forêt de lances. Les ailes de leur ligne de bataille ne cessaient de s'étendre, tandis que des légions arrivaient au galop de l'arrière pour se déployer. En voyant ce formidable dispositif, Abd al-Rahman comprit mieux encore la sagesse de la position choisie par ses capitaines. Sans la boucle de la rivière pour les protéger, ils eussent facilement été débordés et forcés de défendre leurs arrières.

Il ne fut pas un instant question de discuter, de parlementer. Yusef el-Fehri était venu pour écraser ce jeune rival. Il semblait que son armée n'eût pas l'intention de s'arrêter pour reprendre haleine et ne se souciât même pas d'achever le dispositif de bataille. Trois cents toises à peine séparaient les deux armées. Une fois de plus, la bannière blanche des Omeyyades s'opposait à l'étendard noir des Abbassides et c'était à un contre cinq!

Les tambours des Zenates se mirent à rouler et le tonnerre gronda sourdement dans les rangs des ailes droite et gauche.

Hamet revenait vers Abd al-Rahman et le repoussait.

— O prince, ils arrivent. Tu dois rester avec ta garde et la réserve, comme nous l'avons prévu. Ta présence ici gênerait notre attaque.

Hamet parlait sagement, le jeune prince le savait. Les Zenates avaient leur plan de bataille et, s'il restait sur le front avec eux, ils seraient obligé de changer leur stratégie, pour le défendre. Il éprouvait quelque honte à éloigner son étendard devant l'ennemi, mais son devoir l'exigeait. Suivi de Khalid, il retourna lentement entre les rangs des Zenates vers la position de sa réserve et de sa garde. Il gravit une petite éminence, et se tint prêt à entrer en action.

L'armée de Yusef était déployée en éventail, couvrant tout le front des forces inférieures en nombre qui s'opposaient à lui. On distinguait à présent les étendards individuels. Des capitaines allaient et venaient devant la masse des soldats. L'armée entière avançait lentement.

Soudain, un guerrier surgit des rangs des Zenates. Son nom était Kassid, et il avait à la fois l'enthousiasme d'un poète et l'âme d'un héros. Le sang fiévreux du désert coulait dans ses veines, et ses yeux semblaient fascinés par une vision de gloire et de mort. L'heure du sacrifice avait sonné pour lui. Les tambours de sa tribu le soutenaient, son hérédité guerrière le transportait.

— Hommes de ma race, hurla-t-il en caracolant devant eux sur son cheval sauvage, je réclame l'honneur de faire couler le premier sang de l'ennemi. Que ma lance vous montre le chemin! Je leur apprendrai quelle mort les attend ici. *Hul-lah-lah! Hul-lah-lah!*

Il brandit sa lance au-dessus de sa tête. Son cheval, tantôt talonné, tantôt retenu, piaffait et se cabrait tour à tour.

— Racontez mon histoire sous les tentes des Zenates! cria-t-il. Que les poètes chantent mes louanges, que les femmes prononcent mon nom en soupirant, que ma mère en soit fière! Je vais maintenant à la mort, pour la tribu de Zenata et l'honneur de mes pères! *Hul-lah-lah!*

Lançant son cri de guerre, il lâcha la bride à son cheval furieux, droit sur l'armée ennemie. Pas un soldat, pas un capitaine ne tenta de l'arrêter. C'était le privilège des braves de sa tribu que de foncer sur l'ennemi, de tuer le premier adversaire sous les yeux de ses compagnons, et de chercher la mort.

Les braves ne manquaient pas dans le contingent ennemi. Nombreux furent ceux qui éperonnèrent leurs chevaux pour relever le défi de Kassid. D'un commun accord, les soldats de Yusef laissèrent le meilleur d'entre eux les représenter. Chevauchant un étalon noir, leur champion galopa seul dans l'espace découvert, armé de la lance et du bouclier, à la rencontre du Zenate. Les deux armées s'arrêtèrent pour assister au combat singulier.

Cela se passa en un éclair. Les deux cavaliers se croisèrent et il sembla au premier abord que tous deux eussent survécu à la charge. Mais on vit soudain le soldat de Yusef retomber en arrière sur la selle du cheval lancé au galop, et la longue lance qui venait de le transpercer se dressa vers le ciel avant de retomber avec lui. Le cavalier roula sur le sol et le cheval continua sa course folle.

Un grand murmure s'éleva des deux armées, un soupir de soulagement d'un côté, un grondement de rage de l'autre. Le Zenate avait le premier fait couler le sang.

— *Hul-lah-lah !*

L'épée haute, Kassid se rua contre les cinquante mille hommes. Il tomba sur eux comme la foudre, frappant d'estoc et de taille, et puis une multitude de cavaliers se referma sur lui et on ne le vit plus.

Les trompettes sonnèrent haut et clair. Leurs accents pénétrèrent toutes les âmes et exaltèrent les cœurs. La charge! hurlaient les trompettes.

La forêt de lances se dressa, les bannières noires

claquèrent, un hurlement monta de cinquante mille gorges et un martèlement de sabots fit trembler la terre. Dans un grondement de tonnerre, les cavaliers de Yusef avancèrent comme si rien au monde ne pouvait les arrêter

De la hauteur, Abd al-Rahman regardait toute la masse de l'armée ennemie qui déferlait. Il avait le cœur vaillant, l'âme intrépide et il croyait en son étoile, mais il frémit en voyant les innombrables bannières noires et la myriade de lances qui se ruaient sur eux. Il semblait certain que l'ennemi allait écraser sa petite armée, et son seul espoir fut alors que, dans la mêlée, les siens fussent capables de mourir dignement.

Un quart de la plaine, la moitié... La distance diminuait entre les deux adversaires et la charge furieuse se rapprochait toujours. Les trompettes frénétiques aiguillonnaient les cavaliers qui hurlaient leurs cris de guerre. Mais les grands tambours des Zenates couvraient de leur tonnerre les éclats des trompettes, et les rangs des fidèles d'Abd al-Rahman semblaient solides comme des rochers affrontant les vagues de la mer en furie.

L'armée de Yusef couvrait la plaine, la distance se rétrécissait. Soudain, les Zenates s'animèrent. L'épée de Hamet s'abaissa, les tambours s'exacerbèrent, et dix mille guerriers du désert s'élancèrent comme un seul homme. A côté d'Abd al-Rahman, Khalid ne tenait pas en place.

— *Hul-lah-lah!* hurla-t-il. Frappez, mes frères, frappez !

Sur trois rangs serrés, les cavaliers zenates chargèrent. Ils avaient parfaitement choisi l'instant. Emportés par leur élan, ils se ruèrent sur l'ennemi.

Abd al-Rahman, la main sur la garde de son épée, s'apprêtait à voler à leur secours. Il semblait que les Zenates intrépides allassent se faire tailler en pièces. Et puis, sous ses yeux stupéfaits, l'impossible se produisit. Moins de cinq secondes avant que les premiers rangs des deux armées en vinssent aux mains, le second rang des cavaliers zenates se dressa sur les étriers et ils projetèrent leurs lances par-dessus les têtes de leurs compagnons du premier rang, droit aux têtes de l'ennemi.

L'effet de surprise fut total. Le front ennemi n'avait aucune possibilité de parer cette attaque et de se défendre contre une grêle de lances alors que d'autres lances les menaçaient. Des centaines de brèches s'ouvrirent dans leurs rangs. La panique se fit l'alliée du premier rang des Zenates pour les désorganiser.

Le centre de la cavalerie de Yusef se replia. Des hommes et des chevaux blessés tombèrent devant ceux qui arrivaient derrière. Et puis le troisième rang des Zenates, traversant les premières lignes, les attaqua de front. Et ceux des leurs qui avaient jeté leurs lances se ruèrent par les brèches, l'épée haute.

Pour les spectateurs, c'était une bataille incroyable, irréelle. Les forces relativement minimes des Zenates avaient opéré une gigantesque percée dans le front massif de l'ennemi. Le champ de bataille était jonché de morts et de blessés, des chevaux démontés galopaient en tous sens, complètement affolés, et déjà leurs vainqueurs fonçaient sur les rangs de l'infanterie que la cavalerie avait cru protéger.

— Zenata! hurla Khalid en brandissant l'étendard blanc.

Sur trois côtés, à présent, l'armée s'était refermée dans un vaste mouvement tournant et les combats corps à corps faisaient rage de tous côtés. Les Zenates n'avaient emporté que le centre des premières vagues de l'armée de Yusef.

De nouveaux escadrons ennemis arrivaient, au signal des trompettes. Ils se ruaient sur la longue aile droite qui leur paraissait la plus faible. Les étendards de Séville et des villes de la plaine s'agitaient au-dessus de la mêlée comme des pavillons de navires dans la tempête. Yusef était loin d'avoir perdu la bataille. S'il parvenait à enfoncer l'aile droite, il pourrait encercler le champ de bataille avec ses forces supérieures et attaquer à la fois de front et à revers, malgré toute la vaillance des Zenates.

Dans le fracas des armes, le cliquetis des épées et des lances, tandis que sous ses yeux les hommes tombaient dans la poussière du champ de bataille, Abd al-Rahman, les oreilles assourdies par les tambours et les appels de la trompette, frémissait du désir de se jeter dans l'action. L'heure n'était plus à la miséricorde ni à l'humanité. L'heure n'était plus à la prudence, mais à l'audace!

L'aile droite de son armée était en péril. Il tendit le bras vers la mêlée la plus dangereuse et cria à Khalid :

— Porte mon étendard là-bas!

Malgré le danger, il eut assez de présence d'esprit pour ordonner à l'autre commandant du corps de réserve de rester sur place jusqu'à ce que l'on ait besoin de ses troupes.

Puis il éperonna son cheval et se porta au secours de son aile droite. Khalid à son côté brandissait haut la bannière des Omeyyades et cinq cents hommes, la moitié de la réserve, galopaient farouchement pour défendre leur prince.

Ils plongèrent dans la mêlée à l'endroit où les soldats de Carmona se défendaient pied à pied avec l'énergie du désespoir. Abd al-Rahman ne sut jamais comment il y était arrivé. Il se trouva soudain dans la poussière de la bataille, entouré de cavaliers enturbannés de noir.

Il leva son cimeterre pour frapper le premier assaillant mais, avant qu'ils puissent se mesurer, une lance, puis une autre étincelèrent à côté du prince. Elles se croisèrent devant la poitrine de l'ennemi et il roula à bas de son cheval. La figure grimaçante de haine, il tomba sous les sabots affolés qui le piétinèrent, et Abd al-Rahman songea soudain au combat près du puits, où la lance de Tarrif le Maure l'avait sauvé.

Puis les soldats de la garde zenate se jetèrent entre le prince et ceux qui l'attaquaient pour lui faire un rempart de leurs corps. Leurs épées flamboyantes tailladèrent l'ennemi avec une frénésie qui dépassait de loin l'ardeur des assaillants.

— Abd al-Rahman! Abd al-Rahman!

La présence du souverain qu'ils avaient choisi ranima l'esprit et la vaillance des hommes de Carmona, et ils repoussèrent l'ennemi dans un élan furieux. Un mur d'acier enfonça ses rangs; qui ne battait pas en retraite, mourait sur place.

Mais la folle audace des Zenates était raisonnée. Lorsqu'ils eurent contenu l'ennemi et fermé la brèche, ils ne poussèrent pas plus avant. Leur devoir était de protéger leur prince, et le devoir de l'aile droite était de tenir bon et de présenter un front compact aux assauts des soldats de Yusef.

Inlassablement, la garde fidèle devait dégager Abd al-Rahman qui était attaqué de toutes parts. Maintenant qu'il était entré dans la mêlée, il ne pouvait plus reculer. La longue ligne de front mouvante était en danger et sa place était là où sa présence pouvait animer les soldats. Il conduisit les Zenates jusqu'au flanc de l'aile et à maintes occasions leur courage et leur intrépidité empêchèrent un désastre.

L'étendard blanc exaltait les cœurs et les âmes. Les hommes de Séville et d'Osuna reprirent courage en voyant leur prince avec eux au plus fort du danger.

Les charges succédaient aux charges, dans un tourbillon d'acier, et les morts s'amoncelaient sous les pas des chevaux. Les trompettes sonnaient sans répit, et l'ennemi arrivait toujours dans un nuage de poussière, piétinant ses propres morts.

Soudain, alors qu'Abd al-Rahman se trouvait dégagé, il se retourna et vit qu'il n'avait plus de réserves. Les derniers cinq cents hommes étaient allés soutenir l'aile gauche. Et au centre tout n'était que poussière et confusion.

Il avait frappé de grands coups. Son épée ruisselait de sang et son corps de sueur. Le jour qui s'était levé frais et radieux devenait oppressant. Le soleil flamboyait sur une terre gorgée de sang. Et il n'y avait pas de repos, pas de fin en vue — rien qu'un labyrinthe d'acier et de chevaux et d'ennemis qui ne cessaient d'affluer.

Tout à coup, au sein du carnage, alors que le soleil semblait interrompre sa course et que l'aile droite fléchissait sous le nombre, une grande clameur s'éleva des rangs ennemis. De nouveaux escadrons arrivaient sur leurs arrières pour se mêler au combat. Abd al-Rahman fit front, en se demandant quel pouvait être le nombre de ces démons.

Mais Khalid, l'étendard blanc brandi de la main gauche, son épée sanglante à la main droite, poussa un cri rauque :

— Zenata!

Les tambours grondèrent, des cris de guerre s'élevèrent, furieux et passionnés. Les nouveaux venus s'abattirent comme une nuée d'orage sur les rangs ennemis. C'était le corps principal des Zenates qui prenait à revers la cavalerie de Yusef. Dans la poussière et le tumulte, Abd al-Rahman n'avait pas reconnu leur étendard. Ils s'étaient taillé un chemin à travers le gros des forces ennemies qui prenaient d'assaut l'aile droite. Et ils se ruaient furieusement contre les assaillants de l'aile gauche.

Les trompettes de l'ennemi sonnaient désespérément, lançant des appels au secours, réclamant en vain des renforts impossibles. Les soldats de Séville et d'Osuna repartirent à l'assaut avec une ardeur nouvelle, et Abd al-Rahman lança sa garde dans la mêlée.

La cavalerie de Yusef el-Fehri était attaquée de tous les côtés à la fois. Les escadrons furent séparés les uns des autres, taillés en pièces, décimés par une armée invincible. Des cavaliers tournèrent bride et cherchèrent leur salut du côté de la rivière. Ceux qui le pouvaient prirent la fuite par les quelques brèches. Les Zenates avaient écrasé le centre ennmie et dispersé les carrés de cavalerie. Et maintenant, ils repoussaient toute cette aile droite du champ de bataille.

Mais le combat faisait encore rage de l'autre côté. Dès qu'il vit que son aile droite était dégagée, Abd al-Rahman commanda de porter son étendard au secours des hommes de Malaga et des montagnes. L'aile droite victorieuse et les Zenates suivirent, forts de quatre mille hommes. Leur ruée emporta la victoire finale.

Les derniers cavaliers de Yusef fuyaient. Rien ne pouvait résister à l'étendard blanc du prince d'Omeyya.

Les fantassins, qui n'avaient même pas eu le temps de combattre, faisaient volte-face et abandonnaient le champ de bataille. Toute l'armée de Yusef était en déroute.

Dans la fièvre du combat, les escadrons d'Abd al-Rahman galopèrent à leurs trousses. La masse des fantassins ne pouvait se défendre contre les cavaliers. Ils étaient à leur merci.

— Pitié ! Ayez pitié !

Abd al-Rahman chevauchait de tous côtés pour calmer l'ardeur meurtrière de ses troupes, et Khalid galopait derrière lui, portant haut la bannière blanche. Les ordres de leur prince finirent par apaiser la folie guerrière des soldats. Ils l'acclamèrent joyeusement quand il passa entre leurs rangs.

Au milieu de ce terrible champ de bataille, Abd al-Rahman arrêta son cheval. Sa prodigieuse victoire était indiscutable. Au moins dix mille ennemis avaient été tués et le reste avait fui dans le plus grand désordre. De nombreux soldats se rendaient et jetaient leurs armes.

Hamet, le chef des Zenates s'avança, suivi de ses capitaines triomphants, glorieux d'avoir mêlé au sang de leurs ennemis celui de leurs propres blessures. La figure de Hamet étincelait d'orgueil.

— Salut à toi, prince, notre roi ! s'écria-t-il. Aujourd'hui, nous mettons l'Espagne à tes pieds.

Leur hommage alla droit au cœur d'Abd al-Rahman conscient de la vaillance des Zenates. Mais tout autour de lui, il voyait le sol jonché de cadavres. Il poussa un profond soupir. Maintenant que tout était fini, il se sentait affreusement las. La passion s'était calmée, l'exaltation glorieuse commençait à tomber. Il songea soudain aux immenses tâches qui l'attendaient, à toutes les dissenssions qu'il devait apaiser, au royaume qu'il devait organiser et administrer avec justice.

Les trésors

Dès que l'issue de la bataille fut connue, Cordoue capitula. Abd al-Rahman fit son entrée dans la ville comme un roi, et le peuple l'acclama comme un libérateur plutôt que comme un conquérant. Le nouveau souverain d'Espagne décida d'en faire sa capitale. C'était une ville royale, le cœur de l'Espagne musulmane.

De toutes les régions du pays des envoyés arrivèrent en foule pour apporter la soumission des villes — de Lagos à l'ouest à Grenade à l'est et à Saragosse au nord. Les fils de Yusef el-Fehri se confièrent aussi à la miséricorde du jeune roi, et finalement Yusef lui-même arriva humblement à Cordoue pour demander la grâce du nouveau souverain et se prosterner devant lui.

Abd al-Rahman accorda son pardon à tous et leur permit de se retirer honorablement des affaires publiques. Il ne blâma aucun de ceux qui lui avaient résisté et ne chercha pas à tirer de vengeances. Le passé ne le concernait pas. Il ne s'intéressait qu'au présent et à l'avenir.

On le couronna émir d'Espagne dans le palais de Cordoue. Les chefs et les seigneurs du pays prêtèrent serment de fidélité par centaines, et le menu peuple lui rendit un hommage éclatant. Pour la première fois depuis que l'Espagne était aux mains des Arabes, le pays connaissait la paix.

Mais le nouvel émir n'avait guère de loisirs. Il était doué du génie et de la prévoyance qui avaient marqué tous les grands hommes de sa famille. Jusque-là, il ne lui avait manqué que l'occasion d'exercer ses talents. Cette occasion se présentait maintenant dans un pays riche et vigoureux et, en dépit de sa jeunesse, son emprise et son autorité se firent bientôt sentir.

Il commença par réformer et raffermir le pouvoir administratif. Les gouverneurs et les juges des diverses villes furent examinés selon leurs mérites. Ceux qui s'étaient montrés justes restèrent en place et les prévaricateurs, les corrompus furent chassés. Les paroles du nouvel émir furent gravées dans la pierre au-dessus du portail de la grande salle d'audience du palais : C'EST ICI LA COUR DE JUSTICE D'ABD AL-RAHMAN. QUE CELUI DONT LE CŒUR AIME LA JUSTICE NE CRAIGNE PAS DE LA CHERCHER EN CES LIEUX.

Il s'occupa ensuite de travaux publics. Le jeune souverain rêvait déjà d'une grande mosquée à Cordoue, de puissantes digues pour contenir le cours du Guadalquivir et permettre de récupérer des terres fertiles dévastées par les crues, d'un nouveau pont et d'un aqueduc. Des écoles et des bibliothèques figuraient aussi dans sa vision de l'avenir. L'Espagne se réveillait de son sommeil barbare, ouvrait les yeux sur les merveilles de la science et des arts du Moyen Age. Les savants et les sages étaient les bienvenus à la cour du nouvel émir.

Malgré la majesté de sa récente puissance, Abd al-Rahman n'oubliait pas ces choses qui avaient été si chères à son cœur. Il n'oubliait pas, mais il ne pouvait qu'attendre, en se renseignant discrètement. Dans l'esprit trop occupé d'un roi, les images du bonheur personnel pâlissent quelque peu. La terre était vaste, l'univers immense et la mer infinie, mais son pouvoir s'arrêtait sur la plage.

Mais le temps poursuit son cours et la primevère

que l'on plante au printemps porte des fleurs l'année suivante. Ce fut ainsi qu'un jour, six mois environ après son couronnement, un sénéchal du palais annonça au roi qu'un groupe de voyageurs venus de loin désiraient le voir. Ils arrivaient de la lointaine Mauritanie et de la terre des Zenates, et ils apportaient un message personnel de Xeques au jeune souverain.

Abd al-Rahman tenait alors conseil, mais il sortit aussitôt. Xeques était un père pour lui, et Abd al-Rahman songeait toujours à lui avec respect et tendresse. Et puis l'espoir ne quittait jamais son cœur qu'un jour il pût recevoir des nouvelles d'Alohra. Peut-être même Shumal, le marchand, était-il venu en personne lui faire son rapport ?

Mais ce n'était pas Shumal. En sortant dans la cour où la petite caravane couverte de poussière se reposait parmi les soldats de la garde, Abd al-Rahman fut surpris par la haute stature d'un homme qui se tenait debout devant les chevaux. Son costume était celui des Bédouins du désert, mais les femmes de sa suite, qui restaient à l'écart, ne ressemblaient pas aux épouses des Bédouins. A l'encontre des femmes du désert, elles portaient sur leurs robes noires des ornements de pourpre et d'or.

— Raud des Beni Zingal!

Et l'émir d'Espagne se hâta les bras tendus pour accueillir le voyageur.

— *Salaam*, mon seigneur, murmura Raud en se prosternant devant lui, le front dans la poussière.

— Non, non ! s'écria Abd al-Rahman en lui prenant les mains pour le faire mettre debout. Avec le temps peut-être, un roi devient ingrat, mais ma dette envers toi est trop importante pour que je l'aie oubliée, pour que je l'oublie jamais ! Mon cœur se souvient de notre amitié et de la loyauté de tous les Beni Zingal!

Abd al-Rahman était si surpris de voir Raud qu'il ne parvenait pas à en croire ses sens. Et soudain, la présence de Raud prit sa pleine signification. Il recula et contempla les autres voyageurs qui se tenaient à l'écart. C'était un groupe compact de femmes, serrées à l'ombre d'un mur, que ses yeux fouillaient avidement. Raud suivit la direction de son regard fasciné.

— O prince, dit-il, je viens te rendre les trésors que tu m'as confiés.

Sur un signe de sa main, les femmes s'écartèrent. Il en resta une, toute seule avec un enfant. Elle portait la cape informe des Bédouines. Mais son visage, encadré par le capuchon noir, était merveilleux. C'était Alohra, et elle tenait par la main un enfant doré aux grands yeux graves — un petit garçon d'un an.

Abd al-Rahman alla vers elle comme un poète attiré par la beauté, comme un assoiffé qui va à la fontaine. Et Alohra l'attendit, le regard droit, sa main fine serrant celle de l'enfant comme pour quêter un soutien. Sur son visage se mêlaient l'admiration, le respect, la joie et l'amour.

L'émir prit sa main tremblante.

— Je ne sais que dire, murmura-t-il. Jusqu'à maintenant, je n'avais plus de cœur. Je l'avais laissé dans les solitudes d'Arabie. Je le retrouve à présent.

— Mon seigneur !

Elle courba le front et se fût agenouillée s'il ne l'avait retenue. Puis il se pencha et prit la main de l'enfant. Le petit garçon le regarda sans timidité, les sourcils froncés.

Abd al-Rahman éclata d'un rire joyeux. Les yeux, le nez, la bouche, c'était lui-même qu'il revoyait enfant. C'était bien lui, c'était bien un Omeyyade! Un héritier était né aux princes d'Omeyya. Même si Abd alt Rahman était mort dans le désert, la lignée n'aurai- pas été éteinte.

L'émotion lui serrait la gorge et des larmes lui montèrent aux yeux. Devant les serviteurs, les soldats, la garde, il souleva l'enfant dans ses bras et enlaça Alohra.

Les doutes, les craintes qu'avait pu nourrir Alohra se dissipèrent. Elle retrouvait le même Abd al-Rahman qu'elle avait connu et aimé dans le désert. Le temps était aboli, et c'était comme s'ils ne s'étaient jamais quittés.

Abd al-Rahman ne pouvait détacher son regard des visages de sa femme et de son fils. Sa coupe débordait de bonheur. Il avait encore plus de joie au cœur que le jour où il avait conquis l'Espagne par une seule bataille.

Il se retourna vers Raud.

— C'est le plus beau miracle qu'Allah ait fait en ma faveur.

— C'est le chef des Zenates qui l'a rendu possible, prince, répondit Raud. C'est lui qui nous a envoyés de Tahart sous bonne escorte, vers la mer où nous avons trouvé un bateau.

— Mon père Xeques! Que son nom soit béni! Je vis dans l'ombre de sa charité!

— C'est lui aussi qui nous a fait parvenir un message secret par le marchand, lui qui nous a dit de te ramener ta femme et ton fils, alors que tu demandais seulement de leurs nouvelles. Et j'ai décidé de venir aussi, avec quelques compagnons de ma tribu, en partie parce que le voyage était long et que nous pourrions être utiles, en partie parce que nos âmes aspiraient à voir des pays lointains. Je t'avais dit que nous nous reverrions, prince!

Abd al-Rahman, la gorge nouée, ne pouvait que contempler avec ravissement Alohra et l'enfant. Raud se retourna vers ses bêtes de somme.

— Je t'apporte un présent de la part du chef des Zenates. Il te conseille de planter tes racines dans le sol d'Espagne, tout comme tu planteras ces dattiers qu'il t'envoie.

Un cheval de bât s'avança. Il portait un double panier dans lequel se dressaient de jeunes pousses de palmiers.

— Je les planterai de mes mains, assura Abd al-Rahman.

Puis il se rappela une autre joie qu'il voulait faire partager à Raud et à Alohra en cet instant de bonheur.

— Venez, leur dit-il, j'ai quelque chose à vous montrer.

L'enfant sur les bras, il conduisit Alohra et Raud dans le jardin qu'il leur fit traverser. Ils débouchèrent sur une vaste *vega* dominant le Guadalquivir, au pied des murailles du palais. Des vergers croissaient entre de beaux champs cultivés. Entre les arbres, un grand pré entouré d'une haute clôture servait de pâturage aux chevaux.

Abd al-Rahman s'arrêta devant la barrière et appela :

— *Azia... Azia...*

A l'autre extrémité du pré, une jument dressa la tête blanche en hennissant. Près d'elle, un poulain de six mois aux longues jambes disproportionnées se retourna. La jument lança encore un doux hennissement et galopa dans l'herbe, sa longue queue dressée comme une oriflamme immaculée derrière elle. Le poulain allongeait les jambes et s'efforçait d'imiter sa souple et merveilleuse allure.

Porté par Abd al-Rahman, le petit garçon parut effrayé quand les chevaux arrivèrent au galop, et il tendit les bras à sa mère. Abd al-Rahman le rendit à Alohra, et les enlaça tous les deux à la fois.

— C'est Saffana ? s'écria Alohra ravie. Elle ne t'a donc jamais quitté ?

— Elle m'a porté tout au long du chemin, jusqu'à la terre des Zenates. Eussé-je monté une moins noble bête, les cavaliers du calife auraient gagné leurs vingt mille pièces d'or.

— Un cheval pour un cheik, un cheval pour un ouali, un cheval pour un souverain d'Espagne! exulta Raud en admirant de nouveau la jument, puis il caressa la tête soyeuse du poulain. Tu es trois fois béni, prince. Ta jument a mis bas une créature aussi parfaite qu'elle.

— Je suis encore plus privilégié que tu ne crois, répondit Abd al-Rahman au gitan dont la race allait se répandre en Espagne au long des siècles. Regarde ce que je possède à ce jour! La perle des juments et son poulain, des dattiers du désert, la main de mon ami, les sourires de ma femme et de mon fils. Le calife de Damas est en vérité bien pauvre! Je possède toutes les richesses de ses terres, ici en Espagne, désormais!

Table

Cet ouvrage
a été achevé d'imprimer
sur les presses de l'Imprimerie Bussière
à Saint-Amand (Cher), le 8 janvier 1988.
Dépôt légal : janvier 1988.
1er dépôt légal : janvier 1980.
Imprimé en France
(3315)

42477